Les rumeurs du Gave

Olivier Deck

Les rumeurs du Gave

ROMAN

Albin Michel

À toi, Guilhem
Grand petit homme

I

– C'est de la pornographie !

L'abbé Bancon jette le roman sur la table. La flamme de la lampe à pétrole vacille, avant de se stabiliser.

Debout derrière la chaise, Marthe appuie sur l'occiput du curé pour lui faire baisser la tête. Il s'exécute. Elle badigeonne la nuque de mousse et continue de raser. La peau grésille sous le fil de la lame.

– Lisez-le d'abord, avant de juger.

– Quoi ? Mais vous plaisantez, mon amie ?

– N'importe quoi !

Tous les deux s'interrompent. D'un geste vif, l'abbé baisse la flamme de la lampe. Le claquement des bottes résonne dans la rue des Charmilles, au-delà des fenêtres aux carreaux peints en bleu.

Marthe fronce les sourcils et chuchote :

– Je m'y ferai jamais.

La patrouille passe devant l'auberge, sans ralentir la cadence, et s'éloigne.

Le curé :

– N'en profitez pas pour changer de sujet. . J'espère vous entendre en confession.

– Me confesser ? De quel péché ?

Le curé se contente de tendre le menton vers le roman, sur la table.

Il dit, avec un rien de mépris :

– *Autant en emporte le vent...*

– Un tabac en Amérique !

– En Amérique... Que voulez-vous que ça me fasse ? Vous allez vous tourner la tête, avec ça. C'est bon pour les jeunes filles, Marthe, mais vous...

– Quoi, moi ? Je vous remercie !

– Je ne voulais pas...

– Arrêtez de bouger, je vais finir par vous trancher la tête !

Un instant, elle est tentée de provoquer l'abbé. Comme souvent, il a retroussé les manches de sa soutane, on voit ses tatouages au bras. « E.F. » On le sait, tout le monde se demande qui est cette « F ». Évidemment. On paierait cher pour le renseignement. « E » comme Évariste, « F »... il y a des lustres que l'énigme tient les familiers de l'auberge en haleine.

Elle dit :

– Est-ce que je me mêle de vos oignons, moi ? Est-ce que je vous demande si, si... si... Qu'est-ce que ça peut vous faire que je lise ce livre ? Manon s'est régalée, elle m'a dit qu'il fallait absolument que je le lise.

– Manon, dit le curé, passe encore. Elle est jeune, l'amour la fait rêver, c'est normal. Aïe ! Vous m'avez coupé, bordel de Dieu !

– C'est malin, je vous avais prévenu...

Elle essuie la coupure avec un pan de son tablier.

– Vous survivrez.

Il fronce sa trogne de boxeur.

– Vous l'avez fait exprès !

– Pour qui vous me prenez ? Si vous n'arrêtez pas un

peu votre cirque, vous irez vous faire raser ailleurs, hein ! Après tout, j'ai autre chose à faire que tondre les curés, moi !

– Ne vous fâchez pas…

– Je me fâche pas !

Un silence. On entend ronfler le fourneau à bois, dans la cuisine.

– Ça sent bon, dit l'abbé.

– Y a des légumes dans la soupe, aujourd'hui. Manon est passée à la ferme d'Anselme. Heureusement qu'ils lui ont filé ce papier pour franchir la ligne, sinon, y aurait de quoi crever avec ces cons de boches ! Vous avez faim ?

– Boh…

– Attendez, je finis et je vous sers une assiette.

Elle essuie la nuque du curé et y applique une claque sonore.

– Un vrai cul de nourrisson !

Un instant plus tard, elle revient de la cuisine en portant précautionneusement une assiette de soupe fumante qu'elle pose sur la table, devant l'abbé. Ce dernier a ouvert le roman au hasard.

– Alors, ça vous excite ces cochonneries ? Vous n'avez pas honte, monsieur le curé ?

– Il faut bien que je sache de quelles eaux troubles s'abreuvent mes brebis.

– Ouais.

– Elle n'écrit pas mal, cette…

– Margaret Mitchell, anticipe Marthe, avec comme des pommes de terre bouillies dans la bouche.

– Moi, les angliches, vous savez…

– Américaine, je vous ai dit.

– Cochon ou dindon…

L'abbé tire sa chaise près de la table. Il saisit la cuillère et mange la soupe en aspirant fortement.

– Vous avez un don pour la cuisine, Marthe. Vous auriez pu tenir un grand restaurant.

– Ma modeste auberge ne convient pas à Sa Sainteté ?

– Vous êtes susceptible, en ce moment. On ne peut rien vous dire !

Marthe prend place à la table centrale, la seule à bénéficier de l'éclairage de la lampe. Elle sort la blague à tabac de son tablier. Elle prise et ouvre le roman à la page cornée. Elle lit.

Ayant fini son assiette de soupe, l'abbé se roule une cigarette et l'allume au-dessus du verre de la lampe. Il fume sans rien dire.

Et puis, ne supportant plus le silence :

– C'est calme, depuis qu'ils sont partis.

– Qui ça ? demande Marthe en levant le nez de son livre.

Le curé désigne le plafond.

– Ah ! fait-elle. Ça pouvait pas durer, quand même. J'en ai eu jusqu'à huit, là-haut.

On venait juste de se tirer de la vague espagnole quand les gens de là-haut s'étaient mis à déferler comme des étourneaux effrayés. Marthe avait aménagé le grenier de l'auberge avec les vieux meubles, où les familles originaires des régions frontalières s'étaient succédé pendant plus d'un an. Le maire Pouthet avait demandé à la population de s'organiser pour les accueillir, on ne pouvait pas les laisser errer dans la nature.

– C'était pas des mauvaises gens.

– Non, pour ça, rien à dire. Bien élevés, tout comme il faut. Je les aimais bien, même s'ils sont pas pareils que nous.

– Comment ça, pas pareils, Marthe ?

– Pas pareils… pas pareils, quoi, je sais pas moi, pas pareils c'est pas pareils…

– …

– Louis s'est bien entiché de la petite Sophie, il s'en est pas fallu de beaucoup, je crois…

– Qui sait ? fait l'abbé. Un pareil et une pas pareille, nous aurions eu un beau couple à marier.

– Il aurait eu le droit, avec une protestante ?

– Marthe, vous posez de ces questions.

– Que voulez-vous que j'en sache, moi ? Les bondieuseries, c'est votre affaire, pas la mienne…, reprend Marthe avant de hausser les épaules et de se replonger dans la lecture.

Le curé se met à tapoter du bout des doigts sur la table.

– Vous n'avez qu'à vous lever et vous servir !

Il soupire, se lève et approche de la table de service, où sont les verres.

Il hésite, regarde Marthe. Elle fait mine de ne rien remarquer, chuchotant de façon inaudible le texte qu'elle est en train de lire. L'abbé se racle la gorge.

Marthe interrompt sa lecture, baisse le livre et regarde l'abbé.

– Vous cherchez quelque chose ?

Lui, ennuyé, tripotant le verre vide :

– C'est-à-dire…

Marthe fait un signe de tête en direction du bahut.

– Normalement, il n'y en a plus. J'ai le plus grand mal à obtenir l'autorisation pour me faire livrer. Pourtant, quand ils viennent ici, ils boivent pas de l'eau, ces cons-là. Servez-vous, et laissez-en pour les autres !

– Juste pour rincer le fond de l'assiette.

– Profitez-en, on sait pas si ça va durer.

– Anselme n'a pas arraché ses vignes.

– Non, mais ils finiront par réquisitionner tout le pinard et par nous mettre au régime sec ! Déjà qu'on n'a plus droit à l'apéritif…

L'abbé boit une gorgée et claque la langue.

– Celui-là, ça m'étonnerait qu'ils en réclament à Berlin…

– Quoi ? Qu'est-ce qu'il a ? Il est pas bon ?

– Les Allemands ont beaucoup de défauts, je vous l'accorde, mais ils apprécient le vin.

– Z'avez qu'à aller chez Justine, il est peut-être meilleur.

– Remarquez, pour la troupe…

À ce moment, on frappe à la porte de l'auberge. La voix d'un homme éméché, au fort accent allemand.

– Ouvrez, c'est moi !

Marthe ferme le livre et le pose sur la table, en ronchonnant.

– Là voilà, la troupe. Pas moyen d'être tranquille deux minutes.

La patronne se dirige vers la porte, tandis que le curé se ressert discrètement.

Apparaît un soldat bedonnant, la quarantaine, de petite taille, vêtu de l'uniforme, mais débraillé.

– Bonsoir Manfred, dit-elle en refermant la porte, après avoir jeté un œil inquiet à la rue. Vous avez fait la fermeture chez Justine ?

– Ah, chère Marthe, je suis en permission, cette nuit. Mmm, ça sent bon…

Marthe essuie ses mains aux pans du tablier.

– Installez-vous là, Manfred, je vais vous servir une assiette.

– Il faut que je mange quelque chose, j'ai un peu

trop… comment vous dites, ici ? (Il place son pouce devant la bouche)… pindad !

– Pintat ! reprend Marthe.

Il goûte la soupe.

– Délicieux… Si vous aviez été cuisinière de l'armée française, on n'aurait jamais pu gagner la guerre !

Le curé se lève.

– Bon, ça suffit… je m'en vais.

– Oui, je sais, monsieur le curé… comment vous dites, chez vous ? Rira bien qui rira le dernier, c'est ça ? Ha, ha, ha ! Ce qui me ferait vraiment plaisir, vous pouvez sans doute pas l'imaginer, c'est que je puisse prendre mon petit retraite ici, à Peyregave. Je blague pas…

Le curé triture son béret.

– Parlez pas de malheur. On finira bien par vous foutre dehors, en tout cas j'espère bien que le Seigneur me prêtera vie jusqu'à ce jour-là.

– Que voulez-vous que j'y fasse, monsieur le curé ? J'y suis pour rien, moi…

– S'ils étaient tous comme vous, Manfred.

Le curé sort, Marthe ferme à clef.

Elle s'approche de Manfred et reste près de lui, debout, un instant.

Il engloutit la soupe.

– Je peux vous poser une question, Manfred ?

Il tend son verre vide.

Elle le sert. Il avale d'un trait, émet un rot et tend de nouveau le verre.

– Comment dire… il se peut que dans la semaine… enfin, c'est possible que vous entendiez un peu de bruit dans la cour, oh, pas grand-chose…

Comme beaucoup de Peyregaviens, Marthe a été forcée d'accueillir un soldat. Le grenier aménagé en dortoir pour les réfugiés est devenu sa chambre. Manfred est un sous-officier aux états de service peu reluisants, arrivé dans le courant de l'année 1941, quand les plus jeunes recrues ont été dirigées vers l'est. Compte tenu de son âge, il aurait dû être planqué dans un bureau, mais compte tenu de ses *qualités*, on l'a muté chez les douaniers. Il garde un poste de passage sur la ligne, au lavoir de la Sèrp. Traité comme un simple tire-au-cul par ses supérieurs, il ne bénéficie que du privilège d'une chambre chez l'habitant. Là, il est le plus heureux des hommes et n'a qu'une crainte, qu'on l'envoie à son tour sur le front, le Führer seul sait où. Il ne supporte pas l'idée de combattre et n'a choisi l'armée que pour échapper à la pauvreté, l'entreprise familiale ayant fait faillite lors de la crise économique qui a frappé l'Allemagne des années trente.

– Ne vous inquiétez pas, Marthe, je suis un peu sourd.

Il baisse la voix.

– Et j'adore les côtelettes d'agneau...

Marthe le regarde, retrousse le bout de son nez du bout de l'index et émet un ronflement.

– Ah, je vois, dit Manfred en salivant... la lourdeur de mon sommeil a un prix... un petit prix.

– Vous aimez le boudin ?

– Avec des pommes, ma chère Marthe, j'en raffole ! Mmm... en attendant, vous n'auriez pas une petite médicament pour couper le faim ?

Marthe prend une bouteille d'eau de vie dans le bahut.

Il plaisante :

– Ah, madame Marthe, ça est interdit ça, vous savez ?

– Oh, commencez pas à me bassiner, c'est vous qui pompez tout le stock ! Une vraie serpillière...

– Un jour, Marthe, je vous ferai goûter le schnaps.

– Je sais ce que c'est, les Alsaciens en avaient apporté avec eux.

– Ah, le schnaps… ça me rend nostalgique. Et la mirabelle, vous connaissez la mirabelle ?

Marthe saisit l'assiette du soldat.

– Encore un peu de soupe, avant le kérosène ?

– Je ne voudrais pas abuser. Où sont vos enfants, ce soir ?

– Louis est dans sa chambre. Toujours dans ses livres. Manon n'est pas encore rentrée.

– Ah ! Elle est avec son fiancé ?

– Non mon cher, elle travaille ! La maladie, ça connaît pas les horaires. Et depuis que vous avez réquisitionné l'hôpital, elle rentre à pas d'heure. Pour opérer, Loustau doit demander l'autorisation, et c'est seulement quand votre chirurgien a fini de charcuter les Allemands qu'il peut accéder au bloc pour soigner les Français. Si c'est pas malheureux !

– Je comprends…

– Oui, si on veut.

– Dites, Marthe… comment dire ? Manon, elle a un… ?

– Je vous trouve bien curieux, Manfred.

Les joues du soldat, déjà rougies par l'alcool, foncent encore.

– Pardon, pardon, je demandais juste comme ça…

– Elle est trop jeune pour vous, Manfred. Et puis, que voudriez-vous qu'elle fiche d'un soldat allemand ?

– Le guerre ne durera pas toute la vie.

– Qu'est-ce que vous en savez, de ce qu'elle durera ?

Pour les Allemands, la localisation de Peyregave, à la croisée des voies principales d'est en ouest et du nord au sud, en fait une position stratégique importante. La ligne de démarcation vient du nord, en suivant le vallon du Riulet, puis elle s'infléchit pour longer le Gave avant de courir de nouveau vers le sud. Des postes de douane sont installés sur le Nouveau Pont, à la sortie est de la ville. Un peu partout, des barrages empêchent la population de circuler librement vers la campagne. Une importante garnison s'est installée ici, l'année dernière. On parle de deux mille cinq cents hommes, soit plus de cinquante pour cent de population en plus, d'un coup. Encore davantage que l'avalanche des Espagnols, au printemps 39. Beaucoup de ces derniers travaillent à présent dans des Groupes de travailleurs étrangers. Ensuite, on a vu arriver les Alsaciens et les Belges. Bon gré, mal gré, on les a accueillis, soignés… Et puis les vert-de-gris ont déboulé. Personne n'a oublié et personne n'oubliera. Un après-midi de juin 40 – il y a déjà plus d'un an ! – on a entendu le ronflement des side-cars qui venaient des Landes. Des soldats ont placé des panneaux en allemand, pour indiquer les directions de Bayonne et de Pau. Et puis sont arrivés les camions, les véhicules armés et tout le bataclan. Une nuée d'insectes ! Pas croyable, on aurait dit qu'ils connaissaient déjà les lieux. D'ailleurs, certains, on les avait déjà vus par ici. Des touristes, des camionneurs, des commerçants… Le coup était préparé. Pour preuve, Falkenbach, l'industriel qui était venu lancer des affaires avec le céréalier Lamazou, est en réalité un officier, et pas n'importe lequel, le chef de la Kommandantur. Il s'est installé au château des Saules, chez Greiner. Ils ont aussi réquisitionné les dépendances du château pour des hommes de troupe et des véhicules.

Tout est chamboulé. Le maire Léon Pouthet – dont le cœur n'a pas très bien supporté tous ces chocs – a déménagé ses bureaux dans les locaux de l'école de musique, contiguë à la mairie, qui est devenue la Kommandantur. Le marché couvert est transformé en annexe et le commerce des volailles a été transféré à l'ancien dancing Garibaldi, le propriétaire ayant disparu avec son clebs et ses bagages dès les premiers temps de la guerre. Il paraît que l'Italien avait des sympathies du côté des cocos, et les cocos sont dans le collimateur, depuis l'interdiction du PC.

Les vieux réflexes sont revenus, comme s'ils n'étaient que tapis dans un coin de la mémoire, dans l'attente, dans la crainte d'une guerre. Dès les premiers jours, après la mobilisation, Marthe a planté un potager dans la cour, derrière l'auberge. Il a fallu élaguer un peu le cerisier, pour gagner de la lumière. Elle fournit quelques légumes – ce qui veut bien pousser – à Albert, le boulanger, qui a cessé de lui faire payer le pain, quand il a de quoi en faire. Échange de bons procédés. De temps en temps, elle lui donne aussi des œufs.

À la ferme, Anselme s'est organisé. D'emblée, il a doublé la surface du potager. Manon s'y arrête régulièrement, lors de ses tournées pour soigner les gens de la campagne. Elle procure des médicaments pour Arnaud, le fils aîné. Il ne va pas bien, depuis qu'il a été démobilisé. Anselme n'en parle jamais, comme s'il avait honte. Il remercie Manon, à sa façon. Les peines sont lourdes, pour ceux qui se font pincer à trafiquer, mais on s'arrange. Les soldats allemands aussi crèvent la dalle. Ça facilite la vie.

Certains – on le sait, pas la peine de s'appesantir –, ne s'embarrassent pas de scrupules et s'enrichissent. Ils profitent des pénuries pour faire monter les cours. À l'auberge, Marthe a prévenu Bistec, le boucher : si elle apprend qu'il fait des malhonnêtetés, ce sera pas la peine qu'il continue à se pointer chez elle. Bistec s'est offusqué de cette remarque qu'il trouvait accusatrice. Marthe n'a pas oublié les leçons de la première guerre, que les anciens racontent encore. Rapidement, comme en 14, la viande est devenue la denrée la plus rare et la plus convoitée. Pas toujours facile de rester honnête.

En revanche, être malhonnête envers l'occupant, c'est différent. Il y a des degrés dans la probité, surtout en temps de guerre. Plus que jamais, la morale est à géométrie variable. En ce moment, par exemple, on manigance un coup pour zigouiller un cochon. Anselme doit en livrer trois aux Allemands. Ils sont venus chez lui compter le bétail, tout ça est très rigoureux, ils lui imposent des quotas et réquisitionnent aliments et animaux à tour de bras. Mais Anselme est fine mouche. Quand il a vu arriver les inspecteurs, il a envoyé les gosses à la porcherie, fissa. Qu'ils prennent un porcelet de la nouvelle portée, et qu'ils courent se planquer dans le maïs, jusqu'à ce qu'ils entendent la corne de chasse. Hop ! Ni vu ni connu. Quand Anselme ira livrer ses trois porcs aux Schleus, il y en aura quatre dans la remorque. Enfin, au départ, parce qu'il en égarera un en chemin, du côté de la rue des Charmilles. Ça peut arriver à tout le monde, de perdre un porc en chemin, non ? De plus, les rues ne sont plus très sûres. Quand les gens ont faim, ils sont prêts à tout. On se méfie de son voisin comme s'il avait la peste. Les vols et les agressions se sont multipliés de façon incroyable, en une année. Alors, qui sait si on ne le lui aurait pas piqué, son cochon ? Anselme est bon comédien. Si ça se gâte, il saura faire son cirque. Les Boches n'y verront que du feu. Ils ne peuvent pas trouver que manque un cochon qui n'existe pas, pas vrai ?

Les gens se débrouillent comme ils peuvent, chacun invente son petit système de survie. C'est normal, on perd un temps pas possible à faire la queue, tout ça pour des clopinettes. D'abord, il faut aller chercher les tickets de rationnement. La queue. Ensuite, chez les commerçants. La queue. On dirait que rien ne peut les faire accélérer, ceux-là. Et c'est pas fini : il faut une autorisation spéciale pour faire dix mètres. Cette ligne a coupé le pays, coupé les habitudes, coupé la vie en deux et multiplié les pertes de temps par dix. Heureusement, on est malin, on s'accommode. À vrai dire, les Allemands ne se sentent pas forcément très fiers d'être ici. Pas tous. Alors, moyennant parfois quelque menu service, ils prennent des aises avec le règlement. On ne pourrait plus vivre, sinon. Tant qu'il n'y a pas de coup d'éclat, ils ne sont pas très regardants. Bien entendu, certains sont des durs à cuire. Ceux qui font du zèle, qui en rajoutent, qui ne se sentent plus. On les connaît. D'ailleurs, si un jour le vent tourne, ils auront intérêt à faire gaffe à leur peau de vache, ceux-là. On ne va pas les louper.

Donc, difficile de se déplacer sans ces maudits ausweis. Si tu veux franchir la ligne en plein jour, il faut aller chercher la paperasse à la mairie. Pour la nuit, c'est au marché couvert. Et si on les écoutait, on n'aurait plus qu'à se dessécher dans les files d'attente. Cela dit, les gens font mine de courber l'échine, mais par-derrière, ils ne se gênent pas.

Louis vient de terminer la classe. Il efface le tableau, tandis que les enfants se lèvent en piaillant. Les chaises raclent le plancher.

– Doucement, doucement s'il vous plaît ! Allons, on se dépêche de sortir !

L'instituteur de l'école de Castelnau, un village minuscule niché dans les collines boisées, au nord-est de Peyregave, n'est pas revenu de la guerre. Il est prisonnier quelque part en Pologne, personne ne sait où exactement. Un compagnon d'armes est passé par ici pour donner des nouvelles, après la démobilisation, et depuis, plus rien. Le directeur du collège Montcalm a intercédé en faveur de Louis, afin qu'on lui confie le poste. Le brave homme pensait que cette nouvelle responsabilité encouragerait le garçon à se tenir à carreau. Tout le monde a entendu parler de ses démêlés avec la police, qui lui a fait comprendre que ses accointances avec les gauchistes pourraient bien lui attirer des ennuis, un jour ou l'autre. D'une part, Louis n'avait rien contre le fait d'enseigner, bien au contraire. D'autre part, il a compris sans tarder que ce poste représentait au moins deux avantages certains : l'un, cela rapportait un peu d'argent. L'autre, il bénéficiait d'un laissez-passer permanent, pour franchir la ligne au barrage du lavoir de la Sèrp.

L'affaire offrait en réalité un troisième privilège, et non des moindres, auquel Louis ne s'attendait pas.

Le chemin de Castelnau passe devant la forge de Roger Cousinave, un petit homme tanné par le feu, qui est en outre le paternel d'une charmante créature de dix-neuf ans prénommée Gabrielle. Cheveux roux, joues constellées de taches de rousseur, corps de fruit généreux et humeur bien trempée, héritée de son père. De quoi encourager Louis à presser les enfants de quitter l'école au plus vite : autant de gagné pour musarder en chemin avant la fermeture de la barrière de la Sèrp.

Lunettes de protection sur les yeux, Roger tient une pièce de métal dans les braises, au bout de grandes pinces. La crasse et la fumée recouvrent ses joues. Son front est luisant de sueur. Les ombres dansent sur son visage et sur les muscles taillés au couteau de ses épaules, qu'un tablier de cuir laisse à découvert. Du feu, il retire la pièce portée à blanc et la pose sur l'enclume, avant de la cogner à l'aide d'une massette.

À bicyclette, Louis passe sur le chemin, devant l'entrée de la forge. De dos, Roger ne peut pas le voir, alors Louis bifurque d'un coup sec, pique vers la maison et pose son vélo contre le mur. Discrètement, il fait le tour du bâtiment.

La fenêtre de la chambre de Gabrielle est ouverte, à l'étage.

– Pssst ! Gabrielle… c'est moi !

Sans réponse, il insiste et appelle une deuxième fois. Soudain une voix, derrière lui, le fait sursauter.

– Vous désirez, jeune homme ?

Louis se retourne. Gabrielle est appuyée au mur. Elle porte une robe légère, à motifs de fleurs orange, dont le col est ouvert sur la naissance des seins. À son bras, un panier plein de pissenlits.

– Tu m'as fait peur !

Elle rit.

– Tu as peur que mon père te torde le cou !

Il sourit et baisse la tête.

– Je ne crois pas que je ferais le poids…

Elle dépose le panier, prend le bras de Louis et dirige ses pas vers le sentier qui descend vers le creux des collines couvertes de châtaigniers.

– Viens, allons jusqu'à la rivière.

– Mais…

– Oh, quel trouillard ! Maman est chez les voisins pour donner un coup de main et lui, il ne mettra pas le nez hors de sa forge avant ce soir, allez, viens !

La chaleur de l'après-midi s'est adoucie. Le feuillage des châtaigniers frissonne au passage d'un souffle d'air. De loin en loin, les oiseaux se répondent.

Le cœur de Louis bat de façon désordonnée. Le parfum qui monte du corps de la jeune femme lui agite les sens. Parfois, leurs mains s'effleurent, au rythme de la marche. Une risée le parcourt alors, comme troublant la surface d'un lac. Gabrielle semble s'en apercevoir, elle lui adresse un regard plein de rire. Et lui, bêtement, ne trouve qu'à rougir.

– Tu m'as apporté le livre ? demande-t-elle.

– Le livre ?

– Le roman dont tu m'as parlé.

– Ah, non. Ma mère a déjà mis le grappin dessus. Elle n'est pas rapide, tu sais. Dès qu'elle l'a fini, je te le passe.

– Et toi, tu le liras ?

– Moi ? Oui… pourquoi pas… Moi, tu sais, les histoires d'amour…

Elle s'arrête, dépose le panier au sol et se met face à lui, le visage à quelques centimètres. Une bouffée d'air chargé d'effluves sucrés monte en virevoltant de sa chair. Louis n'a jamais ressenti une telle chose, auparavant. Il y a deux ans, il s'était bien entiché de Lucette Fortas, qui l'avait déniaisé de belle façon à l'issue de son entrée dans l'ancienne cellule anarcho-romantique des Frères Reclus, mais là, maintenant qu'il est à un centimètre du corps de Gabrielle, qu'il sent ses seins vigoureux venir s'écraser contre sa poitrine, il comprend bien qu'il s'agit de tout autre chose. Le désir le chamboule tout entier et il en éprouve une gêne étouffante. D'autant qu'elle le saisit par la taille et plaque son ventre contre le sien, comme si ça ne suffisait pas. Impossible de cacher davantage le fond de sa pensée.

Lentement, Gabrielle approche sa bouche de la bouche de Louis.

Elle murmure :

– T'en as pas envie, toi ?

Toujours lentement, tenant la taille du jeune homme et l'entraînant avec elle, elle recule pas à pas de sorte à appuyer son dos contre le tronc d'un grand châtaignier.

Elle le serre plus fort, leurs corps sont en contact de haut en bas.

Louis a fermé les yeux. Le sang bat dans ses tempes, dans son cou, dans son ventre. C'est plus grand que l'ivresse, plus fort que tout ce qu'il a connu. Au centre de sa poitrine, il y a comme un incendie dont les flammes brûlent son regard.

Leurs lèvres se touchent. Elle le picore, le provoque tendrement, se tenant au seuil du baiser.

– Alors, souffle-t-elle, tu veux ?

Soudain, une voix énorme vient de la maison.

– Gabrielle !

Elle ramasse prestement le panier.

– Zut ! Mon père.

– Gabrielle ! répète la voix épaisse et autoritaire.

– Oui, papa, je suis là, j'arrive !

Elle jette un regard à Louis.

– Refagote-toi un peu et prends pas cet air mortifié, allez, viens !

Lunettes noires remontées sur le front, le forgeron attend, bras croisés. Il s'adresse à Louis :

– Ah, il me semblait bien que je t'avais vu passer, toi. Comment ça va ?

Le solide petit homme tend une battoire noirâtre. Louis s'approche.

– Ça va, Roger. Je… je passais par là et…

– C'est gentil de t'arrêter nous dire bonjour !

– Louis m'a aidé à cueillir l'herbe pour les lapins, papa.

Le père rit dans sa lippe.

– Oui, oui… les lapins. Les lapins…

Louis ne sait plus où se mettre.

– Allez, entre, petit ! J'ai deux mots à te dire. Gabrielle, sers-nous un coup à boire, on meurt de soif avec ce temps, pas vrai ? Ensuite, tu iras aider ta mère à étendre le linge. Elle t'attend.

Il applique une bourrade sur l'épaule de Louis, qui manque de tomber à la renverse.

– Oui, c'est vrai qu'il fait chaud, ânonne-t-il, tandis que Gabrielle ne sait plus où regarder pour ne pas éclater de rire.

Heureusement que Marthe ne s'est pas débarrassée de la lampe à pétrole quand elle a déménagé de la ferme pour ouvrir cette auberge. Ils ont coupé l'électricité aux particuliers et aux commerces qui n'en ont pas besoin pour fonctionner.

Galoche et Bistec se livrent à une partie de dominos très serrée, sous les yeux graves de Miguel. Marthe, installée à la table voisine, profite du maigre halo qui vient jusque-là. Manfred s'est endormi dans un coin sombre de la pièce, près du bahut sur lequel est posé le poste, juste sous la pendule arrêtée sur midi pile depuis des années, pendule que personne n'ose remonter, parce qu'elle s'est bloquée à l'heure précise où Jean, le mari de la patronne, est mort.

On entend les coups de hache de Gaston Escoubeth, dans la cour de derrière. Il prépare le bois pour la cuisinière.

– T'as une chance de cocu, dit Galoche, de son vrai nom Lucien Despujols, cheminot quand il travaille, précisent les mauvaises langues qui ne manquent pas au pays.

– Ça risque pas, rétorque Bistec, autrement dit Joseph

le boucher, que Marthe tient à l'œil depuis le début de la guerre.

Miguel pouffe de rire :

– Ouh, yo, ça m'aura pas plu !

– Vous voulez pas la fermer un peu, s'agace Bistec, on peut pas jouer dans ces conditions !

Gaston entre dans la pièce. Son front ruisselle. Son maillot de corps est trempé de sueur.

– J'arrête, on voit plus rien, dehors. J'ai tout rangé contre le mur de la cuisine, Marthe, t'en as au moins pour une semaine.

Marthe lève les yeux du livre et remercie Gaston d'un regard attendri.

Les autres baissent le nez et se mordent la langue pour ne pas en rajouter. Gaston est foutu comme un déménageur, on voudrait pas en prendre une, même petite, sur le coin du museau. Après tout, on trouve qu'ils vont plutôt bien ensemble, ces deux-là. Le pauvre Jean avait plus ou moins nommé Clip-et-clop à sa succession auprès de Marthe, avant de mourir. Ce boiteux de Clip-et-clop, trouillard comme pas deux. Depuis qu'il a compris qu'un autre chevalier servant briguait la place, il a déserté l'auberge. Il s'abreuve au zinc de Justine Jaurégui et balance tant qu'il peut sur Gaston. Marthe est un peu ennuyée, mais elle dit qu'on le reverra un jour ou l'autre, que ça lui passera. Il faudra bien, parce qu'il finira par dérouiller, s'il n'arrête pas de persifler. On ose à peine imaginer dans quel état une ruade de Gaston mettrait ce pauvre gringalet.

Marthe pose son livre à l'envers sur la table.

– Il est tard, dit-elle. Allez, encore une fois vous ne respectez pas le couvre-feu. Si vous vous faites pincer, moi, j'y suis pour rien.

Miguel se lève.

– Amigos, elle a raison la patrona, on va lui attirer des ennuis si on reste là.

Galoche ramasse les dominos d'un coup de main circulaire.

– Eh, fait Bistec, qu'est-ce que tu fous, on n'a pas fini !

– T'as pas entendu ? Ça ferme !

– Pour une fois, j'avais du jeu.

– C'est justement..., persifle Miguel en regagnant la porte.

Il cogne sur la table où est accoudé Manfred.

– Hep ! Manfred, tu ronfles comme un panzer !

Le soldat sursaute. Il roule un instant des yeux perdus, avant de retomber sur ses pattes. Il se lève et salue les hommes.

– Messieurs, bonsoir. Il est tard, attention à la patrouille !

– T'en fais pas, dit Galoche, on a l'habitude.

Il jette un œil dehors et invite Bistec et Miguel à le suivre. La voie est libre.

Marthe s'approche de Gaston.

– Tu vas attraper froid, toi, t'es tout en nage.

– Mais non, je crève de chaud ! Donne-moi quelque chose pour décoller la langue de mon palais, avant de partir.

Manfred remue sur sa chaise. Il déboutonne le col de sa chemise réglementaire.

– C'est vrai qu'il fait chaud...

Marthe leur sert un verre à chacun. Gaston le boit d'un trait, le claque sur la table.

– Allez, je file. J'ai pas envie d'avoir des ennuis.

Gaston est responsable du Groupe de travailleurs étrangers des carrières, constitué essentiellement d'Espagnols. Ceux qui n'ont pas voulu rentrer au pays (le plus court chemin vers les gibets de Franco), ni s'engager dans la Légion, ni par la suite, partir travailler à la construction du mur de l'Atlantique. Pour les autorités françaises et allemandes, ces récalcitrants représentent un danger. Communistes et surtout anarchistes, ils sont ouvriers le jour, guérilleros la nuit, en liaison avec les maquis du Sud-Ouest, et parfois même en concurrence. Il y a des tensions entre des réseaux qui poursuivent pourtant le même but. Vaincre le fascisme, ce n'est pas la moindre des utopies de Gaston, communiste de la première heure, que les services de renseignements de tout bord tiennent à l'œil. On se doute qu'il n'a pas un sommeil de pierre.

Manon apparaît à la porte d'entrée.

Marthe sursaute.

– Tu m'as fait peur ! Tu rentres de plus en plus tard, ma pauvre fille ! Un jour, tu vas te retrouver coincée de l'autre côté de la ligne.

– Ne sois pas inquiète, maman, je me débrouille.

Tandis que Gaston glisse un mot à l'oreille de Marthe, avant de s'en aller, Manon pose sa trousse de soins sur une chaise, l'ouvre et en sort une douzaine d'œufs.

– Je me suis arrêtée chez Anselme, au retour de la tournée. Arnaud ne va pas bien. Il est dépressif. J'ai peur qu'il fasse une bêtise.

– Une bêtise ? fait Marthe dont les pommettes sont un peu roses.

– Oui. Je ne sais pas. Qu'il tourne mal.

– T'es déjà bien brave de le soigner, ce crétin. Tu devrais le laisser tomber.

– Maman…

Arnaud, le fils aîné d'Anselme, n'est jamais tout à fait revenu de la guerre. Il s'était engagé pour échapper à des représailles, parce qu'on le soupçonnait d'avoir dénoncé Juan, l'Espagnol caché par la bande de l'auberge des Charmilles, en 39. Arnaud était amoureux de Manon depuis son enfance.

S'engager pour la guerre fut un mauvais choix. Croyant échapper à un funeste destin, il se jetait dans les pattes d'un autre, pire encore. Au combat, il n'avait pas la fibre du héros. Il a connu de sales heures. Il est revenu ici blessé et psychologiquement ruiné. On le voit dériver de bistrot en bistrot, picoler et raconter toujours les mêmes histoires à des arsouilles comme lui, qui ne l'écoutent pas. Vingt ans à peine et on dirait un vieux.

Ironie du sort, Manon est maintenant chargée de le soigner. Au début, elle lui en voulait. Elle prodiguait les soins sans lui adresser une seule parole. Ensuite, au fil des jours, elle a appris à le considérer différemment, et le plaint plus qu'elle ne le blâme. Juan est loin, désormais, la rancune ne le ferait pas revenir.

Marthe a la dent plus dure :

– Moi, je le laisserais crever dans son coin, à ta place.

– On ne peut pas vivre dans l'idée de vengeance, maman. Je crois qu'il y a une justice. Juan a réussi à s'enfuir, et Arnaud a payé cher, regarde-le aujourd'hui.

Marthe soupire.

– T'as peut-être raison. En tout cas, c'est pas la peine qu'il se pointe ici, celui-là. Je m'en méfie. Pour moi, c'est fini ! Allez, on va mettre le couvert.

– Louis n'est pas encore rentré ?

– Il s'est déjà fait coincer deux ou trois fois, ça lui suffit pas, dit Marthe. Un jour, ils vont l'envoyer en prison là-haut, en Allemagne, je l'ai prévenu.

– On n'envoie pas les gens en Allemagne pour un oui ou pour un non, maman. Manfred, vous allez souper avec nous ?

Manfred a pris le roman de Marthe. L'index sur les lignes, il lit à voix basse. Cela lui demande des efforts qui se traduisent par des grimaces, des froncements de sourcils, des haussements de front, des gonflements de joues. Il a l'air d'un cancre appliqué. Il lève le nez.

– Hmm ? Si ça ne dérange pas...

Si ça ne dérange pas. Il fait le coup tous les soirs. Au lieu de monter dans ses quartiers, au grenier, après son service, il traînasse, l'air de rien, jusqu'à ce qu'on lui propose une assiette.

Marthe et Manon passent à la cuisine pour préparer le repas.

– On a des nouvelles ? demande laconiquement Marthe.

Manon regarde furtivement du côté de Manfred, qui s'est remis à lire, dans la salle principale de l'auberge.

– C'est pour demain matin. Anselme doit livrer la Kommandantur à huit heures, il passera ici avant.

– Parfait. J'irai prévenir Bistec dès la première heure. Il rameutera les autres.

II

Sept heures du matin.

Galoche est posté à l'angle de la rue des Charmilles et du boulevard des Prunes. Bistec est en vue, près de la fontaine de l'église Saint-Matthieu, dans l'alignement de la rue des Franciscains. Il voit jusqu'à la place de Mars, où se situe la Kommandantur. Miguel est près du marché couvert, de l'autre côté. Il y a toujours des mouvements, depuis qu'ils y ont installé leurs bureaux annexes. C'est là aussi que sont cantonnés les Polonais. Des jeunes gars tous plus maigres que des anchois, brutalisés pas les Allemands. On dirait qu'ils ne les nourrissent pas, tellement ils flottent dans leurs frocs. Vraiment, ils les traitent comme des chiens. Ils les utilisent comme sentinelles aux endroits les plus exposés.

Au bas de la rue des Charmilles, où elle saute par-dessus le ruisseau, se tiennent Gaston Escoubeth et Louis. Plus haut, au croisement de la rue du cimetière, il y a Fifi. C'est lui qui verra la bétaillère arriver. Ensuite, le scénario est bien rôdé.

Manon est postée derrière le portillon de la cour, en haut de l'étroit passage qui va jusqu'au ruisseau entre les murs aveugles des maisons.

L'auberge est silencieuse. Marthe a déplié un vieux journal sur une table. Elle pèle des oignons en reniflant. De temps en temps, elle s'interrompt, tend l'oreille, regarde vers la cuisine. Manfred n'est pas encore levé. Elle se demande ce qu'il fait. D'habitude, il commence sa garde à sept heures, au barrage du lavoir, mais il sort avant, le temps de passer au marché couvert pour prendre son fusil. Il ne garde qu'une arme de poing, la nuit.

Enfin, on entend son pas lourdingue dans l'escalier, là-haut. La porte grince et il apparaît sur le corridor qui domine la cour. Chemise débraillée, il pose la veste de l'uniforme sur la rambarde et s'étire, lâche un pet, se gratte. Il bredouille une chanson allemande.

Derrière le mur, Manon s'est accroupie. Si Manfred l'aperçoit, il lui fera du gringue et compromettra la suite des événements.

Après avoir boutonné sa veste, Manfred descend, longe la petite cour et entre dans la cuisine de l'auberge. Il remue la cafetière, posée sur la table. Il applique sa main sur le fond. Elle est froide. Il met la main sur la cuisinière. Froide. Il secoue la tête et passe dans la salle de l'auberge.

– Bonjour Marthe. Pas de petit jus, ce matin ?

– Bonjour Manfred. Le feu n'a pas tenu, cette nuit. Je n'ai pas assez chargé la cuisinière avant de me coucher.

– Pourtant, ce n'est pas le bois qui manque !

– Croyez pas, ça file à une vitesse. C'est du vergne, tout juste bon pour tailler des sabots. Désolée, mon vieux.

Déçu, l'Allemand se dirige vers la porte.

– Dans ce cas... bonne journée, Marthe.

– À vous aussi, Manfred.

Le soldat soupire et sort.

Aussitôt, Marthe se précipite vers la cuisinière. Le bois

est prêt, dans le fourneau, il n'y a plus qu'à craquer une allumette. Elle pose une bassine sur les plaques et fait des va-et-vient pour la remplir d'eau à l'aide d'un broc.

En haut de la rue, Manfred aperçoit Galoche.

– Alors, ça va ce matin, monsieur Despujols ?

– Ça va, ça va, ça peut aller. Bonne journée.

Le cheminot ne veut pas engager la conversation. Il lève la main en signe d'au revoir et fait quelques pas en direction de la place de l'église. Manfred n'insiste pas. Une voiture équipée d'un gazogène corne et manque de l'écraser. Manfred lève le poing et balance un chapelet d'insultes d'outre-Rhin. Plus loin, il tombe sur Miguel.

– Bonjour Miguel.

– Hola señor, cómo ça va ?

Manfred indique le ciel.

– Grosse chaleur aujourd'hui… Orage ?

Miguel réplique d'une vague grimace. L'Allemand passe son chemin.

« T'as qu'à rentrer chez toi, si t'as trop chaud… », fait Miguel entre ses dents.

À l'angle de la rue du cimetière, Fifi commence à s'impatienter. On ne sait jamais trop sur quel pied danser, avec lui. Il peut se montrer absolument héroïque, dans certaines circonstances, et dangereusement idiot la seconde qui suit. On le connaît, on l'accepte comme ça, même si parfois il est à baffer. D'ailleurs on ne le met pas au courant de toutes les manigances parce qu'il ne sait pas tenir sa langue. Sauf quand Manon lui demande de la boucler. Fifi est plus fidèle qu'une pierre tombale. Incroyable ce qu'il en pince pour elle, le pauvre gars.

Quand il la regarde de pied en cap, on sent que ça le travaille dur.

Fifi entend beaucoup de choses. Les gens ne se méfient pas de lui. Il s'ennuie, tout seul, alors il est toujours à battre la campagne. Comme braconnier, il n'y a pas mieux. Il traîne dans les rues, aussi. Les gens le font picoler et il aime ça. Il connaît des tas de potins, le problème c'est qu'il n'a pas la moindre conscience d'être le seul à les connaître, alors il lui arrive de se répandre. Fifi ne garde rien pour lui, il est foncièrement généreux. Incapable de juger de l'importance des choses. Un imbécile heureux.

Voilà, il fait signe ! Il vient d'apercevoir la bétaillère d'Anselme. Louis saute au bas du pont et prépare la corde.

Gaston essuie son front perlé de sueur. Il est inquiet. L'opération ne durera que quelques minutes.

Le camion apparaît au bas de la rue. Arrivé à la hauteur de Gaston, il s'arrête. Anselme reste au volant. Gaston ouvre la porte arrière. Les cochons s'effarouchent et s'entassent dans le fond. Gaston en saisit un par les oreilles, l'animal se met à crier. Louis intervient et passe un nœud coulant autour du museau de la bestiole, que Gaston immobilise tant qu'il le peut. Louis entoure ensuite le cou et une patte antérieure. Rapidement, il saute à terre et tire sur la corde, tandis que Gaston pousse le porc, qui tombe lourdement sur la chaussée et reste un instant groggy. Gaston descend et tape deux fois sur le côté du camion. Anselme met les gaz et remonte la rue. Il n'a plus qu'à livrer le reste de sa marchandise aux Allemands.

Louis et Gaston traînent le cochon muselé au bas du pont et longent le Riulet jusqu'au passage étroit. L'animal tente de s'enfuir, mais la corde l'empêche de poser l'antérieur au sol et de prendre appui. Gaston le tient par la queue et cherche à l'entraîner, de toutes ses forces. Il se méfie, le cochon commence à devenir agressif. Il n'est pas énorme mais quand même, il doit bien peser ses cent cinquante kilos.

Lorsque Galoche voit passer la bétaillère, en haut de la rue, il lance un signe à Miguel, côté marché couvert, et à Bistec, côté église. Tous trois cessent le guet et se dirigent vers l'auberge, mains dans les poches, l'air de rien. Enfin, du mieux qu'ils peuvent. Ils y parviennent en même temps que Fifi.

Derrière la bâtisse, voyant venir Louis et Gaston par le passage étroit, Manon ouvre le portail de la cour, où Marthe attend avec la masse. Les cris étouffés de l'animal effarouchent les oiseaux du cerisier.

Sur la cuisinière, l'eau bout à grand galop.

– Allez, bougez-vous un peu ! lance Gaston à l'adresse des autres qui tardent à s'y mettre.

Galoche saisit l'un des postérieurs. Fifi aide Louis à tirer sur la corde. Miguel s'accroche à l'antérieur libre. Le cochon remue, bouscule tout le monde.

– Alors Joseph, qu'est-ce que tu fous ? T'attends qu'on ameute toute la ville ?

Marthe donne la masse à Bistec, qui se sent paralysé par l'angoisse. Le boucher en titre lève l'outil et frappe malencontreusement le groin du cochon qui pousse un cri horrible. Le sang gicle, le groin rougit.

– T'es con ou quoi ? fait Gaston qui commence à fatiguer.

Bistec lève la masse une deuxième fois, l'abat de toutes ses forces. Elle ripe sur le bord du crâne de l'animal, arrachant à demi une oreille, et vient cogner le tibia de

Miguel qui lâche tout et hurle de douleur en se roulant sur les plans de poireaux.

Marthe l'assaisonne :

– C'est pas la peine de faire tout ce cirque si c'est pour gueuler plus fort que le porc, andouille !

Voyant que l'animal menace de se libérer, Marthe saisit la masse et frappe de toutes ses forces. Le crâne cède avec un craquement abominable. L'animal tombe lourdement au sol. Ses pattes sont secouées de convulsions et son faciès ensanglanté, yeux mi-clos qui papillonnent, arbore une sorte de sourire. Du coup, Fifi s'attendrit et sourit aussi.

Manon entre dans la cuisine, plonge les couteaux dans l'eau bouillante et soulève la bassine à bout de bras.

Pendant ce temps, Miguel s'est assis au bas de l'escalier.

– *Me cago en su puta madre*, il m'a pété el tibia !

Sans perdre de temps, Gaston incise le jarret de la bestiole, pour découvrir le tendon. Louis a lancé la corde par-dessus une branche du cerisier.

– Allez, fait Gaston, on le hisse.

Tout le monde s'accroche à la corde pour soulever le cochon, accroché par la patte. Manon place la bassine au sol, sous la bête. Elle donne le grand couteau à Bistec qui, un peu tremblotant, perce la gorge de la bestiole. Il retire la lame.

– Merde, ça saigne pas.

De nouveau, il plante le couteau dans la gorge, et remue, fouaille nerveusement la lame à l'intérieur.

Le sang jaillit enfin à gros bouillons sur ses mains et dans la bassine.

– Pas trop tôt ! fait Gaston. Allez, pompe !

Bistec saisit un antérieur et l'actionne, comme un bras de pompe. Le sang gicle en mesure.

Manon s'approche de Miguel, qui tourne de l'œil au bas de l'escalier.

– Voyons ça, dit-elle en s'accroupissant devant lui.

Miguel grimace.

– Quel douillet ! dit Manon. C'est juste une éraflure.

Depuis que Falkenbach s'est installé au château des Saules, le professeur Greiner et sa femme vivent dans le pavillon des concierges. Les dépendances sont occupées par des gardes chargés de la sécurité de l'officier, principal responsable du secteur de Peyregave. Falkenbach est un type à l'ancienne. Rigueur, fermeté et une certaine élégance. Il se montre sévère avec des saboteurs, mais n'est pas à la botte de la Gestapo, comme d'autres.

Devant un miroir rond suspendu à un clou, Greiner inspecte sa barbe et égalise les poils insoumis. Mathilda lisse sur elle une robe de soie un peu fripée.

– Regarde ça, Pierre. Je ne peux pas y aller fagotée de la sorte, tout de même.

Le vieux psychiatre, sur un ton détaché :

– Tu es très bien, Mathilda. Je t'assure, tu es très bien.

Mathilda peste et se rapproche de la fenêtre, à pas nerveux.

– Tu ne m'as même pas regardée ! On dirait que tu te fiches de tout, depuis le début de cette maudite guerre, c'est insupportable.

– Mais si, mon amour, je te vois dans le miroir.

Il tourne son visage sur le côté, repère un poil trop long, le coupe et reprend :

– Toutes les guerres sont maudites, Mathilda. Celui qui n'est pas soldat doit apprendre la patience. Patience, patience. Qui vivra...

– Avec ces fenêtres minuscules, on n'y voit rien. Quelle humiliation ! Et puis tu sais, être invitée à ma propre table, c'est intolérable !

Le professeur interrompt son geste et reste devant le miroir, sans bouger, menton tendu.

– Mon amour, dis-toi que ça pourrait être pire.

– Ah ça, je ne vois pas comment !

– Tu ne vois pas, non.

Le professeur déplore que sa femme, d'habitude si prompte à plaisanter et à faire des calembours, y compris dans les pires circonstances, ait perdu sa belle humeur depuis qu'on les a forcés à déménager.

– Tu devrais te montrer plus philosophe, Mathilda. Nos enfants sont grands. Ils sont en sécurité, aux USA, et nous ne risquons rien, ici. Le vent tournera, un jour ou l'autre, je te l'ai dit cent fois.

– Et s'il ne tourne pas ?

– Nous devrons faire avec.

Mathilda bouscule son époux et prend place devant le miroir. Elle ouvre sa bouche en rond, tend ses lèvres et les badigeonne de rouge.

– Qu'en sais-tu ? Es-tu devin ? Et s'ils restaient définitivement ?

– Je n'y pense même pas.

– Ah parfait, nous voici bien avancés !

Une Hispano-Suiza V12 passe en trombe au portail et remonte l'allée en faisant grincer les cailloux, soulevant un nuage de poussière.

– Nous sommes en retard. Les Lamazou sont là.

– Tu verras, Francine sera mieux habillée que moi, la garce. Si tu veux mon avis, la guerre n'a pas ruiné tout le monde, tss !

– Il fallait épouser un marchand, mon amie. Je ne suis qu'un vieux radoteur et je n'ai pas le sens des affaires.

– Tu iras au paradis. C'est dommage que Falkenbach ne soit pas venu avec sa femme, elle est charmante. Je me suis très bien entendue avec elle, quand ils sont venus voici deux ans. Nous aurions pu parler du pays. Il y a si longtemps que je n'ai vu la Bavière.

– Falkenbach est officier d'une armée en guerre. Il n'est pas venu pour prendre les eaux avec Madame. D'autant que Madame n'est sans doute pas son épouse.

– Comment ça ?

– Ils étaient là en mission d'espionnage, Mathilda. Tu ne l'as pas compris ?

– Comment peux-tu en être sûr ? Je ne trouve pas qu'il ait l'air d'un espion.

– C'est justement qu'il faisait bien son boulot. Si les espions avaient l'air d'espions, ma chère…

Mathilda poudre ses joues, fait quelques grimaces. Pendant ce temps, Greiner ouvre le tiroir d'un guéridon et en sort une clef qu'il glisse dans sa poche.

– Imagines-tu, Pierre, si tu avais dû partir en Allemagne pour un an, deux ans, sans moi ?

– Je ne suis pas militaire, Mathilda.

– Oui, d'accord. Il n'empêche que tu pourrais faire un effort pour imaginer.

– L'esprit scientifique se méfie de l'imagination. En manquer est une tare, mais en avoir en excès est un grave danger. Es-tu enfin prête ?

– Oui, oui, je me chausse et j'y suis ! J'ai une faim de loup.

Une minute plus tard, ils sortent du pavillon et vont le long de l'allée, bras dessus, bras dessous.

– Et Léon ? Tu crois qu'il a invité Léon ? demande Mathilda.

– Oui, bien entendu. Léon ne va pas bien. Je n'aimerais pas être à sa place. Il est pris entre le marteau et l'enclume. Les gens se plaignent sans cesse, il reçoit à la fois les ordres de la préfecture et ceux de la Kommandantur. Son cœur en a pris un coup. Je prie pour que rien de grave n'arrive.

– Pauvre Charlotte. C'est triste, quand même.

Lorsque le couple est au pied de l'escalier double qui monte au perron de l'entrée du château, le véhicule du maire, Léon Pouthet, se gare près de l'Hispano-Suiza.

Au bras de Charlotte son épouse, Léon vient doucement, assurant son pas sur une canne. L'attaque cardiaque qu'il a subie il y a quelques mois l'a laissé diminué.

Ils échangent les salutations et se présentent à la porte du château. Un aide de camp ouvre et les introduit. Francine Lamazou et son époux Maurice sont déjà installés dans les fauteuils du salon de musique, à droite de l'entrée. Falkenbach, debout près du piano, appuie sur les touches et cherche un air de chez lui. Il se retourne et accueille ses invités d'un sourire franc.

– Ah, chers amis, je suis ravi que vous ayez accepté l'invitation ! Il y a plusieurs mois que je voulais vous recevoir. Ce n'était pas très facile à imaginer.

– Ce tact vous honore, mon cher, dit Greiner.

Falkenbach saisit le psychiatre au coude et l'entraîne à

l'écart. Il s'adresse à l'aide de camp pour ordonner de servir le champagne aux convives, puis glisse à Greiner :

– Mon cher Pierre, comment dire ? J'ai pu faire acheter d'excellents produits du pays, pour ce dîner, mais, comment dire ? Je sais que vous êtes amateur de vin et…

Greiner hausse le front.

– Vous avez dû trouver votre bonheur à la cave.

Falkenbach fait un signe négatif de la tête, avant de parler :

– Non, mon cher. Voyez-vous, les circonstances ne m'autorisent pas à déroger à certaines règles personnelles, quand j'éprouve de la sympathie, voire de l'amitié pour les gens. Vous allez trouver cela *vieux jeu*…

– Appelons plutôt ça de la compassion.

– Non, Pierre, vous n'y êtes pas. Vous êtes ici chez vous, même si…

– Le destin se montre bien ironique, parfois, dit Greiner en plongeant la main dans sa poche.

Il tend la clef à Falkenbach.

– Qu'avez-vous fait préparer ?

– Filet mignon de porc en sauce aux fruits rouges. Nous avons été livrés il y a peu.

Greiner se caresse la barbe :

– Voyons… filet mignon, filet mignon… que diriez-vous d'un haut-brion 1928 ? Nous en avions parlé, je crois me souvenir ?

– C'est vrai, oui, quelle mémoire… Vous avez raison, le destin se montre parfois bien ironique. Entre nous, ici, vous pouvez m'appeler Berthold, cela me fera plaisir.

Falkenbach appelle l'aide de camp, lui donne la clef et lui demande de remonter une bouteille de haut-brion.

– Deux, corrige Greiner. Et un guiraud 1925, ils sont à

droite, tout en bas. Je suppose qu'il y aura du foie gras, Berthold ?

– Nous avons d'excellents fournisseurs, en effet, Pierre. Il faut bien qu'il y ait quelque avantage à vivre à la campagne…

Falkenbach traduit à l'intention de l'aide de camp, et les deux hommes reviennent vers le salon, où Mathilda s'est installée au clavier pour interpréter la chanson qu'esquissait Falkenbach tout à l'heure.

L'officier vient près du piano, écoute un moment, l'air pensif. Intimidée, Mathilda cesse de jouer.

– Vous connaissez cet air ? demande-t-il. Je ne sais plus qui est le compositeur. Quand j'étais jeune, ma professeur de musique chantait du Hölderlin, là-dessus.

Il se met à chanter, d'une voix de baryton :

Ihr Städte des Euphrats !
Ihr Gassen von Palmyra !
Ihr Saülenwälder in der Ebne der Wüste…

Pendant ce temps, Maurice Lamazou entreprend Greiner à propos de ses inquiétudes, à voix basse. Le commerce international est à l'arrêt, les Allemands réquisitionnent tant qu'ils peuvent. Maurice compte en glisser deux mots à Falkenbach, si l'occasion se présente.

– Si ça continue, dit-il, on va pouvoir filer en Argentine. Il paraît que là-bas…

Greiner opine, sans écouter. Il regarde Mathilda tomber sous le charme de l'officier, comme un oiseau fauché en plein vol par une charge de plomb.

N'y tenant plus, le psychiatre pose la main sur l'avant-bras de Lamazou.

– Excusez-moi, Maurice, je vais me resservir un peu de champagne.

L'aide de camp, attentif au moindre mouvement des convives, saisit la bouteille, plongée dans un seau d'argent plein d'eau fraîche.

Il la tient par le culot, essuie l'eau qui goutte et se place devant Greiner.

Falkenbach cesse de chanter. Il demande à l'aide de camp de resservir tout le monde, sur la lancée. Après quoi il sera temps de passer à table.

Assis un peu à part, Léon a l'air préoccupé. D'autant que la conversation de Charlotte, son épouse, avec cette gourde de Francine Lamazou, l'exaspère vraiment.

Francine explique que Maurice lui a fait venir de Londres la robe qu'elle porte. Courte sur les cuisses, recouvertes jusqu'aux genoux d'une ligne de franges ondoyante, largement décolletée et ouverte sur le dos. Francine a l'air à peine vêtue, ce qui, comme d'habitude, agace les femmes et ne déplaît pas aux hommes, qui redoublent de contorsions et de ruse pour se rincer régulièrement le regard sans être repéré. Qui la face, qui le profil, qui le dos. Tout y passe.

Après avoir trinqué une dernière fois, l'officier installe ses convives à table. Il place à sa droite Francine, et à sa gauche Charlotte. Mathilda se retrouve entre Maurice et Léon. Elle est furieuse. Pour tenter d'attirer l'attention, elle reparle d'Hölderlin.

– Savez-vous qu'il a écrit sur Bordeaux ? Il a vécu en Aquitaine, quelque temps…

La tentative tombe à plat. Falkenbach a changé de registre. Il fait des simagrées à l'attention de Francine, et cette dernière frétille comme une truite sortie de l'eau. Lamazou ne voit rien, il est un peu pompette. Quand les affaires ne vont pas, il ne fait pas attention à ce qu'il boit. Et comme il ne tient pas... Avant le dessert, il piquera du nez dans son assiette, on peut s'y attendre.

Le visage de Mathilda se ferme. Elle baisse le regard et rumine sa colère. Greiner n'en loupe pas une, il jubile intérieurement. Non, qu'est-ce qu'elle croit, Mathilda. Ce bellâtre de Falkenbach a au moins quinze ans de moins qu'elle...

– Commandant, je dois vous demander une faveur.

C'est Léon Pouthet qui vient de parler. Les couverts suspendent leur activité au-dessus des assiettes à dessert où brillent des œufs au lait préparés par le cuisinier personnel de l'officier, comme tout le reste du repas. Succulent.

– Si je puis vous être utile, monsieur le Maire...

Léon cherche ses mots et son souffle. Charlotte lui sert un verre d'eau. Léon l'arrête gentiment d'un geste de la main.

– Ce matin, vous avez fait arrêter l'un de mes adjoints, Robert Lacaze. J'ignore les raisons de cette arrestation, mais je voudrais vous dire combien Robert est précieux aux destinées de notre cité. Nous vivons des temps difficiles et...

– Lacaze est l'un de vos vieux amis, n'est-ce pas ? demande l'officier d'un ton soudain plus sec.

Un instant, Léon est décontenancé. Il rassemble ses esprits et reprend :

– Robert est un honnête homme. Si je n'en étais pas convaincu, je ne me permettrais pas... Que lui reproche-t-on ?

– Monsieur le Maire, il n'est pas dans mes obligations de vous rendre compte de nos actes... Or comme j'apprécie votre amitié, je vais enfreindre les règles de la discrétion, celles-là mêmes qui nous permettent de partager des moments tels que celui-ci, où nous tentons vous et moi d'oublier un peu l'Histoire avec un grand H, pour revenir à nos petites vies le temps d'une soirée...

Falkenbach saisit son verre de vin, le fait tourner, observe la robe à contre-jour, puis se penche et hume en fermant les yeux. Il fait glisser un peu de liquide dans sa bouche, le roule d'une joue à l'autre, inspire profondément par le nez, puis fermant de nouveau les yeux, déglutit.

– ... haut-brion...

Il reste pensif un instant, comme transporté ailleurs par le vin, avant de reprendre :

– Nos services de renseignements signalent une effervescence anormale de la part de certains... personnages de votre cité. Lacaze, votre... limonadier, est en relation permanente avec la population. Ses tournées le mènent dans les cafés et les auberges de la ville, et nous avons de bonnes raisons de penser qu'il est une mine d'informations. Nous ne l'accusons de rien, n'ayez crainte. Nous désirons juste savoir s'il n'a rien remarqué d'étrange, ces derniers temps.

– Que voulez-vous dire, par « étrange » ?

– ... Des comportements, des conversations qui pourraient laisser entendre que quelque chose se prépare. Depuis le début de la guerre, nous parvenons à maintenir un certain équilibre entre nos deux... camps. Sans doute que vous ne le trouvez pas idéal, mais cela pourrait être bien pire. Surtout si certains récalcitrants décident d'attenter à la sécurité de mes hommes ou à l'intégrité de notre matériel. On dit aussi que les Espagnols que vous avez intégrés à des groupes de travailleurs se sont réorganisés en réseau. Ils n'ont pas digéré la collaboration de notre armée avec les forces franquistes... sans doute certains d'entre eux nourrissent-ils des rêves de vengeance. Nous serions la cible toute désignée, s'ils décidaient de passer à l'action.

– Que voulez-vous dire ? Vous craignez un attentat ?

– Ceci est notre affaire, monsieur le Maire. Depuis la débâcle de l'armée républicaine, le Sud-Ouest grouille de cette... racaille, vous ne l'ignorez pas. Souhaitons que leurs velléités de lutte ne fassent pas tache d'huile. Pour l'instant, votre population est dénuée de tout sens de l'héroïsme, cela la sauve de bien des déboires. Les brebis obéissantes se gardent mieux des loups, monsieur le Maire, vous êtes d'accord avec moi, n'est-ce pas ?

Léon boit une gorgée d'eau. La sueur perle à son front. Charlotte l'éponge avec un mouchoir blanc.

– Tout cela me place dans une position délicate, Commandant. La famille de Robert me harcèle pour que j'intercède en sa faveur, vous comprenez ? Que dois-je dire, nous ne savons même pas où vous l'avez emmené !

– Ayez la conscience tranquille, vous intercédez en sa faveur, c'est bel et bien ce que vous êtes en train de faire, n'est-ce pas ? Vous ne pouvez vous porter garant du résultat, la famille Lacaze le comprendra. Personnellement, je ne l'ai emmené nulle part, cher ami. Nous l'avons interrogé, il ne nous a pas semblé qu'il sache quoi que ce soit qui puisse nous guider. Mais il n'a pas convaincu ces messieurs de la Gestapo, qui ont souhaité pousser plus loin leurs investigations. Les ordres viennent d'en haut et je ne peux m'y soustraire. Robert Lacaze est actuellement dans les locaux de la rue Montcalm. J'essaierai de voir si je peux faire quelque chose, mais je ne vous promets rien.

Les rumeurs du Gave

Les locaux de la rue Montcalm, chacun sait ce que cela signifie. Parfois, quand ils interrogent quelqu'un, on entend des hurlements, des pleurs et des supplications jusqu'au foirail.

Quand la fenêtre de l'atelier de Charlot le sabotier est ouverte, on perçoit le murmure du Riulet, ce petit ru où tous les enfants de Peyregave font leur apprentissage de la pêche, avant de s'aventurer sur les berges du Gave. Chaque jour, Jeanne vient là pour aérer, balayer la sciure que le courant d'air soulève, ranger et ranger et ranger des paires de sabots, certaines achevées, qu'elle peut vendre pour gagner trois picaillons, d'autres à peine à l'état d'ébauche. Charlot est parti de but en blanc, le jour de la mobilisation. Il n'est jamais revenu. Jeanne n'a plus de nouvelles depuis un an. Au début, il a été emprisonné dans l'est de la France. Un évadé a fait parvenir un courrier. Le prisonnier racontait qu'il n'était pas blessé (de toute façon, il ne l'aurait pas dit, pour ne pas inquiéter Jeanne) et qu'il essayait de garder le moral en pensant à son amoureuse. Elle va s'agenouiller tous les jours à l'église pour adresser une prière au bon Dieu, afin qu'il prenne soin de Charlot et qu'il le ramène à la maison. À ce jour la requête est restée sans suite.

Charlot a été transféré dans un camp, en Pologne. Depuis, silence.

Lorsqu'il loupait un sabot, soit à cause d'un nœud mal

placé dans le bois, soit à cause d'un coup de ciseau malheureux, Charlot s'amusait à le transformer en jouet pour les enfants qui venaient au bord du Riulet. Avec le temps, il avait développé tout un répertoire. De la charrette avec ses petites roues en bois plein, à la barque munie d'un gréement dont Jeanne fournissait la toile en piochant dans les chiffons couverts de cire ou de graisse à cuir. La mâture avait à peine la taille d'un crayon. Un jour, Jeanne avait dit à Charlot qu'il devrait aussi penser aux filles. Il avait réfléchi quelques jours, et conçu un berceau au fond arrondi, que les mamans en herbe s'amusaient à balancer en fredonnant des rengaines à leurs rejetons imaginaires.

Quand ils avaient fini de s'amuser, il était entendu que les gosses ramènent l'objet au sabotier. Charlot avait des principes un peu dépassés. Il disait qu'ainsi, il habituait les enfants à la bonne éducation. Ils devaient venir à l'atelier, saluer le sabotier, se montrer polis avant d'obtenir un jouet, et ne pas omettre de repasser pour le restituer, avec les remerciements d'usage. En réalité, il en aurait coûté à Charlot de donner tous ces sabots. Comme beaucoup de gens du pays, il était plus généreux d'esprit que prodigue de biens.

Vers le nord, où il traversait les vallons de Sainte-Cluque et se perdait dans les bois de la châtaigneraie, le Riulet dessinait quelques longueurs de la ligne de démarcation.

En aval de l'atelier, le ruisseau était canalisé par un bief étroit qui conduisait l'eau jusqu'au lavoir, et de là, elle s'échappait par un système à débordement, empruntant un nouveau bief qui la ramenait à son lit, après quoi le Riulet allait au milieu des maisons, traversant la bourgade pour se jeter dans le Gave.

À côté du lavoir de la Sèrp, avant les premières habitations, se trouve le poste de garde dont Manfred est responsable. Les jours de beau, il sue sang et eau dans sa guérite. Les lavandières qui trempent le linge dans les eaux du Riulet lui apportent souvent de quoi se rafraîchir, et même de quoi grignoter. Selon le côté du lavoir où elles arrivent et s'installent, elles se trouvent pour les unes en zone libre, pour les autres en zone occupée. Entretenir de bonnes relations avec le garde relève donc de la première importance. La ligne de démarcation est une frontière dessinée sur les cartes qui n'épouse pas les réalités du terrain, si l'on se place du point de vue de ceux qui vivent de part et d'autre.

Après avoir mis de l'ordre dans l'atelier qui n'en avait pas besoin, puisque personne n'y vient déranger le moindre détail, Jeanne descend au lavoir, emportant sur son panier de linge un petit bateau de bois. Passant près du poste, elle perçoit le ronflement de Manfred, qui profite du calme pour piquer un petit somme. Comme souvent.

Jeanne passe sans bruit et s'installe au lavoir, protégé par une toiture où manquent quelques tuiles. Elle trempe un drap dans l'eau, le soulève plusieurs fois et l'étale sur un pan de pierre incliné, pour commencer de le savonner et de le brosser énergiquement. Des bulles de savon se forment à la surface de l'eau, dérivent et sont happées par l'évacuation.

Quelques minutes plus tard, un jeune garçon déboule en courant, de l'autre côté du lavoir, bientôt suivi par sa mère qui porte contre sa hanche une panière de linge.

– Bonjour Huguette ! lance Jeanne.

– Comment va, aujourd'hui ? demande Huguette.

– Ben ça va comme ça peut, on fait aller…

Tout en déroulant leurs banalités, les deux femmes se lancent des regards appuyés. Jeanne fait signe que Manfred dort. Elle s'adresse au garçonnet, qui s'est posté au pied d'un noisetier, une fronde à la main.

– Tiens donc, petitoun, au lieu d'en vouloir aux oiseaux, tu préfères pas plutôt jouer avec ça ?

Le garçon lui lance un regard plein de malice. Il se met en face de Jeanne qui pose le bateau-sabot sur l'eau et le pousse délicatement. L'embarcation traverse le lavoir, avec la majesté fragile d'une felouque du Nil. Lorsqu'elle aborde de l'autre côté, le garçon s'en saisit.

– Merci Jeanne. Je vais jouer là-bas, où y a du courant, c'est mieux !

Au passage, Huguette plonge la main dans le sabot, en retire une enveloppe pliée en quatre, d'un geste rapide et précis, affûté par l'habitude.

– Fais attention ! lance Jeanne. Si tu le laisses échapper il ira jusqu'au Gave et ensuite...

– Vous inquiétez pas, je cours vite, moi !

Finissant de rincer le drap, Jeanne échange encore quelques phrases anodines avec Huguette, quand Manfred sursaute dans sa guérite, secoué par un mauvais rêve. On entend son casque tomber et rouler. Les deux femmes regardent dans sa direction. Il apparaît, fusil sur l'épaule, l'air ahuri de celui qui ne sait pas trop où il se trouve.

– Ah, mesdames, je ne vous avais pas entendues. Tout va bien ? Il fait chaud, n'est-ce pas ? Trop chaud pour la saison !

Il essuie son front ruisselant, avec un mouchoir blanc douteux tiré de sa poche.

– Oui, tout va bien ! répond Huguette, accompagnant ses mots d'un signe de la main.

– D'après moi, ça va pas durer ! ajoute Jeanne.

Le soldat regarde en l'air. Le ciel est parfaitement bleu. Il hausse les épaules et gonfle les joues, d'un air incrédule. Un cycliste vient sur la route. Il freine avant la barrière. Manfred s'approche de lui et réclame son laissez-passer. Le type fouille dans ses poches, exhibe le document.

– Bonjour Jeanne ! Bonjour Huguette, lance le jeune homme à l'attention des deux femmes.

– Bonjour Paco ! Comment ça va aujourd'hui ? demande Jeanne.

– Ça va, ça va... Il fait chaud pour travailler dehors.

– Vous Espagnol ? demande Manfred.

– Non, je suis né ici, m'sieur. Mes parents sont espagnols.

– Travailleurs étrangers ?

– Ils sont celliers ici depuis plus de vingt ans, m'sieur. Je travaille pour mon père, justement, je fais les bricoles à domicile, quand c'est juste un peu de couture. Je refais même des harnais et des licols pour vous, des fois, vous savez.

L'Allemand le regarde d'un air incrédule.

Jeanne intervient.

– C'est un ami, monsieur Manfred, il dit la vérité !

Manfred vérifie une nouvelle fois le laissez-passer. Il s'intéresse ensuite à la caisse à outils sanglée à l'arrière de la bicyclette.

– Et ça ?

– Ben, mes outils. Il faut bien que je les emporte pour travailler.

Manfred soupire. La sueur coule de sous son casque, ruisselle sur ses joues. Il prend appui à l'extrémité de la barrière pour la faire basculer. Paco Cazals le remercie et s'éloigne dans un grincement de chaîne mal graissée.

Une fois qu'il est loin, Manfred s'adresse à Jeanne :

– Ah, les Espagnols, les Espagnols... Nous avons reçu des ordres, pour les Espagnols.

– Ils ont fait quelque chose de mal ?

– J'en sais rien, moi. Je dois signaler leurs déplacements.

– Paco est français, Manfred, il vous l'a dit. Il est né ici. Ses parents sont peyregaviens depuis longtemps.

Du revers de la main, le soldat essuie la transpiration sur son visage. Il descend au lavoir, s'assied sur un muret, appuyant son dos à un pilier de soutien en bois. Il enlève son casque, trempe un mouchoir dans l'eau et, l'ayant noué aux quatre coins, le place sur sa tête.

– Oh ! là, là ! Il fait meilleur ici. Quelle chaleur, quelle chaleur !

La fumée de la cigarette du docteur Loustau virevolte dans la lumière encore rouge du soleil qui traverse le bureau en désordre. Debout, il consulte la note qu'une estafette vient de lui apporter. Son visage est grave. Depuis qu'ils sont arrivés, les Allemands occupent aussi l'hôpital. Ils accaparent les locaux et le matériel. Le commandant Zur Mülhen, un Autrichien sec de corps et d'esprit, ne se soucie guère de la santé des gens d'ici. Pour les soins courants, Loustau a installé une infirmerie de fortune dans une petite maison, entre l'hôpital et la place de Mars, juste en face du jardin public. Lorsqu'il s'agit d'utiliser l'un des blocs opératoires de l'hôpital, il doit faire une demande écrite préalable, décrivant les actes à faire, l'état du patient, le degré d'urgence. Autant dire qu'il passe un temps fou à remplir de la paperasse. Il opère la plupart du temps très tôt le matin, à midi, ou tard le soir, avec une équipe réduite et dans des conditions plus que précaires. Les cas graves sont dirigés sur des centres plus importants. En plus de ses tournées de soins à domicile, Manon est toujours là pour l'assister. Le personnel a changé. Le jeune médecin à qui Loustau accordait sa confiance, et qu'il préparait à lui succéder, n'est pas revenu. Prisonnier, blessé ou disparu.

Loustau pose la feuille sur le fatras qui recouvre son bureau, puis ouvre la fenêtre, souffle une bouffée de fumée dans l'air du petit matin. Le feuillage d'un palmier cliquette au léger souffle d'air. Des oiseaux se répondent, d'un jardin à l'autre. Vers le Gave, on entend le battement sourd d'un train, le crissement des freins, le chuintement de la locomotive. Le médecin écrase la cigarette dans un cendrier et se rend dans la pièce attenante.

Une vieille dame, fichu noué sous le menton, est assise sur une chaise, un panier sur les genoux. Son mari est allongé sur la table de soins, au milieu de la pièce. Manon est penchée sur lui. Elle achève un bandage autour du genou.

– Bonjour, dit Loustau sans lâcher la poignée de la porte. Vous viendrez me voir dès que vous aurez fini, Manon, s'il vous plaît.

– Oui, docteur. J'en ai pour une minute.

Disant cela, elle aide le vieil homme à se redresser. Il est malingre. Ses yeux se perdent dans des songes noirs. Prenant garde à son équilibre, qu'un squelette et des muscles affaiblis assurent mal, il marche vers sa femme. Elle se lève et fouille au fond du panier.

– Tenez, mademoiselle.

La vieille tend un paquet. Des biscuits à la crème de lait, enveloppés dans une feuille de journal. Son visage est inquiet, on pourrait même y lire une espèce de honte.

– Ça ira ?

Manon prend les biscuits et sourit.

– Ça ira très bien, madame, ne vous inquiétez pas.

La vieille paraît rassurée. Elle cherche encore un mot,

sans le trouver, puis regarde fixement Manon. Les yeux de l'infirmière papillonnent, se dérobent. Elle replace une mèche de cheveux échappée de son calot blanc. Elle se dirige vers la porte de sortie.

– Bien, je passerai demain. Vous n'auriez pas dû venir, je vous l'avais dit. Il faut ménager ce genou ! Il y a bien une heure de marche, jusqu'à chez vous !

– C'est que, comme nous étions là pour le marché…

– Vous auriez dû venir seule. Ça ne guérira jamais, s'il refuse de se reposer.

– Il est dur au mal, vous savez, dit la vieille.

– Le mal, c'est plus dur que tout, madame. Si vous ne m'écoutez pas, vous n'en viendrez pas à bout.

Manon referme la porte derrière eux et y appuie son dos. Elle frotte ses yeux, gonflés par la fatigue. Puis elle lisse le drap qui recouvre la table de soins, jette les bandes souillées dans une bassine pleine d'eau et de javel, avant de toquer à la porte du bureau. Elle entre sans attendre de réponse.

Assis, Loustau rédige une lettre. Une cigarette fume au bout de ses doigts. Il s'interrompt, ôte ses lunettes, les pose à côté de la lettre et se pince à la racine du nez.

– J'aurai besoin de vous ce soir. J'ai réussi à envoyer M. Briscout à Pau. Il aurait fini par me claquer dans les pattes, s'il était resté ici. Il y a deux jours que j'aurais dû l'opérer, et l'Autrichien se décide enfin à me donner un créneau ridicule, à midi. Trop tard. Quel con ! Mais quel con ! Je fais un courrier… vous le porterez à Zur Mülhen, je n'ai plus besoin du bloc, aujourd'hui. On a tapé, non ?

Manon tend l'oreille.

– J'y vais.

Une jeune femme est à la porte d'entrée. Blonde,

cheveux raides. Ses yeux bleus sont soulignés de cernes violets. Manon l'invite à entrer.

– Qu'est-ce qui vous arrive ?

La fille ne répond pas. Elle baisse la tête. Ses mains sont croisées sur son ventre.

– Allons, n'ayez pas peur… vous êtes malade ?

Elle acquiesce, de façon presque inaudible.

– Enlevez votre veste. Voulez-vous un verre d'eau ?

– Non merci.

– C'est le ventre. Vous avez mal au ventre ?

La fille opine.

– Bien, déshabillez-vous, le docteur va venir voir ça.

Un quart d'heure plus tard, la jeune femme est assise devant le bureau de Loustau. Manon se tient en retrait. Le médecin a reculé son fauteuil. Il croise une jambe sur l'autre, tient une branche de lunettes et suçote l'autre.

– Comment vous appelez-vous, mademoiselle ?

Elle baisse la tête.

– Vous ne voulez pas dire votre nom ? Qu'à cela ne tienne, je sais qui vous êtes, je connais votre famille. Le pays n'est pas grand, nous voyons du monde, dans ce métier…

Il laisse peser le silence avant de reprendre.

– Vous n'avez pas mal au ventre, mademoiselle Françoise, vous le savez aussi bien que moi…

La fille s'effondre en larmes. Manon approche et la soutient, la rassure.

– Je ne veux pas cet enfant ! sanglote-t-elle.

– Attendez, attendez, calmez-vous. Un enfant, ce n'est pas une catastrophe, je suis bien placé pour le savoir, j'en ai quatre. Moi aussi, j'ai commencé de bonne heure… et pas tout à fait comme je l'avais prévu, vous voyez... vous comprenez ? Que craignez-vous ?

Elle ne répond pas.

– Votre père ?

Elle acquiesce, veut ajouter quelque chose mais se reprend.

– Je le connais, Françoise, je l'ai opéré, vous n'étiez pas plus haute que ça. Je veux bien aller lui parler.

Loustau sait également que le père de Françoise est un fieffé alcoolique connu pour sa grande gueule au comptoir, et pour avoir la main leste quand il rentre à la maison rond comme une queue de pelle, après avoir liquidé en petit blanc le maigre argent gagné par sa femme.

– Non, crie-t-elle, non, vous ne direz rien, je vous en prie, ne dites rien !

– Alors, que fait-on dans ce cas-là ?

Françoise est essoufflée. Son regard roule d'un coin à l'autre du bureau, comme si elle cherchait un objet pour se raccrocher, se rassurer.

– Qu'attendez-vous de moi ?

Elle regarde maintenant le sol, ne répond pas.

– Si vous n'attendez rien de moi, mon petit, alors vous pouvez quitter cette pièce et vous débrouiller toute seule. Vous irez voir le... coupable et ce sera bien le moins qu'il vous aide.

La panique de la fille redouble. Elle se lève et sort du bureau. Manon la rattrape avant qu'elle ne soit dehors, la retient par le bras.

– Attendez, Françoise, attendez !

L'infirmière ferme la porte du bureau.

– Allons, calmez-vous. Il vous comprend, je vous le promets. Il veut simplement vous obliger à réfléchir. Il sait ce que vous attendez de lui. C'est interdit, mademoiselle, vous le savez.

– J'irai m'adresser ailleurs ! dit Françoise en dégageant son bras.

De nouveau, Manon la rattrape et, cette fois, la tient plus fermement.

– Vous n'irez nulle part !

– Lâchez-moi !

Françoise frappe avec son sac. Manon reçoit le coup sur l'épaule, mais ne recule pas.

Surgissant de son bureau, Loustau intervient :

– Quoi encore ? Allez-vous vous calmer à la fin !

Ne pouvant se dégager de l'emprise de Manon, la fille se remet à pleurer. Manon la dirige doucement vers une chaise.

Françoise plonge son visage dans ses mains.

– C'est un Allemand... ?

Silence.

– Il vous a... il vous a forcée ? demande Loustau.

– Oui... non. Non docteur, il ne m'a pas forcée.

Loustau se met à marcher dans la pièce, réfléchissant aux solutions qui se présentent à son esprit.

– Il y a combien de temps ? Environ deux mois, n'est-ce pas ?

– Oui, pas tout à fait.

– Bien. Je dois réfléchir. Je suis absolument contre ce genre de... geste. Je risquerais la prison, si... Vous me plongez dans l'embarras.

Il va dans son bureau, s'assoit et allume une cigarette. Ses yeux tombent sur la lettre qu'il préparait pour le commandant Zur Mülhen. Il la relit.

– Manon, s'il vous plaît !

L'intéressée apparaît à la porte.

– Vous passerez aussi porter ceci à l'Autrichien. Lisez.

Les yeux de Manon courent rapidement sur les lignes. Elle réfléchit un instant, puis, d'une voix hésitante :

– Vous pourriez ne rien dire pour M. Briscout et…

– Et faire avorter cette petite, c'est ce que vous pensez ?

Manon n'ajoute rien, le chirurgien reprend :

– Je pourrais, oui, je pourrais. Je pourrais mais je ne le ferai pas. Elle le dit elle-même, elle était consentante, que voulez-vous que j'y fasse ? C'est une histoire d'amour comme une autre… enfin, presque comme une autre. Elle n'avouera pas qui est le père de son enfant, elle… elle se débrouillera, ce n'est pas mon affaire ! Dans quelques années, elle m'en saura gré.

Manon le fixe, se mord les lèvres.

– Que pensez-vous de moi, Manon ? Pourquoi des yeux si durs ? Mon métier ne consiste pas à réparer les égarements des écervelées. Il s'agit d'une vie humaine, vous comprenez ?

– Vous avez peur ?

– Peur de quoi ?

– D'être arrêté, d'avoir des ennuis avec la justice…

Loustau se lève, approche de la fenêtre. Il est agité, nerveux, déstabilisé.

– Oui, Manon, j'ai peur. J'ai peur, vous avez sans doute raison. J'ai une famille, des enfants, j'ai peur, oui. Ce n'est pas le moment d'avoir maille à partir avec la justice, vous êtes d'accord avec moi sur ce point, non ? Vous êtes jeune. Vous prenez fait et cause pour cette jeune femme parce que vous êtes jeune. Vous vous mettez peut-être à sa place, seulement voilà, vous n'y êtes pas, à sa place, et il y a sans doute des raisons à cela, ne croyez-vous pas ? Vous savez beaucoup de choses, Manon, mais tant d'autres vous échappent. Je ne corresponds peut-être pas à l'image que vous vous faites de moi, je vous déçois peut-être, soit ! Ce n'est pas une raison suffisante pour éliminer cette vie qui palpite déjà dans son ventre. Que le père soit allemand importe peu pour moi, je n'ai pas à prendre parti, en l'occurrence. Faites-la entrer, s'il vous plaît, et laissez-nous seuls. Je vais lui expliquer.

– Elle ira voir n'importe qui, vous le savez bien. Vous en prenez le risque en refusant.

– Soit je prends un risque pour elle, soit je prends un risque pour moi.

Manon se détourne et va vers la porte.

– Manon !

La jeune femme s'arrête brusquement. La voix de Loustau devient moins ferme, presque fragile :

– Manon, je vous déçois, n'est-ce pas ?

Elle ne répond pas.

– Vous comptez tellement pour moi, dit-il.

Un silence, et elle sort du bureau. La porte de la rue est ouverte. Françoise est partie.

III

La mairie, nous l'avons dit, a été installée à la va-vite dans les locaux de l'école de musique qui a déménagé au dancing Garibaldi, abandonné par son propriétaire. Cela ne va pas sans créer quelques difficultés, parce que le dancing est également occupé le mardi par le marché à la volaille.

Les heurts entre la communauté des paysans et celle des musiciens sont justement l'objet de la visite de Jean Bouhet, le responsable de la section des cuivres de l'harmonie municipale, devenu chef par intérim, parce que le titulaire est prisonnier quelque part en Allemagne, on ne sait pas trop où. Ouvrier pâtissier de son état, trompettiste à ses heures, Jean est une bonne nature, il a les joues de ses emplois. Il a ôté le béret de son crâne dégarni et, roulant les « r » comme un égrenoir à maïs, explique à la secrétaire de mairie Lucette Fortas que, dans ces conditions, il ne faudra pas compter sur ses troupes pour le concert de la Sainte-Cécile. Aux pupitres, c'est l'hécatombe. Allergies à la plume. Le tromboniste, asthmatique, ne vient plus aux répétitions depuis trois mois. Le soubassophoniste n'arrive pas au bout des rondes pointées, les deux clarinettes ont les sinus encombrés et le cor anglais nous fait un coryza aigu, il éternue à chaque fois qu'il inspire.

– Vous comprenez, Lucette, c'est plus une école de musique, c'est un sanatorium ! Les schleus nous emmerdent à réquisitionner tous nos locaux, ils doivent comprendre que dans ces conditions, ça peut pas continuer !

Lucette pianote sur le clavier de sa machine, tout en écoutant le plaignant. Des plaintes, elle en enregistre toute la journée depuis le début de la guerre, elle est rompue à l'exercice. Elle n'a pas besoin d'un dessin pour comprendre que Jean Bouhet noircit un tantinet le tableau, pour obtenir le dixième de sa requête... Seulement des locaux, il n'y en a plus.

Elle lui adresse une œillade par-dessus ses lunettes, sans cesser de mécanographier.

– La plus belle fille du monde ne peut donner que ce qu'elle a, Jean. Tout le monde se plaint, tout le monde réclame...

– On a quand même encore le droit de vouloir faire de la musique dans des conditions à peu près acceptables, non ? C'est pas eux qui se retrouvent face au public, après...

– ... Comme s'ils se souciaient de la Sainte-Cécile.

Jean se redresse et prend une pose un rien affectée.

– Je les croyais mélomanes, ces gens-là.

Lucette tire la feuille du rouleau de la machine, elle relit.

– Voilà, signez là. Votre demande est enregistrée, je vous assure que j'en parlerai à M. le maire. Nous vous tiendrons au courant.

– Il est où, Léon, on peut pas le voir directement ?

– Il est en rendez-vous au commissariat. Vous pouvez toujours vous adresser en face…

D'un mouvement de tête, elle a désigné la fenêtre, au-delà de laquelle on aperçoit la façade arrière de la Kommandantur.

Un sourire dépité anime le visage de Jean Bouhet.

– Vous lui direz le bonjour de ma part, Lucette.

– Je n'y manquerai pas.

Jean Bouhet visse le béret sur sa tête. En sortant, il trébuche sur un carton et manque de s'étaler. Il peste. Les locaux sont trop petits pour contenir une mairie, le moindre recoin est envahi de dossiers, de boîtes, de piles de documents. On se croirait dans des salles d'archives abandonnées depuis des lustres.

Lucette éternue. Elle se lève, ouvre la fenêtre.

– Comme s'il n'y en avait pas, de la poussière, ici. Avec toute cette paperasse qui traîne…

Elle sursaute. Un homme vient d'entrer dans le bureau. M. Vincent, responsable du service de censure. Osseux comme une arbalète, on s'attendrait à entendre grincer ses articulations à chacun de ses mouvements.

– Bonjour Lucette, vous avez les déclarations de programmes ?

– Vous pourriez taper avant d'entrer. Vous m'avez fait peur !

– Oh, pauvre enfant, se moque-t-il, je vous fais donc frémir ?

Lucette ne peut pas le voir. Toujours des allusions grivoises, des regards salaces qui la déshabillent. Si Jules était encore vivant, il n'aurait pas tardé à lui casser sa gueule de cognée.

Elle sort une chemise d'un tiroir.

– Voilà tout est là. Les chants du goûter de la chorale

des enfants, le programme de la pièce jouée à la salle Jeanne-d'Arc, les films prévus au Phœbus... Désolée, je n'ai pas le contenu des conversations d'alcôves de nos administrés.

– Vous ne devriez pas jouer les ironiques avec moi, Lucette. Tout d'abord cela ne va pas à votre frimousse, ensuite je ne fais que mon travail, vous savez. Qui vous dit que c'est de gaieté de cœur ?

– C'est pas moi qui vous ai embauché, ni moi qui vous y oblige, mon vieux !

Il se contracte. Porte un doigt à sa bouche et mordille nerveusement l'ongle.

– Vous êtes injuste avec moi. Il faut bien qu'on ait une idée de ce qui est proposé à la population, non ? Les gens n'ont pas toujours conscience de ce qu'on leur montre.

– C'est ça, et vous, vous avez conscience pour eux !

Il ne dit rien, bouche pincée. Elle maronne.

– Il faut bien qu'on ait une idée..., reprend Lucette en le regardant. Qui ça, « on » ?

– Dois-je vous rappeler que je travaille pour le compte de l'État, Lucette ? Tout comme vous, peu ou prou. Pourquoi m'en voulez-vous autant ?

– L'État ? reprend-elle. Je ne travaille pas pour le compte de l'État, monsieur, sûrement pas. Je suis au service de la mairie de Peyregave et de mes concitoyens. Point !

– Ne suis-je pas l'un d'entre eux ? fait-il, à l'aigre-doux.

Soudain, Lucette sent qu'elle pourrait se mettre à crier, à insulter ce type, à lui jeter à la figure tout ce qui se trouve à sa portée. Elle entend une voix, au fond d'elle, qui l'alerte. La voix de Jules, peut-être. Jules Artigaud, dont le beau corps musclé a sans doute été réduit en bouillie, mêlé à la terre du Nord.

– Excusez-moi, monsieur Vincent, je suis à cran. Il y a tellement à faire.

– J'aime autant ça, Lucette. Vous devriez contrôler vos humeurs. Euh… je vais justement assister à la pièce de théâtre, ce soir. Je vous emmène ?

– Non, je suis désolée, je ne suis pas libre.

– Dommage, nous gagnerions à nous mieux connaître, j'en suis sûr. Une autre fois ?

– Oui, peut-être. Une autre fois.

Il cale le dossier sous son bras et s'en va, claquant des talons sur le plancher.

– Tu peux courir ! souffle Lucette entre ses dents.

Elle s'assied, ouvre son sac à main, y prend un carnet dans lequel elle a collé une photo de son amoureux.

– Jules…, fait-elle tristement, dans un soupir.

À ce moment, c'est le maire qui apparaît à l'entrée de la pièce. Encore une fois, elle sursaute. Il a l'air furieux.

– Lucette, je vous attends à côté. Tout de suite !

Elle se redresse. Léon a déjà filé, basculant sur sa canne. Elle sort un miroir à maquillage de son sac, vérifie sa coiffure, son mascara. Elle n'aime pas se présenter au patron de façon négligée. Surtout quand ça camphre. C'est toujours un moyen de le calmer un peu.

Le bureau de l'édile est un capharnaüm. À peine si l'on distingue Pouthet parmi les piles de dossiers. Lucette va directement à la fenêtre et l'ouvre.

– On ne peut plus respirer, ici dedans !

– Fermez la porte, Lucette, je vous prie.

Elle s'exécute et s'apprête à l'écouter.

Léon Pouthet a posé ses coudes sur le bureau. Il tient son visage dans ses mains. Après un temps d'hésitation, Lucette veut prendre la parole.

– Quelque chose ne va…

De la main, Léon lui adresse un signe négatif. Lucette se tait. Elle saisit une pile de dossiers qui encombre une chaise, la pose au sol et s'assied.

Léon la regarde, sans un mot. Ses lèvres remuent, se pincent. Il lève les sourcils, prend sa respiration. De la serviette qu'il portait sous le bras en revenant du commissariat, il extrait un papier. Une feuille à en-tête de l'administration française.

– Lisez !

Les yeux de Lucette courent sur les lignes. Elle pâlit.

– Mais…

– Comment je fais, moi ? Comment je fais ?

Des soupçons d'espionnage pèsent sur les gitans. Ils parcourent sans cesse les routes de France, et l'on craint qu'ils ne se livrent à des activités de renseignement. Le gouvernement demande qu'ils soient fichés.

– Les romanichels, vous rendez-vous compte ? dit Léon Pouthet. Je fais comment, moi ? Je fais comment ?

Lucette lit et relit le document.

– C'est absurde, Léon. Espion au service de qui, de quoi ?

– J'en sais rien, moi. Pour les cocos ? Les anars ? Pour eux-mêmes ? On pense peut-être qu'ils peuvent tirer profit de la situation. Bon, Lucette, vous établirez une liste des nomades installés sur les prairies de la Vieille Route.

Là, tout net :

– Non !

Le maire se rejette en arrière.

– Lucette, je vous en prie, ne vous y mettez pas ! Ce sont des ordres.

– Non, Léon. Ne comptez pas sur moi. Je ne suis pas un flic, et je ne compte pas le devenir.

Le maire perd son sang-froid.

– Merde de merde, Lucette, vous m'emmerdez ! Vous n'êtes pas payée pour réfléchir à ce genre de choses. Vous obtempérez, un point, c'est tout !

Furieuse à son tour, Lucette se lève, approche du bureau et s'adresse au maire en le regardant droit dans les yeux :

– Cette fois c'est trop, ne comptez plus sur moi, Léon.

– Lucette…

– Vous n'avez plus qu'à trouver une nouvelle secrétaire. Si les nouvelles attributions de mon poste consistent en ça, très peu pour moi.

Le ton du maire s'adoucit.

– Lucette… pourquoi réagissez-vous de la sorte ? Il n'y a là-dedans rien d'alarmant. On ne va pas les enfermer, on veut juste savoir où ils sont, et combien ils sont. Vous n'allez pas vous fâcher pour ça.

Lucette se calme.

– Je suis votre secrétaire de mairie, pas une…

– Si on demandait à M. Vincent ? propose le maire.

– Et si on demandait à personne ?

– Vous ne m'aidez pas, Lucette.

– Tout compte fait, c'est une bonne idée. Envoyez cette ordure de Vincent chez les gitans, il se fera crever la peau et bon débarras !

Léon Pouthet a froncé les sourcils. Il rassemble ses idées. Soudain, il pense au garde champêtre. Après tout, il les connaît, il a affaire à eux toute l'année, et il ne s'embarrasse pas l'esprit avec des considérations éthiques et tarabiscotées, comme Lucette.

– Bon, bon, ça va, Lucette. Je me débrouillerai autrement.

Les collines bruissent de soleil. Au loin, des nuées blanches commencent à happer les Pyrénées. Par bouffées tièdes et molles, le vent agite les feuillages des chênes et des châtaigniers. L'orage viendra avant la nuit.

Lorsqu'il fait beau, le jeudi, Louis emmène ses élèves marcher sur les chemins qui courent au sommet des collines de Castelnau. Il en profite pour faire une leçon de choses : reconnaître les fleurs, les plantes, les oiseaux… sentir la terre palpiter.

Au sud, la tour Montcalm signale le creux de Peyregave noyé dans la mousse des arbres.

D'ici, avec ce temps, nul ne dirait que c'est la guerre.

Cette fois, Gabrielle accompagne le groupe. Elle est passionnée de géographie et se destine au professorat. Louis a proposé qu'elle parle du pays aux enfants. Tandis qu'ils mâchonnent des tartines de pain noir, elle leur explique où se trouvent l'océan Atlantique, l'Espagne, Paris, les quatre coins du vent.

– Et les Allemands, ils viennent d'où, maîtresse ?

Surprise par la question d'un garçonnet à qui il manque deux dents sur le devant, elle hésite, puis montre le nord-est.

– De là, tu vois. Ils habitent très loin, par là-bas.

Un autre :

– Et ils repartent quand ?

– Je ne sais pas. Personne ne peut le dire.

À l'écart, fumant une cigarette, Louis observe la scène.

– Et s'ils repartent jamais ?

Gabrielle regarde Louis, puis sourit.

– Ils repartiront, tu verras.

Un autre :

– Moi, je veux être soldat, comme eux ! Je veux pas qu'ils partent ! Je veux conduire une moto !

– Tu peux parfaitement conduire une moto sans être soldat, tu sais !

L'intéressé se lève et trottine en imitant un pilote de bolide. Il trébuche et s'étale, déclenchant l'hilarité générale.

– T'as pas peur qu'il t'arrive la même chose, avec ta moto ? demande Gabrielle.

Les joues rouges, le garçon s'assied de nouveau et nettoie sa tartine pleine d'herbe.

Gabrielle se tourne vers les Pyrénées. On aperçoit le pic d'Anie. Elle désigne le sommet pyramidal et parle de Lescun, un village perché non loin de là, au creux d'un vallon protégé par de hautes falaises de roche grise. Elle a des cousins, là-bas. Des montagnards.

Louis la regarde. Sa robe souple, rose pâle, ondoie le long des courbes de son corps. Il ressent du désir, pourtant, cette chair magnifique lui paraît de plus en plus inaccessible. Il étouffe d'amour et s'empêtre dans des considérations tarabiscotées.

Revenant vers l'école, Gabrielle marche près de Louis. Les enfants chantonnent et se chamaillent en avant d'eux.

– Eh là, doucement vous deux ! Sinon je vous retiens pour faire le ménage après la classe !

L'avant-bras de Gabrielle frotte le sien, au rythme de la marche.

– T'aimerais en avoir, Louis ?

– De quoi tu parles ?

– Des enfants. T'aimerais avoir des enfants ?

Il réfléchit.

– Je crois, oui. Plus tard. Il faut se marier, pour ça, et avant…

– Avant ?

– Vivre. Il faut vivre, non ? Je voudrais que ce pays soit libre, Gabrielle. Nos belles années pourrissent sous la botte nazie, tu y penses ? Et nous, on est là, on plie l'échine, on ne fait rien… rien.

– On vit quand même un peu…

– T'appelles ça vivre, toi ?

– …

– Moi, j'appelle ça survivre.

– Nous devons prendre notre mal en patience.

– Patience ? Patience ?

Louis se tourne vers le paysage, il désigne le sud, les collines, les Pyrénées.

– Ça te fait rien de voir cette terre ? Regarde, regarde ce pays… les nôtres sont enterrés ici. Certains sont morts pour que nous naissions libres. Nos enfants naîtront ici. Tu verras, on finira par les foutre dehors. C'est à nous d'en décider, à nous de le vouloir.

Elle prend un ton légèrement ironique :

– Tu es un vrai patriote, ma parole.

– Patriote ? Patriote ? Je ne te parle pas de la patrie, je m'en fous de la patrie. Je te parle de notre liberté. La *liberté*, tu comprends ce mot ? Il veut encore dire quelque chose pour toi ?

Elle s'assombrit :

– Ne te fâche pas, Louis. Quand je dis « patriote », je n'insinuais pas que…

Il allume une cigarette.

– C'est bon, ça vaut pas le coup de discuter.

Il caresse l'épaule de la jeune femme et poursuit :

– Le débarquement de Dieppe a échoué, mais nos alliés parviendront à briser l'étau, tu verras. Les Allemands n'auraient jamais dû trahir Staline, ils finiront par trébucher. À ce moment-là, nous devrons être prêts.

Louis pense aux années passées. L'aventure des Frères Reclus, qui est devenue une véritable odyssée initiatique dans sa mémoire. Il se souvient de Jules Artigaud, le héros des grèves de 36, et de la cavale de Juan. Depuis ce temps, il lui semble s'être ramolli, comme si la flamme qui brûlait en lui n'était plus qu'un brandon auquel il ne parvient plus à croire comme avant. L'amour pour Gabrielle accapare son corps et son être tout entier, l'école de Castelnau le passionne. Il prend conscience que tout cela comporte une façon de renoncement. Quelque chose bascule en lui. Il songe qu'il est comme vieux. Il n'a pas vingt ans et il se sent vieux. Cette image de lui-même le remue au point d'avoir la sensation qu'il vient de toucher le fond de ses propres ténèbres, le fond de sa propre veulerie et que dans le même temps, ses pieds ont trouvé appui sur un socle enfoui qui tient encore bon, où il peut s'appuyer, pousser pour retrouver la surface, le monde lumineux. Il regarde les enfants dont les jambes maigres semblent des allumettes piquées dans leurs culottes courtes et, pris aux tripes par un sentiment de révolte qu'il croyait anéanti la minute d'avant, songe qu'à ces petits gars, on ne peut léguer une terre asservie.

– On peut pas continuer comme ça, Gabrielle.

– Que veux-tu dire ?

– Il faut passer à l'action. Cette guerre à trop duré. Je ne peux plus rester là à attendre. Il y a plus de deux ans que nous vivons comme des larves.

Elle s'arrête et saisit sa main pour le retenir.

– Et tu crois quoi ? Qu'à toi tout seul tu vas foutre les Boches dehors ? Tu veux mourir comme un héros, c'est ça ?

– Il vaudrait peut-être mieux.

– Mieux que quoi ?

Il ne dit rien. Elle enchaîne :

– Mieux que de vivre quand même, tenir debout… aimer. Tu ne m'aimes donc pas ?

– Si, je t'aime… bien sûr que je t'aime.

Elle reprend la marche. Les enfants lancent des regards tordus et rieurs, se donnent des coups de coude, alors leurs mains se détachent.

– Je voudrais que nous soyons heureux, Louis. Sans attendre la fin de cette guerre dont on ne sait pas quand elle finira, ni si elle finira un jour. Soyons heureux avec elle, au lieu de nous laisser bouffer par elle.

Louis fait trois pas et change de conversation.

– Je vais raccompagner les petits, tu peux rentrer chez toi si tu veux. Je passerai tout à l'heure, je dois voir ton père.

– Encore ? Vous faites des messes basses, tous les deux.

– Des histoires d'hommes.

– Des histoires d'hommes…, répète-t-elle.

Elle le pince au bras.

– Tu fayotes auprès du beau-père, hein ?

Il se met à lui courir après, d'un air faussement menaçant. Elle accélère et lui échappe.

– Nous réglerons les comptes plus tard, tu ne perds rien pour attendre.

Elle disparaît dans un éclat de rire.

Lorsqu'il rejoint ses élèves, dans la cour de l'école, Louis remarque leur air amusé. Ils se glissent des mots à l'oreille, en regardant l'instituteur. Puis, le petit motard s'approche, l'air frondeur.

– Dis, maître, c'est ton amoureuse, Gabrielle ?

Louis a l'air absent. Un silence lourd comme la menace d'orage qui étouffe l'été finissant se met à peser. Les élèves ont peur des représailles. Il n'en est rien.

– Oui, si tu veux. Mon amoureuse, oui...

Les frimousses disparaissent au creux des mains. En voilà une nouvelle !

– Eh, les garçons, venez là, approchez.

Les sourires se suspendent. Louis écarte les bras pour les inviter à venir près de lui. Il baisse la voix et met un doigt devant sa bouche.

– Chut ! Un peu de silence s'il vous plaît. Je veux que ce soit un secret entre vous et moi, d'accord ? Vous êtes assez forts pour garder un secret ?

Dans un murmure, un « oui » à l'unisson.

– Allez, récupérez vos cartables et filez. Pas de devoirs aujourd'hui, c'est jeudi !

Les cris de joie fusent. La petite troupe s'égaille comme une volée de moineaux.

À l'entrée de sa forge, Roger Cousinave est penché sur le timon d'une charrette. Il est en train de démonter une pièce de métal. Louis descend de sa bicyclette. Le forgeron se redresse.

– Salut fiston. Ça s'est bien passé, cette balade ?

– Tu parles, Gabrielle les a épatés ! Ils sont tous amoureux fous !

Roger se gratte la nuque. Il fait signe à Louis de le suivre jusqu'au fond de l'atelier. Il entre dans une pièce aveugle où sont remisés les outils, ouvre l'un des tiroirs de l'établi, rempli de boîtes de boulons, de vis, d'écrous. Il en soulève une et prend une enveloppe tachée de graisse, qu'il tend au jeune homme.

– Tiens Louis. Celle-là doit arriver de l'autre côté avant demain midi, c'est très important. Tu fais attention, pas vrai ?

Louis prend l'enveloppe et va la glisser dans son cartable, sanglé à l'arrière de la bicyclette.

– N'ayez crainte, Roger, on est rodés maintenant.

– Rodé ou pas, tu feras gaffe.

Louis enfourche la bicyclette. Roger le rappelle, il montre sa maison, un peu plus loin :

– Eh ! Tu peux aller la voir directement sans faire semblant de partir, elle doit être à la cuisine ! Mais ne tarde pas, mon gars, c'est pigé ?

– Tenez, c'est pour Arnaud.

Manon tend une boîte de médicaments à Anselme. Le fermier la remercie.

Son fils n'est plus le même, depuis qu'il a été démobilisé. Blessé, moralement détruit, il fréquente les zincs de Peyregave et ne rentre à la ferme familiale que pour s'isoler, marcher dans les bois, les vignes ou sur les berges du Gave. Il tue son temps à picoler et à divaguer loin de tous. À dix-neuf ans, il en paraît quinze de mieux. Seuls ses yeux bleus étincelants rappellent encore le tout jeune homme, l'amoureux transi de Manon.

Anselme ne lui parle jamais de ses malheurs. Entre hommes, ça ne se fait pas. De temps en temps, le fermier aurait bien besoin d'un coup de main. Quand il voit les yeux tristes de Lucie, sa femme, il dit que leur fils ne vaut plus rien. Une mauviette. Les vieux avaient fait la guerre, eux aussi. Une guerre bien pire que celle-là. Est-ce qu'ils se sont battus, au moins, en 40 ? Balayés en moins de temps qu'il ne faut pour le dire. Anselme ressent du mépris pour son fils. Au fond, ça lui rappelle que lui-même a toujours su éviter de monter au combat, parce qu'il crevait de trouille à l'idée de se battre. Ça lui rappelle la honte qui ronge ses propres tripes. Il y a cette peur, au creux de l'estomac. Cette peur que l'on apprivoise, ou que l'on n'apprivoise pas. Cette peur qui peut faire de vous un capon, un moins que rien. Arnaud est un miroir dans lequel se reflète son père. Voilà pourquoi Anselme détourne son regard d'Arnaud.

Anselme ouvre le portillon grillagé d'un clapier et attrape un lapin par la peau du cou. Il lui lie les pattes arrière, le suspend à un clou et d'un coup sec, lui assène un coup de manche de pioche derrière la nuque. Le lapin se raidit, tremble un peu et plus rien. Anselme sort un canif de sa poche et du bout de la lame, arrache un œil de l'animal. Le sang coule. Ensuite, il découpe la peau au niveau des jarrets, incise les cuisses puis retire le pelage d'un coup sec, comme on retourne un gant en l'ôtant de la main.

– Celui-là est pour toi, Manon.

À deux pas, Manon rêvasse en regardant les vignes.

– Vous n'allez pas tarder à vendanger.

– Le grain est mûr, avec tous les orages qui nous pètent dessus, y aura bientôt plus que de la flotte, là-dedans. Si tu veux donner un coup de main, t'es la bienvenue. Plus on est, plus c'est vite plié.

– Si ça tombe un jour de repos, je viendrai.

Il la regarde de pied en cap :

– Le vin n'en sera que meilleur.

– Arnaud sera là aussi ?

– Ce que j'en sais, moi... avec lui on peut jamais dire. Il vaut plus rien, tiens, si tu veux mon avis, je te le donne. Pourtant c'est mon fils, Dieu me pardonne, mais je te le dis comme je te le dis, plus rien, qu'il vaut.

– Il prend les médicaments ?

– Je crois, oui. Faudrait demander à sa mère. Y a qu'elle qui peut lui parler. Un jour ça finira mal, je te le dis.

– Comment ça, mal ?

– Ben mal. Mal, quoi. Ché pas te dire, Manon. Moi, je sens que ça finira mal. Ça peut pas finir autrement que mal.

– J'essaierai de lui parler.

– Rien à faire, t'y arriveras pas. Allez viens, on va demander à Lucie de t'enrouler ça dans du papier. Te fais pas pincer avec, ils t'accuseraient de marché noir.

Un quart d'heure plus tard, Manon sort de la ferme. Elle met le lapin sous sa trousse de soins, dans le panier fixé au porte-bagage. Lucie la regarde, depuis le pas de sa porte.

– Fais bien attention à toi, petite.

Il hésite, puis, d'un ton gêné :

– Peut-être bien que si tu lui parlais, à l'Arnaud, t'arriverais à lui faire comprendre des choses. Toi, c'est pas pareil, il pourrait t'écouter.

– Je ne sais pas, Anselme. Les choses ont changé, tu sais. Nous ne sommes plus des gamins. Nous verrons. J'essaierai.

Manon s'éloigne. Anselme vient près de Lucie qui fait un signe d'au revoir.

– À la semaine prochaine, Manon ! Et si on vendange, on le fera savoir chez toi !

– D'accord, oui, à la semaine prochaine.

Quand elle disparaît, sur le chemin de terre qui conduit à la route du Lannot, Lucie soupire :

– Si on avait pu la marier à notre Arnaud..., dit-elle.

– On sait pas de quoi demain sera fait, dit Anselme en se dirigeant vers l'étable.

À l'entrée de Peyregave, Manon doit franchir un poste de douane français et un autre allemand. Souvent, elle s'arrête pour parler avec les douaniers, qui rivalisent de courtoisie à son égard. Elle ne se prive pas d'en abuser. Il lui arrive de soigner une écorchure ou un mal de tête, alors on ne regarde pas de trop près ce qu'elle transporte dans le panier, avec sa trousse de soins.

Les Allemands la connaissent aussi. Ils ne la fouillent jamais. D'ailleurs, la plupart du temps, ils se contentent d'un signe amical, de loin, et ouvrent la barrière sans même contrôler le laissez-passer. La force de l'habitude. Ils zieutent ses mollets, détaillent ses courbes au passage et la regardent s'éloigner avec l'envie qui fourmille sur la peau.

Lorsqu'elle franchit la frontière, à l'aller, Manon observe attentivement les équipes en service. Avec certains vétilleux, il vaut mieux ne pas tenter de passer de la marchandise. La plupart s'en fichent. Ils n'ignorent pas que des denrées circulent entre la campagne et la ville. En général, ils préfèrent ne pas s'en mêler. Tant que les chefs ne viennent pas mettre le nez dans leurs affaires, ils évitent de provoquer des remous. La guerre est longue. On sait que Hitler envoie de plus en plus de troupes dans l'est de l'Europe. Mieux vaut se faire oublier au fond de sa guérite.

Sous les yeux de Fifi, Marthe s'agite aux fourneaux.

On ne peut tout de même pas dire qu'on se remplit la panse tous les jours, depuis que les vert-de-gris sont là. Au moins on crève pas de faim. Les topinambours remplacent les patates, le pain est noir et poisseux, le vin d'Anselme plus acide et soufré qu'en temps de paix (ce qui est difficilement concevable), bon an mal an, on s'en sort mieux que d'autres. La proximité de la campagne et la solide culture rurale du pays n'y sont pas pour rien.

Voilà ce à quoi songe Marthe en faisant sauter les morceaux du lapin avec des oignons que Fifi a apportés (piqués sans doute dans quelque jardin au bord du Gave, on ne lui posera pas la question), l'unique carotte qui restait, taillée en dés minuscules, et une feuille de laurier. Elle est un peu contrariée, parce que, faute de matière première, elle n'a pu fariner la viande avant de la faire revenir. La couleur sera moins dorée et la sauce un peu longue. Bon, on va pas se plaindre.

Fifi salive. Il se tord les doigts.

Pendant ce temps, Louis met le couvert à la table

centrale de la salle à manger. Manon baisse la lumière. Les jours ont déjà bien raccourci, songe-t-elle.

– Manon, fait Marthe sans cesser de remuer le lapin avec une spatule en bois, tu nous mettrais pas la radio, s'il te plaît ? Ils vont donner les nouvelles.

Louis vient près d'elle.

– Il faut pas écouter ça, maman, on nous dit n'importe quoi à la radio.

– Et qu'est-ce que tu en sais, toi, monsieur je-sais-tout ?

– Je le sais, c'est tout !

– Ah, tu es devin, quelle chance ! Quel intérêt ils auraient à nous mentir, tu peux me l'expliquer, toi ?

– Pétain est à la botte des Allemands, et les Allemands sont nos ennemis. En tout cas, les miens.

– T'as pensé à mettre un couvert pour Manfred ? Quand il verra ça, il va nous faire son couplet sur la tambouille de l'ordinaire.

– Oui, c'est fait, j'ai mis une assiette pour lui.

Marthe ne se prive pas de le charrier :

– Alors, tu mets le couvert à l'ennemi, toi, mon grand gaulliste ?

– Manfred, c'est différent.

Elle pose le couvercle sur le faitout et le fait glisser au coin de la cuisinière. Avec un crochet, elle soulève le centre de la plaque de cuisson, jette un morceau de bois dans les braises, tisonne et referme.

– Tiens, tiens, différent. Je vois pas en quoi, moi, un Schleu c'est un Schleu, non ? Et pourquoi je lui mettrais pas de la strychnine dans son assiette ? Ce serait un bel acte de résistance de flinguer un de ces salauds, non ?

Dans son coin, Fifi acquiesce et se met à rire. Puis il reprend son sérieux tout à trac.

– C'est quoi, la stripnine ? fait-il.

– Du poison pour les taupes.

Fifi opine, sans comprendre. Il y réfléchira plus tard.

– Un jour viendra peut-être où il faudra choisir, maman, dit Louis.

Fifi prend un air inquiet. Il ne pige plus rien, là, ça va trop vite, dit Marthe.

– En attendant, finis de mettre le couvert. Et n'oublie pas non plus l'assiette du curé, on ira le chercher en face, pour souper. Depuis qu'il n'a plus son petit Hugues, il dépérit, tu trouves pas ? Monseigneur l'Évêque pourrait quand même lui donner une sacristine.

Elle se signe.

– Ce que tu es bigote, quand même, fait Louis.

– Je prie pour toi, imbécile. T'en as bien besoin.

– Je survivrai sans ça.

Marthe hausse le ton :

– Dis-donc, merdeux, pas de blasphème sous mon toit, je te l'ai déjà dit !

Manon intervient :

– Ça suffit vous deux, vous n'allez pas recommencer à vous disputer. Tu restes souper avec nous, Fifi ?

L'intéressé baisse les yeux et secoue la tête négativement.

Marthe adresse un clin d'œil à Manon. Fifi sent bien que le silence cache des choses, sans deviner lesquelles. Ce qu'il a compris, c'est que Manfred viendra souper et là, il n'est pas d'accord. L'ennemi, c'est l'ennemi. Dans sa tête, si une chose est claire, c'est bien celle-là. Du coup, il a envie de partir, et quand Fifi a une envie, il l'écoute. Sans même saluer la compagnie, il s'éclipse par la porte de la cour et l'instant qui suit, on entend grincer le portail. Fifi connaît les itinéraires dérobés, la patrouille ne lui mettra pas la main dessus.

On toque à la porte. Tous les trois s'interrogent du regard. Que se passe-t-il ? Ces derniers temps, les vagues d'arrestations se succèdent. La police française, la gendarmerie, la police allemande, l'armée allemande, tout le monde s'y met. Louis met l'index devant sa bouche et sort par-derrière. De nouveau, on toque, plus fort. Une voix étouffée, celle de l'abbé Bancon.

– Marthe ! Y a quelqu'un ?

On respire. Tandis que Manon va prévenir Louis qu'il peut revenir, Marthe ouvre la porte de la rue et le volet qui l'occulte.

– Vous nous fichez la pétoche, l'abbé ! On allait justement vous chercher. L'ordinaire est amélioré, ce soir…

– Je ne venais pas pour me faire inviter, mais…

Marthe jette un œil dans la rue, referme le volet et la porte.

– Ah non ?

– Ben non… je me disais que… si vous aviez fini le livre…

– Le livre ?

– Le roman, là.

Marthe croise les bras.

– Tiens, tiens, ça vous travaille, finalement. Je croyais que c'était des cochonneries.

– J'ai peut-être parlé un peu vite, Marthe… Disons que je voudrais me rendre compte par moi-même.

– Faudra patienter encore, je l'ai passé à Louis.

Au même moment, dans la cour, Manon et son frère discutent à voix basse.

– Pourquoi t'es-tu échappé comme ça, Louis ? Tu avais peur de la patrouille.

– Je ne peux rien dire, Manon.

– Dans quoi tu trempes, encore ? Je croyais que ça t'avait passé.

– Je ne peux rien te dire.

– Louis...

– Il ne faut pas que tu saches, mieux vaut pour toi.

– Tu as des contacts avec les résistants ?

– Arrête de me poser des questions.

La voix de Marthe :

– Eh, tous les deux, qu'est-ce que vous fichez ? Finissez de mettre la table, l'abbé est là !

De nouveau, on tape. Manfred se signale.

Dès qu'il aperçoit le couvert, à la table centrale, il enlève sa veste d'uniforme, l'enfile au dossier de la chaise, retrousse les manches de sa chemise, dégrafe le col et s'installe. Marthe et l'abbé Bancon le regardent et ne se privent pas d'alourdir l'atmosphère. Manfred se sent idiot, tout seul à table. Il racle sa gorge et cherche une idée pour s'assurer une contenance.

– Ma parole, on vous nourrit pas ! fait Marthe.

Les joues de Manfred rougissent comme deux grosses pommes. Lorsque Manon entre dans la pièce, suivie de son frère, il en profite pour tenter une diversion.

– Comment ça va, mademoiselle Manon ? Vous avez un tête soucieuse.

– Je suis fatiguée, dit Manon. Nous avons beaucoup de travail à l'infirmerie. Mais ça va, ça va...

Louis baisse la flamme de la lampe, tandis que l'abbé allume le poste de radio posé sur le buffet. Tout en cherchant une fréquence particulière, il demande :

– Dis-moi, Louis, tu as fini le roman que ta mère t'a prêté ?

La question amuse le jeune homme.

– Vous vous mettez aux romans d'amour, l'abbé ?

– Ne profite pas de toutes les occasions pour laisser libre cours à ton anticléricalisme de bas étage, mon fils !

La radio crachouille, l'abbé tend l'oreille, tourne le bouton de réglage des stations.

– Pas moyen de capter, ce soir...

Puis, de nouveau, à Louis :

– J'ai bien le droit de me cultiver, non ?

– Je l'ai prêté à quelqu'un. Dès que je le récupère, je ne manque pas de vous le faire passer. Vous finirez défroqué, l'abbé !

Louis se marre.

– Ça suffit ou je t'assomme ! fait l'abbé, roulant les épaules et montant sa garde de boxeur.

Il esquisse deux attaques que Louis esquive en rigolant.

Marthe vient et pose une soupière de bouillon au milieu de la table.

– J'avais pas grand-chose à mettre dedans, il est un peu pauvre mon bouillon. La maladie s'est fichue au jardin, tout a crevé en trois jours... faudra qu'on trouve une solution pour les légumes... mais ce soir, c'est la fête, chose promise...

Manfred se frotte le ventre :

– Mon estomac se tord depuis ce matin, Marthe... J'ai passé la journée à rêver de cette lapin...

Tout le monde sursaute.

Le volet de la rue vient d'être secoué par une volée de coups de poing. Un type crie, moitié en allemand, moitié en français.

Louis disparaît de nouveau par la porte de derrière, l'abbé coupe la radio, Manfred se lève. Sa chaise tombe. Il la redresse. La veste tombe. Il la ramasse, l'enfile prestement, tandis que Manon enlève deux couverts, celui de Manfred et celui de Louis.

De nouveau, le poing martèle le volet. La voix insiste, le ton monte.

Marthe ouvre.

Un petit caporal et deux troufions entrent. L'un d'eux referme le volet et la porte prestement.

– Bonsoir madame, fait le caporal. Votre lumière, madame… ça se voit de dehors.

Marthe s'étonne. Elle soulève les rideaux à motifs d'oiseaux et prend les gardes à témoin.

– Tout est en règle. Regardez, on a baissé au maximum la flamme de la lampe, que voulez-vous de mieux ? Qu'on vive dans le noir ?

Manfred regarde la pointe de ses chaussures.

– Alors Manfred, dit le petit caporal sur un ton mielleux, on fricote avec la population ? Tu sais que c'est interdit. Tu veux aller faire un tour du côté de la Volga, c'est ça ? Ha ! Ha !

Manfred hausse les épaules et ne répond rien. Il a trop parlé, aujourd'hui, il le sait. Les hommes râlaient parce qu'on leur servait un infâme rata, et Manfred a laissé échapper que lui, heureusement, il n'était pas mal loti, où on l'hébergeait. Ce n'est pas tombé dans l'oreille d'un sourd. Gunther l'a un peu cuisiné sur la question et comme Manfred est brave, il a fini par lâcher le morceau. Il a parlé des talents de cuisinière de Marthe, qui fait des miracles avec des bouts de ficelle. Fallait voir la gueule des soldats, leurs joues creusées se remplir de salive. L'histoire de Manfred faisait son effet, il s'est pris au jeu, en a rajouté et a même fini par dire que lui, il s'en foutait que le rata soit imbouffable, parce que le soir, il s'en mettrait plein la panse avec le lapin que Marthe allait cuisiner. Résultat, la patrouille se pointe comme par hasard, parce qu'on voit la lumière de dehors, comme par hasard, et c'est Gunther le petit caporal qui est en service, comme par hasard.

Le voici qui soulève le couvercle de la soupière. Du bouillon s'élève un nuage de vapeur. Puis Gunther renifle l'air.

– Votre soupe sent bien bon, madame. On dirait même…

Il se dirige doucement vers la cuisine, la truffe en avant. L'abbé Bancon, qui s'est subrepticement éloigné du poste de radio, est pris d'une furieuse envie d'emplâtrer ce freluquet. Uppercut, crochet au foie, badaboum, tout le monde descend, comme au bon vieux temps du ring. « Regarde-moi ça, songe-t-il, on dirait un épagneul qui a flairé la bécasse. »

Le petit caporal entre dans la cuisine. Il soulève le couvercle du faitout.

– Ahaaa, madame. Un beau lapin, un bien beau lapin.

Marthe est derrière lui, elle tourne les idées dans sa tête. Que dire ?

Il s'adresse à elle en durcissant le ton.

– Marché noir ?

Voyant sa mère décontenancée, Manon intervient.

– Non, pas du tout, nous élevons quelques lapins à la campagne, dans une ferme.

– Ah vraiment, quelle chance ! dit-il d'une voix vinaigrée.

Marthe revient dans la partie :

– Si ça vous fait plaisir, on pourrait partager…

– Partager ? fait l'autre en étouffant un ricanement. Partager avec qui ? Ce porc de Manfred est assez gras comme ça, vous le soignez trop bien. Il se charge de votre réclame, ha ! ha !

Il s'adresse à Manfred :

– Allez, dégage maintenant, on t'a assez vu ! Et merci pour le tuyau, Manfred. Ha ! ha !

Tous les trois éclatent de rire et lancent une volée de quolibets à Manfred, qui sort par la cuisine pour monter au grenier. Dans la cour, il entend qu'on l'appelle.

– Pst ! Manfred.

Il s'arrête, scrute l'obscurité. C'est la voix de Louis.

– Louis ?

– Ils sont toujours là ?

– Ja, ja, ils vont manger le lapin. Pourquoi tu te caches ?

– Cherche pas à comprendre, mon vieux. Bonne nuit.

Grincement du portail. Le pas de Louis s'éloigne, résonnant entre les façades aveugles des maisons, dans le passage qui mène au Riulet.

À l'intérieur, Gunther est revenu dans la salle à manger.

– Je vois qu'il y a justement une table mise pour trois personnes.

– On ne sert plus, à cette heure, monsieur, dit Manon.

Marthe en rajoute :

– Vous pouvez pas nous imposer de fermer le soir de bonne heure, pour vous pointer ensuite souper sur le tard. Pas question !

Gunther tire sa chaise.

– Considérez-nous comme des clients particuliers...

– C'est que...

– Bien... J'accepte votre invitation, madame.

Il donne l'ordre à ses hommes de prendre place à table.

L'abbé s'apprête à sortir. Gunther l'interpelle :

– Notre compagnie vous ennuie, monsieur l'abbé ?

– Je vais pas rester là, planté à vous regarder manger. Il est tard...

– Oui, trop tard pour sortir, le couvre-feu…

– Le presbytère est juste en face.

Sans attendre davantage, l'abbé quitte les lieux. Le petit caporal émet un « ts ! » de dédain, tout en se nouant une serviette autour du cou. Les deux sous-fifres plaisantent dans la langue de Rilke, mais à leur façon. Ils n'en reviennent pas d'être là. Ils en trépignent sur leur chaise. Ulrich, qui a dû être gros, s'en frotte les mains. Son copain Dieter, un adolescent attardé au teint jaunâtre et aux joues boutonneuses, regarde Marthe déposer le faitout au milieu de la table avec des yeux de cannibale. La patronne regagne sa cuisine, marmonnant en gascon :

– Diù vivant, t'as pas intérêt à laisser traîner les doigts. Ils sont morts de faims, ces cons-là !

IV

Dès qu'elle dispose d'un moment, Manon va nager à la piscine. Elle aime la fraîcheur de l'eau, quand l'été glisse vers l'automne. Certains Peyregaviens ont déserté les lieux et se baignent dans le Gave, à leurs risques et périls, parce qu'ils ne veulent pas être vus auprès des Allemands qui viennent se détendre dès qu'un rayon de soleil apparaît. Ils réquisitionnent la moitié du bassin et des plages, même s'ils ne sont que quatre ou cinq. Une ligne est tracée au sol, et un filin équipé de flotteurs tendu à l'axe du bassin, que personne n'a le droit de franchir, ni dans un sens, ni dans l'autre. Des gardes armés veillent.

Dans l'eau, Manon se sent ailleurs. Isolée du monde, rassemblée autour d'elle-même par l'élément liquide qui lui fait un cocon. Elle nage, elle nage jusqu'à ce que le corps épouse l'eau, que l'esprit ne s'en remette plus qu'aux muscles et au souffle. Dans l'effort, elle a la sensation de se purifier, de se défaire de toutes les tensions dues à son métier, que la guerre n'a fait qu'exacerber. En plus de ses tournées dans la campagne, elle a la charge de l'infirmerie de Loustau. Les petits soins, et les deux chambres à l'étage, où le chirurgien garde les convalescents qui n'ont pas de place à l'hôpital. Elle aurait aimé faire du sport un métier, être professeur de gymnastique ou de natation. La vie ne l'a pas voulu ainsi. Elle est entrée par la petite porte au service de Loustau, qui ne la prend plus désormais à ses côtés comme simple aide-soignante, mais bel et bien comme infirmière. Le refus d'avorter la pauvre Françoise est resté comme une écharde dans l'esprit de Manon. Elle a toujours pris Loustau pour un homme de bonne volonté. Entre eux agit une grande complicité. Parfois même elle s'est demandé s'il ne la désirait pas. Sans doute que oui. Elle voit bien ses yeux qui traînent et cet air frustré qu'il cache mal. Marthe le lui a dit cent fois : Loustau a le béguin et s'il n'était marié avec quatre gosses, il aurait sûrement tenté sa chance. C'est pas Marthe qui aurait mis le holà. En dépit de leur différence d'âge – Loustau approche la soixantaine, Manon a juste 22 ans –, elle aurait trouvé ça très bien. Plus de soucis à se faire pour sa fille.

Au rythme des battements du crawl, elle laisse les idées venir et s'en aller. Comment Loustau a-t-il pu laisser cette pauvre fille repartir ? La guerre l'a changé. Sûr qu'avant, il n'aurait pas abandonné cette petite comme ça. Pourquoi n'aurait-elle pas le droit de choisir si oui ou non elle veut garder cet enfant ? Manon accélère la cadence. Elle fait un écart pour éviter un baigneur, puis reprend sa ligne. Loustau n'a rien compris. Pour la première fois de sa vie, elle considère le chirurgien différemment. Elle songe qu'il a vieilli, qu'il ne comprend pas tout. Il est dépassé par les événements et ne dégage plus cette vigueur qui la mettait tellement en confiance.

Elle sort de l'eau et sèche son corps. Un groupe de jeunes Allemands la siffle. Elle les regarde et aperçoit Juliette Martin, assise non loin d'eux, près de la ligne qui sépare la partie publique de la partie interdite. Juliette a abandonné l'hôpital l'année dernière. Depuis, elle ne travaille plus et ne semble pas trop mal s'en porter. Il est vrai qu'elle n'a jamais été frappée d'une grande rigueur morale.

Juliette fait un signe de la main.

– Salut, Manon !

Manon rassemble ses affaires.

Juliette la détaille de la tête aux pieds et l'invite près d'elle :

– Viens, il y a longtemps qu'on ne s'est pas vues ! Tu as l'air en forme.

« Cette salope a une ligne d'enfer... », se dit-elle.

Manon la regarde :

– Toi aussi, tu as l'air en forme...

« Elle en a encore grossi... », songe-t-elle.

Et puis elle hésite. Elle connaît Juliette par cœur et voit bien qu'elle s'est assise près des jeunes soldats pour attirer leur attention. Ils font des commentaires dans leur langue, il n'est toutefois pas difficile de deviner qu'ils reluquent Manon. Celle-ci n'a pas l'intention d'entrer dans le manège de Juliette. Elle s'arrête et compose un sourire :

– Désolée, Juliette, il faut que j'aille travailler. Tu as de la chance d'avoir tout ton temps... À bientôt !

Juliette sourit à son tour, de façon tout aussi hypocrite :

– Dommage, Manon, j'aurais bien aimé papoter avec toi. Fais signe quand tu viens nager.

– Oui, fait Manon, je ferai signe.

Elle pense : « Compte là-dessus ! »

– Le docteur Loustau va bien ? demande Juliette.

– Oui, très bien, rétorque Manon en s'éloignant.

– Tu l'embrasseras pour moi, à l'occasion !

Convaincue que Manon entretient une relation secrète avec Loustau, Juliette a toujours été rongée par la jalousie. Manon ne répond pas à la provocation. Son attention est attirée par le bruit de véhicules qui viennent sur le Nouveau Pont. Ils cornent. Les gens s'écartent.

Deux camions militaires, deux voitures civiles et un blindé léger se garent devant la piscine. Du blindé s'extirpent prestement des gardes qui prennent position autour des voitures. Des soldats polonais sautent des camions. Les gens ont compris, sortent de l'eau, roulent leurs affaires prestement.

Un sous-officier au faciès d'orang-outang rougeaud vient au bord du bassin et se met à vociférer :

– S'il vous plaît, mesdames et messieurs, la piscine ferme au public ! Allez, dégagez, dégagez !

On râle entre les dents, mais on obtempère.

Manon enfile jupe et chemisier par-dessus le maillot encore humide, chausse ses sandales et franchit le portail. Les Polonais trottinent et se postent tout autour du grillage qui ceint la piscine.

Les gens rouscaillent dans leurs lippes, se pressant pour vider les lieux.

Des officiers descendent des voitures. Ils prêtent le coude à des femmes. Manon entend des commentaires, autour d'elles.

– Regarde-moi ça, si c'est pas une honte.

– C'est cette j'entre-en-ville de Lamazou, non ?

– Quelle pétasse, non mais regarde-la !

Manon tord le cou. En effet, elle reconnaît Francine Lamazou, au bras de Falkenbach.

Quelqu'un, à côté :

– T'as vu à qui elle donne le bras ? Rien ne l'arrête, celle-là !

Sous les platanes qui ombragent les arènes, Manon accélère le pas. Le somptueux physique de Francine Lamazou a toujours fait des envieuses et des envieux, à Peyregave. Avant de séduire celui qui est aujourd'hui son vieux mari, accessoirement l'un des plus gros négociants en céréales du Sud-Ouest, elle a ravagé les corps et les esprits d'une flopée de mâles. Voilà qu'elle s'affiche en compagnie du chef de la Kommandantur. Là, tout de même, elle y va fort.

– Un corps de sirène et des dents de requin, dit quelqu'un à son propos.

– Tu parles, une pute, oui !

– Ouais, là, t'as bien raison. Une grande pute !

Souvent, l'après-midi, l'abbé Bancon s'installe dans la sacristie contiguë à l'église pour préparer ses messes. Il est obligé de pourvoir un peu au ménage, depuis que la vieille sacristine a raccroché ses clochettes. Il a bien demandé son remplacement à l'évêque, mais le dossier est bloqué par les lourdeurs administratives du diocèse.

Comme l'air est plus frais à la sacristie qu'au presbytère, l'abbé s'autorise un sieston, allongé sur un banc, les mains croisées sur sa bedaine. De part et d'autre de son corps, les plis de la soutane pendent jusqu'au sol, on dirait un catafalque de l'abbé Bancon, sauf quand une mouche vient sur son visage pour y glaner quelque pitance millimétrique, et que le visage du prêtre est secoué d'un spasme précis qui provoque l'envol affolé du diptère.

Ce petit spasme rappelle tout à fait le tic qui agite la moustache du gendarme Lemoux, véritable sosie d'Errol Flynn en plus maigre, qui, depuis plus de deux ans, colle aux basques de son supérieur le chef Loupiacq, plus grassement installé dans l'uniforme, en raison de l'ancienneté d'une part et d'un bon coup de fourchette de l'autre. Lemoux vient de pousser la porte de la sacristie et se tient dans le contre-jour, jambes légèrement écartées. Le chef le laisse souvent passer devant, pour qu'il prenne de l'expérience.

Lemoux toussote.

La mouche, qui allait se poser de nouveau sous le nez de l'abbé, revoit son plan de vol en catastrophe et atterrit sur le missel, ouvert à la page du jardin des Oliviers.

Lemoux toussote encore. Le ronflement de l'ecclésiastique s'interrompt. Il ouvre un œil, puis se redresse.

– C'est quoi ? Qu'est-ce… c'est qui ?

Lemoux se découpe dans la lumière crue qui vient de l'extérieur. L'abbé se protège d'une main, essaye de reconnaître l'intrus.

– Qui êtes-vous ? Vous auriez pu taper avant d'entrer.

– Gendarmerie, monsieur l'abbé. On vous dérange ?

Lorsqu'il a le dessus, Lemoux en rajoute toujours un peu. Ce sont les chiens peureux qui mordent.

– C'est pour quoi ?

Lemoux s'efface et le bedonnant Loupiacq entre en scène :

– Trois petites questions, rien de méchant.

L'abbé s'est levé. Il met de l'ordre aux plis de la soutane, trottine jusqu'à l'armoire, en sort trois verres et une bouteille de vin de messe qu'il coince sous son bras pour tirer le bouchon. Pop !

Il sert trois rasades.

– Non, dit Lemoux en tendant une main à plat devant lui, jamais en service.

– Ah ? S'étonne l'abbé. Je n'ai que de l'eau bénite, à part ça… remarquez, ça peut pas vous faire de mal.

– Pas soif, j'ai dit, ça ira.

L'abbé secoue la tête et ronchonne :

– Pas soif, pas soif… la question n'est pas là… et vous ? demande-t-il en se tournant vers le chef Loupiacq.

– Je veux bien, merci. Il est pas trop sucré ?

– Un vin de nos collines, monsieur. La parfaite alliance de la vivacité et de la douceur.

– Santé, dit le chef en levant son verre.

Il goûte, réprime une grimace.

– Fameux ! Moi, ce qui m'a toujours étonné, c'est que vous buviez du vin blanc à la messe. Le sang du Christ était rouge, non ? Ils ont sûrement pas trinqué au monbazillac, à Jérusalem.

L'abbé réfléchit.

– Vous me prenez de court…

Lemoux intervient :

– Bon, on n'est pas venus pour le catéchisme.

L'abbé frotte doucement ses mains l'une contre l'autre, puis les écarte en ouvrant les paumes vers le ciel.

– Alors, dites-moi, messieurs, quel bon vent vous amène dans la maison du Seigneur ?

Loupiacq cherche ses mots avant de commencer. Il se pince le gras du menton.

– Je voudrais vous parler de la colonie du Bager…

– Ah, vous connaissez ce coin ? Merveilleux, n'est-ce pas ?

– Oui, euh, non, je ne connais pas, enfin si, un peu comme tout le monde, mais si vous ne me laissez pas parler…

– Excusez-moi, allez-y, je vous en prie, je vous ai troublé…

– Je disais quoi ?

– Le Bager, la colonie…, dit Lemoux, un peu exaspéré.

– Ah oui ! reprend Loupiacq. Vous y avez passé les deux mois d'été…

– Comme chaque année depuis longtemps, ajoute l'abbé en remplissant son verre et celui du chef. Vous ignorez sans doute que je suis un peu de là-bas.

Il dirige le goulot vers Lemoux :

– Toujours pas ?

Le chef boit une lampée, et :

– Nous ne l'ignorons pas.

– Ce n'est pas toujours facile. Cette année, j'ai réussi à me faire emmener par un gazogène de la mairie, à l'aller. Les petits ne peuvent pas marcher jusqu'à là-bas, vous rendez-vous compte, il y a soixante-dix ou quatre-vingts kilomètres ! Autrefois, on le faisait en char à bœufs. C'est éreintant. Figurez-vous que cette année, j'en ai un qui a chopé la scarlatine, je l'ai ramené dans une carriole derrière le vélo. Croyez-moi, je connais la route, et mes mollets aussi, mon Dieu !

– Pourquoi êtes-vous retourné là-bas, depuis ? demande sèchement Lemoux.

– Je vous demande pardon ? fait le curé.

– Pourquoi êtes-vous retourné au Bager, alors que la colonie est finie depuis fin août.

– Il faut bien entretenir les bâtiments, ouvrir un peu les fenêtres… et j'avais oublié certaines affaires.

– Vraiment ? Quatre fois ? dit Loupiacq…

– Pardon ? fait Bancon.

– Vous y êtes retourné quatre fois, c'est donc que vous avez de nouveau oublié des affaires quand vous y êtes revenu pour chercher les affaires que vous y aviez oubliées, hein ? Et qu'ensuite vous y êtes retourné pour chercher les affaires que vous aviez oubliées la deuxième fois, quand vous étiez revenu chercher les affaires oubliées la première fois, et…

Lemoux :

– Faudrait pas trop nous prendre pour des bourricots, pas trop…

Le curé baisse les yeux :

– Loin de moi cette intention… Lorsque j'y suis revenu la première fois pour chercher mes affaires oubliées, j'ai remarqué une fuite d'eau dans le vieux dortoir. Les murs sont vieux, vous savez…

– Une fuite au dortoir, répète Loupiacq, je vois, oui, une fuite d'eau… vous avez pu réparer ?

– Attention, chacun son métier, répond l'abbé et, levant les mains au niveau de ses épaules, paumes vers l'avant, cette fois. J'ai fait appel au plombier du coin, un type très bien.

Le chef s'assied, pose son képi sur la table et se gratte le crâne.

– Vous n'avez rien remarqué de suspect ?

– De suspect ? reprend l'abbé.

– De suspect ! confirme Lemoux.

– Qu'appelez-vous « suspect » ?

Le chef tapote sur la table :

– Suspect, suspect. Bizarre, quoi, étrange, pas normal, suspect, ça veut dire ce que ça veut dire, suspect, non ?

Lemoux s'approche du curé, le port vaguement auréolé de menace.

– Suspect, monsieur l'abbé. Si vous continuez à jouer au yoyo avec nous, c'est vous qui allez passer du statut de témoin à celui de suspect, vous pigez, dans ce sens-là ?

– Témoin ? dit l'abbé. Témoin de quoi ?

Le visage de Lemoux se fige :

– Il faut que je sorte prendre un peu l'air, chef, je vais perdre mon sang-froid.

Lemoux sort.

Le chef, à voix basse :

– Il roule des mécaniques, mais il est claustrophobe. C'est vrai que c'est un peu sombre, chez vous…

– Ces jeunes… petites natures.

– Alors ?

– Alors quoi ?

– Le Bager !

– Quoi, le Bager ?

Le sang monte aux joues de Loupiacq :

– Bon, l'abbé, vous commencez à me les casser, là ! Pourquoi êtes-vous retourné par quatre fois au Bager, depuis la fin de la colonie ?

– Je vous l'ai dit. Et puis, j'ai des amis, là-bas.

– Des amis ?

Bancon soupire :

– Ben oui, des amis, des amis de longue date, quoi, comme tout le monde ! Je vais les voir de temps en temps, ça aussi, c'est interdit, maintenant ?

– De temps en temps ? Quatre fois en deux mois, vous en avez des choses à vous dire.

– Oui, on en a des choses à se dire ! Faut-il aussi que je vous détaille la substance de nos entretiens ?

– Ce serait en effet important que vous me fournissiez davantage de précisions, parce qu'on vous a dans le collimateur, cher monsieur l'abbé Bancon ! Alors si ça ne vous gêne pas, parlez-moi un peu de ces amis, s'il vous plaît. Et pas avec des paraboles, hein, je veux des mots, en français, bien clairs…

Lemoux revient sur le ring. Entre-temps, il s'est monté le jobinot tout seul, il est parti en vrille.

L'abbé Bancon est chaud, deux adversaires ne lui font pas peur.

– Bon, dit Errol Flynn, la moustache trépidante de tics, assez finassé, on va y aller direct : il y a eu du grabuge du côté du Bager. Une patrouille de nos hommes a été mitraillée alors qu'elle procédait à un contrôle de routine. Un mort, deux blessés graves. D'après eux, c'est encore un coup des Espagnols. Il y a d'importants groupes de travailleurs étrangers, là-bas. La plupart sont employés à la construction du barrage, d'autres sont forestiers. Ils ont organisé un maquis et à mon avis, on n'a pas fini d'en entendre parler. Bourré de racailles. Les évadés de Gurs les rejoignent. Ces types-là sont des loups... ils vivent la nuit. Évidemment, ils se battent depuis trente-six... ils sont rodés. Les Allemands sont sur les dents et nous demandent des comptes. Si vous ne...

– Lemoux. , fait Loupiacq.

– Oui chef?

– Non, rien... plus tard.

– Et je viens faire quoi, moi, dans cette histoire? demande l'abbé. Quel rapport avec la colonie?

– On les soupçonne de se servir des locaux...

– Qui?

– Les Espagnols! s'énerve Lemoux.

– Une planque? sursaute l'abbé.

– Une planque, confirme Loupiacq.

– Ça alors..., fait l'abbé.

– Ça a l'air de vous étonner, ricane Lemoux.

– Pour m'étonner, on peut dire que ça m'étonne, dit l'abbé en remplissant son verre.

– Qui a les clefs, à part vous?

– Céleste, la voisine. Elle a plus de quatre-vingts berges, je ne la vois pas mitraillette au poing sur le marchepied d'une traction avant...

– Céleste, vous dites. Bien, on va câbler l'information aux collègues, ils iront toucher deux mots à cette Céleste.

– Une sainte femme, dit l'abbé en levant une main.

– On n'en doute pas, dit Loupiacq en remettant son képi. Tenez-vous à notre disposition, monsieur l'abbé, nous reviendrons sans doute vous poser quelques questions.

L'instant suivant. Sur la place Saint-Matthieu, les deux gendarmes marchent côte à côte.

– Vous en pensez quoi, chef ? demande Lemoux.

– J'en pense que quand on fait ce boulot, Lemoux, il faut savoir fermer sa gueule !

– J'ai dit quoi ?

– Vos nerfs vous trahissent, Lemoux. Un jour, vous vous marcherez sur la langue. Dans ce métier, il faut être à la fois un singe, un serpent, un tigre, un renard et une carpe, c'est vu ? Pas une perruche ni une pipelette ! Le curé en sait plus sur nous que nous sur lui maintenant.

– J'ai joué l'intox, chef, c'était plus malin. Je le sens bien, l'abbé, à mon avis, il n'est pour rien dans ces histoires. Il m'énerve, mais c'est un brave homme. Il nous fait des cachotteries mais y a rien de grave là-dessous. On a tous nos petits secrets, eh ? dit Lemoux en donnant du coude à son chef.

– Lemoux, on n'a pas gavé les oies ensemble, de la retenue, je vous prie. Nous sommes encore en service.

– S'cusez, chef.

Loupiacq s'arrête à la fontaine. Il met ses mains sous le robinet d'où coule une eau claire, se rafraîchit la nuque et le front.

– Pas mauvais, mais il cogne, son pinard. Il y a combien de temps que vous êtes dans la maison, Lemoux ?

– Quatre ans, chef. Deux comme stagiaire, deux avec vous.

Dès qu'il s'est retrouvé seul, l'abbé a traversé la sacristie et l'église au pas de charge. Il est sorti par-derrière et a traversé prestement jusqu'à la boulangerie d'Albert, à l'angle de la rue des Boutiques. De loin, il a aperçu les gendarmes arrêtés à la fontaine et a pris garde de ne pas être repéré.

Albert était dans le fournil. Il dormait, appuyé sur une huche à pain vide.

– Albert, Albert, réveille-toi ! Il faut que je téléphone, vite, vite !

Albert a sursauté.

– Tu m'as foutu une de ces trouilles ! Monte chez moi et téléphone donc. Qu'est-ce qu'y se passe, des ennuis ?

– Oh oui, Albert, des ennuis. De foutus ennuis !

De l'ablette, Fifi ignore tout. Que les scientifiques la nomment *alburnus alburnus*. Qu'ailleurs en France on l'appelle blanchet, abiette, rondin, dormelle, lorette, able, mirandelle, ou encore gobio. Que les Anglais la nomme *bleak*, les Espagnols *breca*. Qu'elle est un cyprinidé, ce qui chez les Latins ou les Grecs nous ramène à la carpe. D'ailleurs, il vaut mieux que Fifi ignore cette racine étymologique, parce qu'il contesterait, il s'inscrirait en faux, confondre l'ablette et la carpe, ha ! ha ! N'importe quoi ! les Romains et les Grecs ne devaient pas souvent remplir la bourriche. Fifi ne chercherait sûrement pas à briller en société en expliquant que la racine cyprium, qui nous donne cyprine, ramène à la couleur bleue du cuivre, ce qui pourrait évoquer un lien avec ce petit poisson de couleur bleu-vert. Fifi ignore aussi, et il s'en fout pas mal, que la maturité sexuelle de l'ablette vient vers trois ans pour le mâle, et que la femelle pond entre cinq mille et sept mille œufs. En revanche, ce qu'il sait, le Fifi, c'est que l'ablette est un petit poisson de surface, qui raffole des insectes. Un petit poisson farouche, qui se planque à la moindre alerte quand l'eau est claire. Vers l'automne, elle vit entre deux eaux et remonte, les belles journées, comme pour se baigner dans le ciel. La plupart des gars du pays l'attirent avec l'appât Dudule, parce qu'ils font confiance à la réclame, ces imbéciles, qui dit: « Avec l'appât Dudule, le poisson pullule ! » Fifi les laisse dire et les laisse faire. Quelle bande de cons ! L'appât Dudule, par beau temps, il est trop lourd pour l'ablette. Il coule et va directement dans la gueule des barbeaux. Fifi prépare sa propre mixture, à base de son, de vieux pain et de divers ingrédients dont il garde jalousement le secret. Et sa bourriche est souvent bien pleine, n'en déplaise aux as de la pêche miraculeuse de comptoir. On en connaît qui le tortureraient pour lui faire cracher la composition de son appât. On dit qu'il n'y a que Dédé, le garde champêtre, qui connaît la recette. Là où d'autres seraient considérés comme des braconniers, Fifi pêche quand il veut et ce qu'il veut. Alors on suppose des choses.

Tout en surveillant le bouchon, assis à côté de sa canne qui repose sur une fourche de coudrier, Fifi masse une boulette d'appât au bout de ses doigts. Quand elle a la consistance voulue, il la lance en amont de sa ligne. Environ un mètre cinquante au-dessus. Dès qu'elle atteint la surface, la boulette se désagrège. Un nuage léger se déplace dans l'eau et vient sur le bouchon. Aussitôt, ce dernier se redresse. Fait mine de plonger. S'immobilise. Fait mine une deuxième fois et là, agité de petits soubresauts, il se penche et remonte le courant en accélérant. Le geste assuré, calme, Fifi empoigne sa canne et ferre doucement. Une ablette frétille au bout du fil. Sans se lever, Fifi fait penduler le fretin, attrape le fil à la volée, fait glisser sa main jusqu'au bas de ligne et saisit la prise. Canne bloquée sous l'aisselle, il dégage l'hameçon et jette l'ablette dans la bourriche à demi immergée, où grouille une bonne cinquantaine de ses congénères. En deux temps, trois mouvements, c'est reparti pour un tour, le bouchon flotte exactement au même endroit.

En milieu de matinée, Fifi interrompt la razzia. Il plie. Sac en bandoulière, canne à une main, bourriche à l'autre, il remonte la berge puis coupe à travers un bois de frênes, pour traverser la voie ferrée et rejoindre le chemin de terre qui longe les jardins ouvriers. Au-delà, il parvient à l'embouchure du Riulet. Il remonte le ruisseau, traverse la route et, plus haut, emprunte le petit passage qui conduit au portail de la cour, derrière l'auberge.

Les gonds couinent. Marthe regarde qui vient, depuis la porte de la cuisine. Elle s'avise de la lourde bourriche.

– Ah, Fifi, tu vas encore nous gâter !

Fifi n'a plus personne dans la vie. Il habite la maison de sa pauvre mère, décédée prématurément, au terme d'une vie de labeur et de chagrin. Fifi était son unique trésor. Elle a tenu à ce qu'il ait un toit pour toute sa vie, et a travaillé sans relâche pour le lui procurer. Avant de mourir, elle a demandé à Marthe de promettre qu'elle veillerait toujours sur son Fifi. C'était il y a dix ans. Marthe a promis. Parole de granit.

L'auberge, c'est la deuxième maison de Fifi. Tout comme Marthe est sa deuxième mère. Son plus grand plaisir, dans la vie, consiste à ramener le produit de ses pêches, de ses braconnages, de ses cueillettes, rue des Charmilles. Il aime par-dessus tout regarder les autres se régaler grâce à lui. Faire plaisir lui fait plaisir. Grâce à lui, on mange des cèpes, des girolles, des pieds-de-mouton, des lactaires délicieux, parfois des oronges, des grives, et des palombes, à l'automne. Du brochet, des sarcelles et du colvert en hiver. Des morilles, des truites, des anguilles au printemps. Des pommes, des ablettes, des gardons, des goujons, des pesquits en été… Il est une corne d'abondance à lui tout seul. Et bête comme ses pieds, avec ça. Comme quoi…

Il vide la bourriche dans une bassine métallique que Marthe vient de poser au sol. La masse des poissons glisse, s'étale et remplit le récipient, un peu comme un fluide. Certains spécimens gigotent encorc.

– Quelle friture, mon Dieu !

Fifi soupire fièrement. Le roi n'est pas son cousin.

– Faut inviter Miguel, et Galoche, et aussi…

– T'en fais pas, Fifi, on le dira à tout le monde ! Tu vas m'aider à les vider ?

Il répond d'un hochement de tête, salue Marthe, reprend canne et bourriche et s'en va.

– Reviens en fin d'après-midi, d'accord ?

Il ne répond pas et s'éloigne de son allure à la fois vive et incertaine.

– Où cours-tu, comme ça ? lance encore Marthe. Va pas traîner dans les bistrots, hein ?

Seul le couinement du portail répond.

L'heure de l'apéro approche, les poivrots sont déjà au comptoir. Ni l'un ni l'autre ne manquent, à Peyregave. La pochetronnerie est un artisanat local florissant.

Marthe sait que les gens font picoler Fifi. Ils s'amusent de le voir ivre. Peut-être qu'ils se sentent rassurés devant le spectacle d'un simplet pris d'alcool. Peut-être qu'ils ont l'impression de voir une déchéance plus grande que la leur, et que cette illusion les grandit. Et n'allons pas croire qu'il n'y a que les arsouilles qui font boire Fifi. Non, des gens très bien s'en mêlent aussi, pour d'autres raisons. Ceux-là sont convaincus de faire œuvre de charité en payant un coup à ce pauvre diable. Et puis, ils le font parler. À l'auberge, Marthe veille au grain. On n'est pas riche mais on sait se tenir, et on a plus qu'un petit pois dans la tête. Cela dit, Fifi est malin, il parvient toujours à siffler un verre ici ou là, Galoche et les autres l'abreuvent en douce. Disons que Marthe limite les dégâts.

Léon Pouthet a toujours les tripes qui se nouent, lorsqu'il entre dans le bureau qu'occupe désormais Falkenbach. *Son* bureau de maire. Celui d'où il a dirigé les affaires de Peyregave durant tant d'années. La croix gammée qui flotte au-dessus de la devise « Liberté, Égalité, Fraternité » gravée au fronton de la mairie, cet officier qui distille ses belles manières, le portrait d'Adolf Hitler à la place de celui du président de la République (même s'il n'a pas toujours été d'accord avec Lebrun, Pouthet l'aurait préféré à Pétain et au Führer, tout de même), tout cela mine Léon, au point que dans son entourage, on s'inquiète et on le pousse à jeter l'éponge. Charlotte son épouse se ronge les sangs. Léon, lui, n'a aucun doute. Il connaît cette ville comme sa propre fille, il ne la lâchera pas, il tiendra et cherchera jusqu'au bout à la préserver au mieux des avanies de la guerre. Jusqu'au bout. Quitte à en crever.

Falkenbach a le visage des mauvais jours. Il invite le maire à s'asseoir et s'approche d'une des grandes fenêtres qui dominent la place de Mars. Des camions bâchés viennent de débarquer de nouvelles troupes. Les hommes s'étirent, bâillent, allument des cigarettes. Léon Pouthet se doute que Falkenbach l'a convoqué pour aborder le cas de Robert Lacaze. Il n'a pourtant rien d'un révolté, le Robert, avec son front qui sue et sa grosse bedaine de buveur de bière.

Falkenbach semble deviner les pensées de Pouthet. Il vient près du bureau et y appuie une main.

– Ce ne sont pas les suspects évidents qui font nos plus difficiles adversaires, monsieur le Maire… vous sembliez avoir totale confiance en votre adjoint.

Léon pâlit. L'inquiétude fait courir sur tout son corps un frisson.

– Que se passe-t-il ?

– Nous n'avons rien pu tirer de ce monsieur que vous portez en estime, or nos policiers ont la dent dure et des méthodes d'interrogatoire plus efficaces que les nôtres. Robert Lacaze leur a fourni de précieux détails à propos d'un réseau qui agit sur tout le sud de la France.

– Un réseau ? Non, je ne vois pas Robert dans ces histoires.

– Évidemment. Personne ne l'imagine dans ces histoires, c'est bien ce qui le rend dangereux. Pour l'instant, il est neutralisé. Il a été un peu éprouvé par les entretiens avec la Gestapo, et on a dû le transférer avant qu'il n'ait pu dire tout ce qu'il savait.

– Transféré ? Robert…, soupire le maire. Robert, c'est pas possible. Transféré où ?

– Il a donné le nom d'une certaine Huguette Salligues, cela vous dit quelque chose ?

– Je ne la connais pas personnellement… Transféré où ?

– Non, bien sûr, ce n'est pas ce que je voulais dire.

– La ville n'est pas grande, nous nous connaissons tous, de près ou de loin.

– Oui, oui, bien entendu, monsieur le Maire. Mme Salligues a été interrogée également. Nous avons mis au jour une cache qu'elle nous a signalée. Un véritable service postal concurrent des Postes et Télégraphes. Des lettres cryptées, des courriers en tchèque, en roumain, en polonais, et surtout, beaucoup de choses en espagnol. Les vaincus de la guerre civile, que vous avez stupidement accueillis, se reconstituent inexorablement et structurent de puissants réseaux de résistance. Vous-mêmes en faites les frais, d'ailleurs. Vos gendarmes ont essuyé des tirs du côté d'Arudy, ils ont même perdu un homme.

– Oui, j'ai entendu parler de cette affaire, bien sûr. Que voulez-vous que j'y fasse ? Je ne suis ni la police, ni la gendarmerie, ni l'armée. Je suis simplement le maire de cette commune.

Falkenbach ouvre une boîte à cigarettes, la propose à Pouthet qui décline en tapotant sa poitrine du côté du cœur.

– Comment va votre santé ?

– Ça va, je vous remercie.

Léon a le teint gris, il est essoufflé et ne tient pas debout très longtemps, toutefois, le dernier homme sur la terre à qui il irait se confier, c'est bien Falkenbach. Celui-ci revient à son sujet.

– On soupçonne les Espagnols de structurer une puissante organisation criminelle. Les rumeurs d'attentat contre l'autorité allemande persistent. Ils s'imaginent qu'en vous aidant à lutter contre nous, à supposer que vous parveniez à nous chasser, vous les aideriez ensuite à déloger Franco. Les imbéciles ! Vous imaginez bien que je ne vais pas laisser tirer mes hommes comme des lapins de garenne, n'est-ce pas ? Je crains que si nous n'unissons pas nos efforts pour anéantir ces rebelles, les actions violentes se multiplient. Nous en ferions tous les frais, comprenez-le bien. Il faut mettre un terme à ces perturbations. Je veux que mon secteur soit nettoyé de ces pourritures de communistes, d'anarchistes, de républicains, d'idéalistes tout aussi imbéciles que dangereux. Je veux du calme, monsieur le Maire. Du calme, vous m'entendez ? La guerre est bien assez dure comme cela, sans que ces perturbateurs n'en rajoutent.

Léon Pouthet tire un mouchoir de sa poche et s'éponge le front. Falkenbach s'apprête à enchaîner quand on frappe à la porte.

Un jeune soldat, le visage clair, très pur, porte un courrier à l'officier. Il claque des talons, salue et s'en va. Falkenbach lit. Son visage devient sombre. Il jette la lettre sur le bureau, d'un geste brusque, plein de colère, autant d'emportements inhabituels chez lui.

– La Gestapo a emmené Huguette Salligues. Ils ne disent pas où elle se trouve. C'est certainement une prise intéressante. Ils veulent garder les informations pour eux. Parfois, je me demande si nous sommes dans le même camp.

Falkenbach réfléchit. Il relit la lettre, s'assied à son fauteuil, appuie ses coudes sur le bureau, croise les doigts des mains devant sa bouche.

– Ils me poussent à être plus radical que je ne le souhaitais. Cette affaire me concerne, au premier degré.

– Ils mèneront l'enquête pour vous.

– Vous êtes naïf. Je n'entretiens pas les meilleures relations avec leurs services. Ils se fichent pas mal que je saute ou non, ce qu'ils veulent, c'est faire tomber ce réseau. Ils sont zélés, croyez-moi. Nous avons affaire à des policiers vertueux, qui voient les choses en grand. Je veux avant tout protéger mes hommes, et moi-même en l'occurrence. J'insiste pour que vous fassiez tout votre possible pour nous apporter de l'aide.

– De l'aide ? Quelle aide ? C'est le comble ! La police municipale n'est pas faite pour l'espionnage, que voulez-vous que je fasse ? Je ne suis ni la police, ni la gendarmerie...

Falkenbach s'appuie au dossier de son fauteuil et toise Léon Pouthet.

– Que pensez-vous de Pétain, monsieur le Maire ?

– Pourquoi cette question ?

– Répondre à une question par une question, c'est refuser de répondre, non ? Ou bien éviter de donner une réponse qui pourrait paraître... inadéquate.

Pouthet plonge ses yeux dans ceux de Falkenbach, pour essayer de le sonder.

– Pétain agit sûrement en son âme et conscience. Je ne suis qu'un Peyregavien, colonel, je me préoccupe avant tout du sort de mes administrés. Je suis né ici, vous comprenez ? Vous comprenez ce que peut ressentir un type comme moi, en ce moment ? Un type dont la chair vient de la terre sur laquelle vous faites claquer vos bottes... vous le comprenez ?

Falkenbach détourne le regard. Il se lève, va de nouveau près de la fenêtre. Son regard balaie la place, puis se porte vers le jardin public et ses grands marronniers.

– Je crois que je le comprends. Je suis moi-même né dans un vallon qui pourrait ressembler à celui-ci. Avec des collines et de la verdure...

Il se retourne vers Léon :

– ... la réalité, monsieur le Maire. Quoi de plus trouble, de plus fuyant, de plus indéchiffrable que la réalité ?

Léon paraît à bout de forces.

– Qu'attendez-vous de moi ?

Falkenbach se met à faire les cent pas.

– Nous savons qu'avant notre arrivée, vous avez établi des listes de tous les soldats républicains espagnols, ainsi que de tous ceux des Brigades internationales. Vous devez également posséder des fichiers très minutieux sur les communistes, les syndicalistes, les sympathisants de la cause anarchiste. Il me faut ces listes. Nous les passerons au peigne fin. Nos ennemis sont là, dans leurs rangs !

Il va jusqu'à une table, contre le mur, couverte de dossiers. Il lance sur le bureau, devant le maire, un journal : *Combat.*

– Regardez, regardez ! Vous prétendriez ne rien savoir de ces publications officiellement interdites ?

L'officier désigne le dehors.

– La réalité, répète-t-il. Ce que nous voyons n'a rien à voir avec la réalité. La réalité se cache sous les apparences. La réalité, c'est que dans ce pays, des gens se liguent contre nous. Nous voulons absolument empêcher les contacts entre la résistance française et les réseaux espagnols. Nous devons les anéantir au plus vite ! Et vous devez contribuer à cette campagne de pacification !

Léon Pouthet se lève.

– Je verrai ce que je peux faire. Maintenant, si vous permettez, je me sens fatigué, je voudrais me retirer.

– Cher Léon…

La voix de Falkenbach est dure. Léon Pouthet s'immobilise et se tourne vers lui.

– Je vous ai parlé avec beaucoup d'égards.

– Je n'en demandais pas tant.

– C'était pour éviter de vous donner des ordres.

– Je n'ai pas d'ordres à recevoir de vous.

– Ce que je n'obtiens pas par la méthode courtoise, je peux l'obtenir différemment.

Le maire baisse les yeux. Il semble crouler sous le poids d'un invisible joug. Il réfléchit un instant puis, sans adresser un mot de plus ni un regard, quitte le bureau de l'officier.

V

L'atelier de Charlot est un véritable musée de la saboterie. Depuis qu'il est parti pour le front, et qu'on l'a envoyé Dieu sait où dans un foutu camp quelque part en Pologne, Jeanne passe tout son amour à briquer, lustrer, frotter, balayer, dépoussiérer. Elle veut qu'à son retour il retrouve les lieux plus beaux que lorsqu'il les a quittés. Les ciseaux, les maillets, les chignoles semblent neufs. Il étincellent plus qu'à l'étal du marchand.

Comme elle entend le grincement des freins d'une bicyclette, elle sort sur le pas de la porte. Louis laisse le vélo en appui sur un mur. Il s'excuse pour le retard. La classe a duré un peu plus que d'habitude. Jeanne affecte de se contenter de l'explication. Il y a longtemps qu'elle a son idée. Louis s'est arrêté chez le forgeron, et chez le forgeron, à part le forgeron, il y a sa fille, Gabrielle. Jeanne comprend ça, elle qui est amoureuse de son Charlot depuis l'âge de quatorze ans. Dans la famille et l'entourage, leur idylle est passée à la légende. On dit : « Amoureux comme Jeanne et Charlot. » Ou bien : « Ça va pas durer comme les amours de Jeanne et Charlot. » Ou encore : « Fidèle comme un sabotier »...

Après avoir embrassé celui qui, pour elle, sera toujours

le petit Louis, même si elle n'a qu'une dizaine d'années de plus que lui, et qu'il la dépasse aujourd'hui d'une bonne tête, elle l'invite à entrer. Ils papotent, plaisantent, et dès que la porte est fermée, changent de ton.

Louis sort une enveloppe de la poche de son pantalon.

Jeanne baisse la voix pour lui annoncer qu'Huguette s'est fait pincer. On ne peut plus passer les courriers par le lavoir, tant qu'on n'a pas trouvé une remplaçante.

– Où est-elle ? demande Louis.

– Personne ne le sait. Je crains pour elle. Et pour nous. Si elle parle, ils mettront sans doute la main sur des documents qu'elle n'aura pas encore fait suivre. Je crois que les derniers devaient partir vers Oloron demain.

– Elle ne dira rien. Huguette est courageuse.

– Tu ne sais pas de quoi ils sont capables, mon petit.

Louis secoue l'enveloppe au bout de ses doigts.

– C'est quelque chose d'important. Roger a laissé entendre qu'un militaire va arriver d'ici quelque temps pour franchir la ligne. Je les admire, ces gars-là. Tu vois, eux au moins, ils ne se dégonflent pas, ils ne plient pas la nuque. Roger est prêt à le cacher le temps qu'il faudra avant son évacuation. C'est tout ce que je sais.

Jeanne marque un silence, puis :

– Robert Lacaze a été interrogé par la Gestapo, il a dû leur donner des informations. À mon avis, l'arrestation d'Huguette vient de là.

– Robert Lacaze… ils l'ont relâché ?

– Personne ne sait où il est.

– Huguette sait-elle que c'est moi qui achemine le courrier entre Castelnau et ici ?

– Je ne lui en ai pas parlé. C'est la consigne.

– Tu es en danger, Jeanne. Moi, je ne risque rien pour l'instant. Je ne veux pas que tu gardes les documents ici, trop risqué. Si Huguette parle, ils débarqueront. Je vais garder le courrier.

– À quoi bon ? Tu ne sais même pas à qui il est destiné. Et puis le système du lavoir est moins risqué que de passer le poste en portant les messages sur soi... Le jour où ça leur prendra, ils nous fouilleront et là...

Louis hésite.

– Manfred ne me fouillera pas. Je mettrai tout en sécurité, on finira par nous contacter, tu verras. D'ici là, on file doux.

Il sort et revient aussitôt, avec son cartable.

– Je vais cacher l'enveloppe là-dedans.

Jeanne l'observe, en train de sortir des cahiers et un livre qu'elle saisit aussitôt avec un soupir de joie.

– *Autant en emporte le vent*, j'aimerais tellement le lire ! J'ai lu des tas de choses sur ce livre, dans le journal. Tu me le prêtes ?

– Je crois que maman l'a promis à l'abbé Bancon, il faudra patienter. Bon, où vais-je planquer cette foutue lettre ?

Jeanne prend l'enveloppe et la glisse dans le roman, comme un marque-page.

– Bien, je patienterai... Là, comme ça c'est bien.

Louis s'étonne un peu.

– Tu crois ?

– Une grande histoire d'amour, ça ne peut pas trahir.

Pas si simple. Arrivé au lavoir, le poitrail de Louis est brutalement pris dans un étau. Ce n'est pas Manfred qui garde la barrière. Le soldat en faction, un inconnu sans doute arrivé récemment, sort de la guérite et fait signe à Louis de s'arrêter. Il est un peu âgé, le teint jaunâtre, l'air atrabilaire.

Louis obtempère et met pied à terre. Les Allemands

envoient leurs jeunes troupes sur le front de l'Est, et les remplacent ici par des vétérans de moins en moins reluisants.

– Ausweis ? grogne le garde.

Louis ouvre le cartable sanglé à l'arrière de la bicyclette.

– Oui, bien sûr. Je passe ici tous les jours. Je suis l'instituteur de l'école de Castelnau.

Le garde ne répond pas. Il ne semble pas comprendre ce que dit Louis. Il contrôle le laissez-passer, puis regarde le jeune homme d'un œil vineux. Il désigne le cartable.

Devant la guérite se trouve une tablette sur laquelle les candidats au passage sont *invités* à poser leurs effets, lors des fouilles. Louis y vide son cartable. Le soldat ouvre les cahiers, feuillette rapidement. Visiblement, la langue de Francis Jammes lui échappe, même dans ses grandes lignes.

Il saisit le roman et détaille la couverture. Une cavalière montée en amazone, dont le ruban du chapeau flotte au vent. Au second plan, un cavalier élégant qui, couvre-chef à la main, désigne quelque chose sur l'arrière. Le soldat ouvre à la page marquée par l'enveloppe. Louis sent sa gorge s'assécher, ses tempes qui battent fort.

Le soldat sourit sardoniquement, en passant l'enveloppe sous son nez verruqueux couleur framboise. Il regarde Louis. Brille dans ses yeux bleus injectés de sang une étincelle de lubricité qu'il voudrait bien complice. Louis ne bronche pas. Le garde ouvre l'enveloppe et parcourt quelques lignes. De nouveau, il renifle le papier, puis le remet dans l'enveloppe. Il ferme le poing et plie le bras, pour signifier en langage universel un sexe bien bandé, à quoi il ajoute des commentaires dans son sabir, probablement de la dentelle. Louis s'efforce de sourire.

À ce moment, Jeanne se présente au poste et exhibe son ausweis. Si l'atelier de Charlot se trouve en zone libre, leur maison, rue Joseph Peyré, est du côté occupé, elle a donc obtenu un laissez-passer permanent. Le soldat la scrute de pied en cap, elle le laisse faire sans s'effaroucher. Une trentenaire à l'air tendre, c'est plus intéressant qu'un jeune couillon sur son vélo. Le tour de garde paraît moins long quand les jeunes femmes passent par là. Il tape sur l'épaule de Louis, pour lui signifier de filer. Ce dernier ne demande pas son reste.

Quand il fait beau, Marthe soigne le potager de fortune qu'elle a planté autour du cerisier de la cour. Lorsqu'elle sarcle, qu'elle bine, elle oublie un peu la guerre, et toutes ces heures tristes de l'existence qui s'accumulent au cours des ans et finissent par vous faire un poids à l'âme jusque dans les bons moments. Au jardin, ses idées semblent mieux s'accommoder des choses légères. Elle fredonne des airs à la mode et même si de temps à autre le passé lui revient à l'esprit, ce n'est pas pour la tourmenter mais pour lui tirer un sourire, au souvenir d'une heure de bonheur ou d'une de ces niches que Jean aimait lui faire, parfois. Depuis, de l'eau est passée sous le Vieux Pont. Le cœur de Marthe partage ses ferveurs entre la mémoire de feu son époux et la présence de Gaston Escoubeth, contremaître aux carrières et bon ami de la famille depuis des lustres. Le cœur fait bonne mesure. Le corps, lui, est moins enclin à cultiver le souvenir et se tourne plus volontiers vers les choses concrètes.

Ce potager, c'est Gaston qui en a travaillé la terre au début de la guerre, et ce ne fut pas chose facile, parce que la cour n'avait jamais été cultivée, le sol était dur comme la pierre. Gaston est solide. Il y a laissé de la sueur, mais il en est venu à bout. Par les temps qui courent, la préoccupation première et vitale de la population est l'assiette. Un petit jardin comme celui-ci ne suffirait pas à nourrir la famille, encore moins à servir les clients de l'auberge, toutefois il convient de ne rien négliger en pareilles circonstances, y compris à l'arrière-saison. Un navet, c'est un navet. On dit que dans les grandes villes, les gens sautent à la corde. Ici, à la campagne, on ne s'en tire pas trop mal. Disons, du mieux possible.

Elle entend la porte de l'auberge. Qui vient à cette heure-ci ?

– Ah, Manfred, comment va ?

Manfred hausse les épaules et bougonne.

– Pas terrible à ce que je vois. Les collègues vous font des misères, mon vieux ? Je les ai bien vus, l'autre jour. Faut pas vous laisser faire, hein ? Non mais, pour qui ils se prennent pour vous traiter comme ça ? Ce roquet de petit chef flanqué de ses deux andouilles... ils vous mènent la vie dure, c'est ça ?

Manfred fait la moue.

– Non, c'est pas eux... Eux, ils ne sont pas trop bons avec moi, mais j'ai l'habitude. Je m'en fous, je les laisse dire. J'attends qu'une chose : revoir ma mère.

– Je vous comprends, Manfred. On attend tous que vous foutiez le camp ! Vous mangez pas à la cantine, ce midi ?

Manfred bredouille une réponse incompréhensible. Il fait des manières.

Elle pose l'arrosoir contre le tronc du cerisier.

– Allez, Manfred, je vais vous verser une goutte, ça va vous mettre en appétit. Mais vous tenez votre langue, cette fois ! N'allez pas me raconter à tout le régiment qu'on a fait de la gnôle !

La gnôle en question, c'est pas du sirop de rhubarbe. Au troisième envoi, Manfred ne sait plus où il crèche. Il chante un air de chez lui, et soudain ça le fait pleurer, les grandes eaux de la nostalgie.

– Allons, allons, Manfred, vous êtes un homme, ne chialez donc pas comme une Madeleine !

– Marthe, j'en peux plus. Ma pauvre mère m'a écrit, elle très malade, elle triste parce qu'elle pense ne plus me revoir.

– Je comprends, Manfred. Allez, encore une goutte.

Un instant, Manfred se rassérène, avant de se liquéfier de nouveau.

– Vous allez me manquer, Marthe. J'aimerais que maman qu'elle vienne ici vivre.

Il est comme Miguel, le Manfred. Quand il en a un coup sous le casque, il fait du matelotage avec la syntaxe et la grammaire.

– On verra, on n'en est pas là... Remettez-vous, je n'aime pas vous voir comme ça, enfin, courage ! Et puis vous ne partez pas tout de suite. Il y a deux minutes, vous me dites que votre patelin vous manque, et maintenant, vous demandez la naturalisation... faudrait savoir !

Tous les deux sont assis à une table. La lumière de la rue, tamisée par les carreaux bleus et les rideaux à motifs, vient sur eux comme un fluide léger. Manfred pose sa main sur celle de Marthe.

– Je veux pas aller me battre, Marthe !

– Mais qui vous parle d'aller vous battre ? Les seuls coups de fusil qu'on entend, ici, c'est les tireurs de grives. On vous a collé dans nos pattes parce que vous ne serviriez à rien, là-bas. Je les comprends, remarquez, que voulez-vous qu'ils foutent d'un engin comme vous, en face des Russes ?

– Mon supérieur m'a menacé, punition.

– Quoi, punition ? Punition pourquoi ?

– Beaucoup de nervosité à la Kommandantur, on parle de plus en plus d'organisations clandestines. Ils ont appris que des résistants passaient des messages et du courrier au lavoir et comme j'étais responsable...

Marthe comprend que l'arrestation de Robert Lacaze, qui a fait la une il y a quelques semaines, a dû permettre aux Allemands de découvrir un réseau. Elle devient nerveuse. Aussitôt elle pense à Gaston. Et s'il était mêlé à cette affaire ? Elle suppose qu'il trempe dans de sales histoires. Il n'en parle pas, mais elle le sait. Jamais le dernier pour mener une grève, prendre la défense de la veuve et de l'orphelin. C'est terrible, c'est dans le sang.

– Je sais pas qui a pu dire ça, Manfred. Si vous ne gardez plus le lavoir de la Sèrp, vous faites quoi maintenant ?

– J'aide le palefrenier des écuries, là-bas.

Il désigne la direction du quartier au carrefour le la Vieille Route et de la route de Dax.

– À Chicago, aux écuries de Raymond... celui-là, il a pas fallu le prier pour qu'il accueille vos canassons chez lui. On n'a jamais été très copains.

– Ah ? Il est très gentil avec moi !

– Oui, ça m'étonne pas, il *vous* adore !

Il suffit de quelques secondes de silence pour que les yeux de Manfred papillonnent. Assommé par l'eau de vie, il s'endort.

Marthe ouvre le journal, qu'elle n'a pas encore eu le temps de consulter.

– Oh putain, c'est pas vrai ! crie-t-elle.

Manfred sursaute.

– Rendormez-vous, Manfred, c'est rien, je vous réveille pour la soupe.

Le menton du soldat s'affaisse aussitôt. La tête penche sur le côté. Il ronfle.

Marthe vient de lire un titre effrayant, suivi d'un article qui ne l'est pas moins. Le corps de Françoise Etchegaray a été retrouvé dans une vasière du Gave. Tuméfié, tailladé. Peut-être victime d'un dingue. Les enquêteurs étudient également la piste d'un règlement de comptes entre bandes rivales de passeurs. Le journaliste précise que le franchissement de la ligne de démarcation donne lieu à un trafic sordide et rémunérateur, qui pourrait expliquer ce meurtre. Toute personne pouvant apporter des éléments susceptibles de faire progresser l'enquête est priée de se rendre aux locaux de la police ou de la gendarmerie.

Comme tous les midis, Jeanne remonte le boulevard des Prunes avec un petit pot de soupe métallique fermé par un couvercle. Un pot vide, qu'elle va remplir à l'auberge. Marthe considère Jeanne un peu comme sa sœur. Depuis que Charlot est prisonnier, elle souffre en silence. Personne ne voit rien, mais Marthe, elle, elle voit. S'il y a un bout de gras, il est pour Jeanne. « Oh, té, il est tombé dans ta gamelle, j'avais pas vu… il y est, il y reste. » Jeanne remercie et s'en va, de son pas de souris pressée.

Aujourd'hui, à part Manfred qui roupille le temps de distiller la gnôle, la salle est vide. Plus grand monde ne vient manger, le midi, à l'auberge des Charmilles. La bande habituelle a décalé ses horaires vers le soir. Avant la guerre, ils étaient toujours fourrés ici. La première année, rien n'a beaucoup changé, même si on a vu les visages se tendre. À vrai dire, personne n'a compris exactement ce qui se passait. La guerre, pas la guerre, l'attente et puis la débandade, et Pétain qui impose la collaboration… Ici, ce qui compte, c'est la vie. Alors on a tout fait pour qu'elle continue du mieux possible. À Peyregave, comme partout, il y a ceux qui suivent Pétain, et ceux qui refusent les Allemands. Déjà que les coups tordus ne manquaient pas, on n'avait pas besoin de ça. À l'auberge, ça va encore. Marthe trie sa clientèle et tient la bride serrée. Depuis quelque temps, on sent quand même une lassitude. Les conversations disent bien que l'espoir s'amenuise de retrouver un jour ce qu'on a connu. Commentaires, questions, analyses à l'emporte-pièce... quand on parle de la guerre – mais est-ce bien une guerre, ce que nous vivons là ? –, on n'ose plus tellement imaginer un terme. Qui sait combien de temps vont rester les Allemands ? Et s'il fallait faire avec eux pour toujours ? Les Alliés ont loupé un débarquement à Dieppe. Balayés, là encore. Comme si personne ne pouvait tenir face aux vert-de-gris. Qui viendra les déloger de chez nous. De Gaulle ? Avec quelle armée ? Les Alliés, les Alliés, c'est bien joli, mais qui dit qu'ils viendront se faire trouer la peau chez nous ? Il faut être quand même sacrément optimiste pour y croire. Et l'optimisme, depuis 39, il a pris un coup dans l'aile, non ?

Gaston entre. Lui, il a changé ses habitudes en sens inverse, il déjeune à l'auberge. Il a une bonne raison pour ça.

Manfred sursaute.

– Ah... bonjour monsieur Gaston.

– Salut Manfred. Ça va, tu tiens le coup ?

Manfred ne saisit pas l'ironie du trait et répond par l'affirmative, il fait bonne figure et répond qu'il tient bon, enfin, du mieux qu'il peut.

Dans la cuisine, Marthe achève de remplir le pot de Jeanne, à la louche. Gaston s'appuie au chambranle et l'observe.

Elle couvre le récipient et en essuie les bords à l'aide d'un chiffon.

Jeanne la remercie dix fois, répète dix fois qu'elle est

confuse. Marthe fait mine de ne pas prêter attention. Elle sait que Jeanne n'a pas d'argent, que toutes les paires de sabots sont vendues et que Charlot n'est pas près d'en tailler de nouvelles.

Gaston l'interpelle, alors qu'elle va s'en aller :

– Tu peux t'installer à ma table pour manger ta soupe, Jeanne !

– Tu es gentil Gaston…

– Tu seras aussi bien que toute seule chez toi, non ?

En réalité, Gaston voudrait bien dire deux mots à Jeanne.

– Merci, Gaston, mais je préfère manger toute seule.

– Tu veux que je t'accompagne ? J'ai le camion des carrières.

– Merci, non, vraiment, c'est très gentil.

Gaston s'interpose entre elle et la porte.

– Viens avec moi dans la cour, je dois te parler.

Décontenancée, Jeanne regarde son pot à soupe. Il ne faudrait pas qu'elle refroidisse, tout de même.

Gaston n'y va pas par quatre chemins. Il sait que Jeanne était le maillon juste avant Huguette du réseau de passeurs spécialisé dans l'exfiltration de fuyards et de militaires voulant rejoindre de Gaulle en Angleterre. Les messages qui transitaient par le lavoir provenaient d'un opérateur radio caché quelque part dans la campagne, en zone libre, qui les recevait directement de Londres. Ils étaient ensuite cryptés et recopiés comme de vulgaires lettres privées, puis passaient de main en main. Huguette est l'une des clefs de la chaîne. Elle connaît les codes de cryptage, auxquels elle a été formée dès 1940 par un officier réfugié chez elle après la débâcle. C'est lui qui a structuré l'embryon du réseau actuel, avant de s'enfuir vers l'Angleterre via l'Espagne. Huguette renseignait Gaston, qui pouvait se déplacer en zone occupée avec le camion des carrières. Il allait chercher des clandestins et les transportait cachés dans une caisse en bois recouverte de tonnes de gravats. Aux carrières, le groupe de travailleurs espagnols était de mèche, ils filaient un coup de main pour surveiller les alentours pendant qu'on déchargeait la cargaison et un passeur prenait le relais. En deux ans, Gaston a transbahuté plus de trois cents personnes.

– Si Huguette a lâché le système de codage, on est cuits. Ils ont peut-être mis la main sur un message capital, qui n'est pas arrivé…

Jeanne l'interrompt.

– J'ai peut-être ce message.

– Toi ?

– Disons que je sais peut-être où il se trouve. Quelqu'un d'autre connaît-il le système de codage ?

– Non, je crois pas. Je peux essayer de voir, il faudrait remonter la filière.

– Et si on envoyait un message dans l'autre sens ? dit Jeanne. Si on remontait jusqu'à celui qui code, on pourrait se débrouiller. Je veux bien apprendre le décryptage pour remplacer Huguette.

Gaston regarde Jeanne. Il a l'impression de se trouver devant une autre personne. Cette femme qui vit seule, folle d'angoisse et de chagrin, sans jamais rien en montrer, lui semble magnifique. On les trouvait couillons, elle et son Charlot, à toujours se faire des mamours, chéri par-ci, chérie par-là, voilà maintenant qu'il perçoit une autre dimension chez elle et comprend qu'on puisse en tomber amoureux. Dans la douleur, les hommes se révèlent tels qu'en eux-mêmes. Les bons et les mauvais, et ceux qui naviguent entre deux eaux. Une seule préoccupation commune : sauver sa couenne. Bien malin qui peut dire ce qu'il fera le jour où ça explose. On a eu quelques surprises, et de belles ! Ceux qui se croyaient des héros et qui sont des salauds, ceux qui se croyaient poltrons et qui, à leur manière, sont des héros. Jeanne appartient à cette catégorie. Elle paye pas de mine, mais à l'heure d'aller au charbon, c'est pas le genre qui lambine, se dit Gaston.

Marthe apparaît à la porte de la cuisine, avec un œil jaloux :

– Bon, qu'est-ce que vous fichez, tous les deux ? Gaston, si tu veux manger la soupe froide, c'est pas la peine que je me fasse suer à la chauffer. Manfred s'est déjà tapé deux assiettes.

– Ouh, c'est vrai ! dit Jeanne avec surprise. On tchatche, on tchatche et la soupe refroidit.

Deux minutes après, Jeanne remonte la rue des Charmilles au petit trot. Elle se dit que Gaston est un chic type, vraiment, sous ses airs de catcheur des faubourgs. Au lieu de prendre le boulevard des Prunes à gauche, pour aller vers son domicile, voici qu'elle vire à droite, vérifiant d'un coup d'œil qu'on ne la regarde pas depuis l'auberge.

À l'approche du marché couvert, elle ralentit. L'annexe de la Kommandantur est calme. Outre qu'elle abrite les bureaux où l'on délivre les ausweis de nuit, la salle sert de dortoir aux Polonais. Des gosses étiques, bouffés par l'angoisse, que les Allemands traitent comme des chiens. Certains portent des traces de coups sur le visage.

Jeanne emprunte la ruelle qui conduit derrière le bâtiment. Elle vérifie encore que personne ne la regarde. Elle passe devant le jeune garde qui s'occupe des chevaux attachés à des barres. Il remue le fumier à la fourche, charge une charrette attelée à un comtois qui somnole derrière ses œillères. Le soldat aperçoit Jeanne. Son visage est creux, livide. On dirait un gosse à l'enfance arrachée, un gosse qui se serait perdu au pays des adultes, assommé, paumé, groggy, qui ne sait même pas où il est, ni ce qu'il fait là, à racler la merde des chevaux. Une esquisse de sourire l'anime, mais Jeanne ne répond pas. Il ressemble à son Charlot. La même bonté dans les yeux, les mêmes cheveux noirs, et cette dégaine un peu raide. La première fois qu'elle l'a vu, elle passait là par hasard et cette ressemblance l'a surprise. « On dirait mon Charlot ! » s'était-elle dit. Le lendemain, elle revenait avec son pot de soupe. D'un geste, un seul geste, elle a fait comprendre au jeune Polonais qu'il ne devait pas parler. Pas question d'échanger un mot. Elle ne voulait même pas entendre le son de sa voix. Elle lui a juste montré le pot de soupe, avant de tendre le doigt vers lui, pour lui signifier : « C'est pour toi. » Ensuite elle a passé son chemin et un peu plus loin, elle a caché le pot au pied d'une haie, en s'assurant que le soldat la regardait faire. Puis elle est allée près du Gave, où elle est restée un quart d'heure à rêvasser en parlant au bon Dieu, pour qu'il fasse que là-bas, en Pologne, quelqu'un de bonne volonté s'occupe de son Charlot.

Au retour, Jeanne a retrouvé le pot de soupe vide. Lorsqu'elle est passée devant les chevaux, le Polonais remuait le fumier. Il s'est arrêté et l'a regardée. Sur ses joues, elle a bien cru voir qu'un peu de rose était revenu. Peut-être que ça, elle l'a rêvé à force de le vouloir, aucune importance, même si la soupe n'était plus très chaude, elle aura mis un peu d'amour au fond des tripes de ce malheureux, c'est bien l'essentiel.

Depuis, Jeanne porte son pot de soupe à ce jeune Polonais qui ressemble à son Charlot. Tous les midis. Tant qu'il sera là, elle le lui portera.

La dépouille mortelle de Françoise Etchegaray n'a pas pu être évacuée sur Pau, où se trouve le médecin légiste. Une mésentente entre les administrations française et allemande a bloqué le corps à la morgue trop longtemps. En dernier recours, on a donné l'autorisation à Loustau d'intervenir pour donner son avis.

Il revient de l'hôpital vers son infirmerie, à pied. L'ombre a envahi le fond de ses yeux, un poids énorme pèse sur sa silhouette. De loin, avec son manteau sombre, on dirait un vieillard qu'une existence trop âpre aurait laissé chancelant.

Au milieu du jardin public, il s'arrête un instant. Il lève les yeux au ciel, bleu et froid au-dessus des feuillages jaunissants des marronniers. Il allume une cigarette, aspire une longue bouffée qu'il recrache, la tête rejetée en arrière. Puis il traverse la rue. Une voiture militaire corne et freine brusquement. Loustau la regarde sans bouger, absent. Un Allemand sort sa tête de bull-mastiff et l'insulte copieusement. Loustau le regarde, ne bronche pas, finit de traverser.

Manon se trouve à l'étage, où deux chambres sont aménagées. Tout en contrôlant les pansements d'un garçonnet que Loustau a opéré d'une appendicite la veille, sans même l'anesthésier, elle papote avec Maïtena, une fille de seize ans qui s'est portée volontaire pour entretenir l'infirmerie, désinfecter, laver, ranger, faire tout son possible pour que les gens continuent d'être soignés correctement. Loustau l'appelle. Elle caresse le front du petit malade, lui conseille de fermer les yeux.

– Demain, tu n'auras plus mal du tout, tu verras. Maïtena, tu contrôleras sa température dans un moment, d'accord ?

– Pas de problème, Manon, je m'en occupe.

Manon rabat les volets et descend, tandis que Maïtena passe dans l'autre chambre, dont le lit est encore en désordre après que le dernier patient a regagné son domicile.

Lorsqu'elle voit Loustau, bras croisés, dos appuyé au mur, Manon comprend immédiatement qu'une chose grave est arrivée. Elle connaît le chirurgien depuis suffisamment de temps pour deviner ses états d'âme.

Loustau la regarde. Ses yeux luisent de larmes. Il retient les sanglots, se racle la gorge. Il enlève son chapeau et son manteau, entre dans son bureau. Manon le suit. Nerveusement, elle rassemble des papiers en désordre.

– C'est pas la forme, aujourd'hui, docteur. Vous devriez vous reposer, personne ne pourrait tenir à ce rythme. Vous travaillez dans des conditions impossibles…

Il la regarde avec un air si grave qu'elle s'interrompt d'elle-même et, avec un geste de recul, fermant les doigts sur les dossiers qu'elle rapproche d'elle, un peu comme pour se protéger, lui demande :

– Que se passe-t-il, docteur ? Quelque chose de grave ?

Il ferme les yeux pour repousser l'émotion qui

l'étouffe, qui voudrait jaillir de lui comme la lave d'un volcan.

– Quelque chose de grave, Manon. Très grave...

Il reprend son souffle et poursuit :

– Je viens de voir la dépouille de Françoise, à l'hôpital.

C'est au tour du visage de Manon de se glacer.

– Et ?

– Les traces de sévices qu'elle porte sur tout le corps ne sont qu'un leurre pour tromper les enquêteurs et les envoyer sur la piste d'un règlement de comptes entre les réseaux de passeurs.

Il entrecroise les doigts, serre si fort que les articulations des phalanges en deviennent blanches.

– Manon... je ne sais pas comment vous dire ça... je vous dois la vérité...

Il mord sa lèvre supérieure et :

– ... Françoise est morte de... un avortement clandestin qui a tourné au cauchemar. J'ignore qui a fait ça, un véritable carnage. Le fœtus...

Il craque et plonge son visage dans ses mains.

La colère noircit les pupilles de Manon. Ses lèvres tremblent de rage. Pour la première fois de sa vie, elle considère Loustau avec mépris, avec écœurement. Elle fait un effort pour contenir son émotion, pour ne pas l'insulter. Autour d'elle, c'est comme si le monde basculait. Comme si les murailles les plus sûres de ses convictions, de tout ce qui l'avait bâtie et lui donnait foi en un avenir meilleur s'effondraient dans le grand fracas d'un désastre.

Elle jette le dossier sur le bureau. Les feuilles s'éparpillent. L'encrier se renverse et une tache noire s'étale, vient baigner les coudes de Loustau. Le temps d'une insoutenable vision, Manon voit les mains du chirurgien ruisselantes de sang noir.

Le monde, la vie, le jour, tout vient de voler en éclats. Françoise est morte. Il a suffi de trois mots pour tout ravager.

Elle prend son souffle, et puis :

– Ne comptez plus sur moi, docteur. C'est fini.

Il ne relève pas la tête. Ses doigts s'enfoncent dans les orbites. On dirait qu'il veut s'arracher les yeux.

Le dernier domino claque sur la table. Galoche vient de prendre une troisième piquette contre Miguel. À côté d'eux, Bistec se gratte la tête, redoutant une réaction du cheminot. Assis sur une chaise, à l'envers, coudes sur le dossier, Fifi mâchonne une herbe ramenée de ses arpentages. La fine équipe n'a pas soif.

Galoche est furax. Cette fois, il était convaincu qu'il allait peler l'Espagnol, mais ce dernier reste invaincu et invincible.

– Vous avez ça dans les gènes, fait le cheminot. C'est pas juste.

– Los dominós, c'est comme los toros, vous y comprenez pas rien. Nous, los Españoles...

Bistec se lève pour venir à la rescousse de son comparse, que la défaite a ébranlé. Le boucher n'aime pas qu'un autre s'en prenne à Galoche.

– Non mais oh, Miguel, je rêve ou t'insultes la France ? Tu sais à qui tu causes ? Galoche, M. Lucien Despujols, chef cheminot... Je te rappelle qu'en 40, il s'est fait pincer pour avoir distribué un tract qui prenait la défense des Espagnols enfermés à Gurs, et hop, à Gurs avec eux ! Quinze jours dans la gadoue à bouffer les lacets de ses godasses ! Tu l'aurais fait pour lui, toi ? Heureusement que Pouthet est intervenu, sinon Galoche, il y serait encore, avec les autres...

Miguel tape sur la table, les dominos valdinguent.

– Je suis pas parti me battre en Espagne, peut-être, en trente y seis ?

Bistec lève les deux mains, paumes sur l'avant.

– Oupoupoup, c'est pas pareil, t'allais te battre *pour* l'Espagne, mais ici, ici, t'es en France et nous, on est des patriotes, alors pas touche !

– Patriotes, vous ?

Galoche et Bistec échangent un regard. Galoche cogne du poing sur la table.

– Nous, monsieur, oui, nous !

– Tu parles...

Lors de ce genre de débat, les pensées des uns et des autres divaguent de façon inavouable à haute et intelligible voix. Bistec se dit que Miguel n'est qu'un Espagnol, qu'après tout, on l'a accueilli chez nous et qu'il devrait s'en montrer éternellement reconnaissant, ce serait bien le moins, même s'il ne trouve pas tout parfait. En quelque sorte, selon Bistec, un immigré devrait se comporter toute sa vie comme un invité. Même après vingt ans à Peyregave, il reste un Peyregavien d'adoption. Quant à Miguel, dans ces moments-là, il ressent plus fort la nostalgie d'un pays qu'il a pourtant quitté à cause de la pauvreté. Pour lui, la terre natale, même invivable, reste natale. Ces putains de Béarnais ne saisissent pas ces considérations. Eux, ils sont tout bêtement chauvins.

Sur ces bases occultes, la discussion peut s'enfoncer dans des abîmes de stérilité d'une profondeur et d'une opacité insoupçonnables. Et ça peut durer des heures, parce qu'au fond, l'important n'est pas toujours ce que l'on se dit. L'important, c'est parler. La conversation est un feu qui s'alimente de tout et de rien. À l'auberge des Charmilles, la tchatche est un moyen de survie.

Pendant ce temps, Fifi en profite pour écluser le verre que Bistec a laissé près de lui. Il se régale, se lèche les lèvres et roule déjà des yeux gourmands en direction de la bouteille posée sur la table où se chamaillent les trois autres.

Remuant des inquiétudes concernant sa fille, Marthe est en train d'étendre du linge dans la cour, sur le nouveau fil qu'a tendu Gaston, entre le cerisier et la faîtière des toilettes en bois, au fond. Alertée par les éclats de voix, elle vient dans la salle.

– Que se passe-t-il, ici ? Pas d'esclandre chez moi, hein ? Depuis vingt ans que vous vous engueulez sur tous les sujets, vous croyez pas que vous pourriez vous calmer un peu ? On dirait des gosses !

Le calme revient. Craignant d'en avoir trop fait, Marthe adoucit le ton :

– Vous avez entendu parler de cette histoire, il paraît qu'ils ont fait une descente à la Vieille Route ?

– Qui ça, « ils » ?

– Les gendarmes. Ils ont arrêté Milo, l'un des frères Schmidt.

Bistec sursaute.

– Hein ? Milo, l'écarteur ?

– Il paraît. L'autre a réussi à s'échapper avec la famille de justesse, personne ne sait où ils sont, envolés, disparus. On dit qu'ils sont dans le collimateur.

Bistec se reprend, met la bouche en cul de poule et baisse les paupières :

– Ouais, ouais, on dit de tout, tu sais. Moi, je me méfie.

Il faut écouter tous les sons de cloche. Qu'est-ce qu'on lui reproche ?

Marthe prend place sur une chaise, sort sa blague à tabac et prise.

– Gaston m'a parlé d'un cambriolage. Des explosifs ont été volés aux carrières...

– Des explosifs ? fait Bistec. Les gitans piquent pas les explosifs, d'habitude. L'autre jour, j'ai laissé du linge à sécher sur un fil, et...

Galoche vide son verre et le claque sur la table.

– T'es comme les autres, toi. Y a un cambriolage, hop, c'est les gitous !

Bistec hausse les épaules :

– Je viens de dire le contraire, tu m'écoutes ou pas ? Cela dit, ils se font souvent pincer. À chaque fois qu'il y a des roulottes là-bas...

Galoche s'énerve :

– Tu dis pas ça quand t'es aux arènes, hein ? Un écart intérieur des frères Schmidt, ça te la boucle ! Je croyais que tu les aimais bien.

Bistec baisse les yeux et bougonne :

– Oui, je les aime bien, mais quand même...

Miguel s'en mêle :

– Moi, j'aime pas la course landaise...

Galoche tente de couper court :

– Tu vas encore nous bassiner avec ta corrida...

– C'est quand même une otra cosa, t'es pas d'accord ? Et d'abord, t'es déjà allé a los toros, toi ?

– Oui, monsieur !

Comme la discussion s'anime, Fifi prend la bouteille, remplit les verres et se sert une rasade au passage.

Marthe le repère, elle tend la main vers lui.

– Merci Fifi, je vais boire un petit coup, moi aussi.

Marri, Fifi passe son verre à la patronne.

Galoche devient grave :

– C'est pas la première fois qu'ils embarquent des romanichels. On dit qu'ils les livrent aux Schleus.

– Qu'est-ce que tu veux qu'ils en foutent, les Schleus ? Ils savent pas planter un clou ces gens-là !

– Que tu dis.

– Je crois que c'est des bons à rien, des parasites, dit Bistec.

– Que tu crois, fait Galoche

Vexé, Bistec plonge le nez dans son verre.

– Tu sais toujours tout, toi. Tu passes ta vie à converser avec des locomotives, et tu sais tout…

Marthe hausse les sourcils et baisse les commissures des lèvres :

– Et tous ces Juifs, et les cocos, et les Espagnols des brigades, qu'est-ce qu'ils en font ?

– Une fois qu'ils se sont fait pincer, on les envoie à Gurs. C'est ce qu'on dit, rebondit Galoche d'un ton grave.

– Et après, ils en font quoi ? demande Bistec.

– Comment tu veux que je le sache ? dit Galoche.

– Quand on sait pas, on se tait ! Té, Marthe, les coups sont bons, ici, mais ils sont rares…

Miguel intervient. Il baisse la voix, comme s'il craignait d'être entendu.

– Ça commence à sentir la roussi… Un tipo de la mairie est venu demander la lista de los Españoles qui trabajan aux carrières. Gaston n'a pas eu le temps de reaccionar, il a été obligé d'obéir.

Marthe s'approche :

– De la mairie, tu dis ? Qui ça ?

Miguel fait une moue.

– Yo crois que c'est Dédé… pas sûr.

– Dédé ? Le garde champêtre ? dit Galoche. Tu m'étonnes, là. Je connais bien Dédé, on chasse la grive ensemble à la passée…

Marthe se lève et, avant de regagner la cuisine, ajoute d'une voix sombre :

– La guerre, ça change les gens. Voilà ce que je vous en dis, moi. La guerre, ça change les gens, oui…

Galoche fronce les sourcils :

– Méchante limonade.

Bistec relativise :

– Toi, toi, tu vois toujours le pire. Après tout, c'est normal qu'on contrôle les Espagnols, non ? Ils sont chez nous, après tout.

– Je parle pas de ça, enchaîne Galoche à voix basse, tout en désignant Marthe du bout du menton. Elle tourne pas rond… méchante limonade, je te dis, c'est tout !

Bistec finit par comprendre :

– C'est à cause de Manon ?

– Ben tiens, couillon…

– On se demande ce qui est arrivé. Depuis qu'elle travaille plus avec Loustau, elle parle plus à personne.

– Ouais, fait Galoche, et on commence à la soupçonner de tremper dans des affaires louches. Tu vois, avec son air de pas y toucher… Tous les jours, elle s'en va Dieu sait où pendant des heures. Par les temps qui courent, elle ferait bien de se méfier. Y a bien des bonnes âmes qui finiront par insinuer des choses.

– Des choses ? reprend Bistec.

– Oui, des choses. Les Allemands commencent à être sur les crocs, tu le sais aussi bien que moi. Avec toutes ces dénonciations, faut faire gaffe.

– C'est pas vrai ! dit Fifi, que le prénom de Manon tire d'un somme distillateur.

– Quoi, c'est pas vrai ? demande Miguel.
– Moi je sais qu'elle fait rien de mal !
– On n'a pas dit ça, Fifi, calme-toi
– Si on fait du mal à Manon, moi…
– Oui, Fifi, dit Galoche en tapotant son épaule, on sait que tu la protégerais. Mais nous aussi, on la protégerait, t'en fais pas. On disait simplement que tout le monde n'est pas aussi bon que toi à Peyregave. Y a toujours des jaloux, tu le sais.

Fifi, il sait tout. Quand Manon quitte l'auberge sans rien dire, il la suit, où qu'elle aille. Il ne voudrait pas qu'il lui arrive malheur. Souvent, elle franchit la ligne au lavoir de la Sèrp, grâce au laissez-passer de l'hôpital, qu'elle a conservé. Fifi, lui, a ses propres itinéraires sur lesquels il n'y a pas de barrières ni de postes de contrôle. Passé le lavoir, elle remonte le Riulet, le vallon de Sainte-Cluque, elle passe les bois, traverse les prairies basses où le ruisseau n'est plus qu'un mince filet qui serpente dans l'herbe. Elle remonte le bois de la châtaigneraie et va s'asseoir dans la cabane où son corps a connu celui d'un homme pour la première fois, il y a maintenant plus de trois ans. Le corps de Juan, disparu depuis. Happé par la guerre. Elle reste là pendant des heures, le regard vague. Parfois, elle pleure. Fifi la surveille, de loin. Il sait bien qu'elle ne fait rien de mal.

VI

Ces derniers temps, même si nous avons eu de belles journées, les nuits ont été fraîches. Le raisin, qui était bien parti, a tardé à mûrir. C'est Jean, du temps où il était vivant, qui avait eu l'idée de planter du manseng pour faire du vin doux, en plus du rouge pour la piquette quotidienne. On l'a pris pour un illuminé, à l'époque. Le vin doux est plutôt l'apanage des coteaux proches des Pyrénées, ou bien de ceux du Vic Bilh. Le malheureux Jean est mort avant d'avoir goûté le produit de sa vigne. Quand Marthe, une fois veuve, a cédé la place à Anselme, la vigne était trop jeune. Maintenant, on récolte, et force est de constater que le blanc n'est pas si mauvais. La parcelle est minuscule, sur une croupe exposée au sud. De quoi faire quelques dizaines de bouteilles à peine. Pour le blanc doux Anselme a un client exclusif : l'abbé Bancon. Quelques dizaines de bouteilles, direz-vous, c'est beaucoup pour la messe… Il faut comprendre que l'abbé se sert de sacrés calices. Il consomme plus qu'un curé normal, c'est dire.

Le soir approche. Le travail a été rude et les vendangeurs ont le teint rubicond. Manon foule le raisin frais, remontant sa jupe jusqu'au milieu des cuisses. Ses jambes ruissellent de jus clair. Elle est ivre, pour la première fois de sa vie. Elle rit. Depuis qu'elle a démissionné de l'hôpital, elle n'avait pas ri.

Les travailleurs boivent les bouteilles qu'Anselme a gardées pour l'occasion. Les voisins sont là. Le vieil Auguste a sorti son accordéon diatonique. Il l'a hérité de son père qui le tenait d'on ne sait qui. Personne n'a jamais su en tirer vraiment de la musique. Le vin aidant, Auguste parvient tout de même à massacrer une gigue ou un scottish, faux comme oie qui nasille mais suffisamment rythmés pour que l'assistance s'ébroue vaguement en cadence. Avec son nez en bec de corbeau, ses joues fripées et rongées d'une barbe blanche que le tabac a jaunie sous les narines, Auguste tient le rôle du saltimbanque. On fait appel à lui pour animer les fêtes. Il y a sûrement mieux, mais Auguste, on l'a sous la main. Et on n'irait pas le vexer en faisant venir un musicien de la ville. Même un meilleur que lui. Surtout un meilleur que lui. Le vieil Auguste en crèverait.

Manon n'a rien voulu dire de sa démission et Marthe s'est bien gardée de lui demander de fournir davantage d'explications. Elle sait que ça viendra. Si sa fille a pris cette décision, elle avait de bonnes raisons, et graves. Manon a juste dit qu'elle *n'y croyait plus.* Que finalement, là n'était pas son chemin. Marthe l'a écoutée, sans ajouter un mot. Elle s'est tenue à distance, son corps de mère rongé d'une angoisse que les mots restaient impuissants à extraire de la chair. Pendant plusieurs jours, Manon est restée enfermée dans sa chambre. Lorsqu'on l'apercevait, c'était juste le temps de traverser la salle de l'auberge, saluant à peine les habitués. Elle partait de longues heures se promener dans la campagne, loin de tous. Le soir, son frère lui montait un bol de soupe, du pain, des biscuits à la crème de lait, quand Marthe avait dégotté du lait. Rien n'y faisait. À peine si elle grignotait.

Manfred aussi a essayé de la faire rire, de lui raconter que lui, il n'avait pas démissionné, mais qu'on l'avait collé aux écuries de ce *collabo* de Raymond (c'est le mot employé par Manfred lui-même) et ce n'était guère mieux, il avait une frousse bleue des chevaux. Son cousin était mort d'un coup de pied dans le ventre le jour de son mariage avec la fille d'un maréchal-ferrant. Le beau-père avait abusé du schnaps et s'était mis en tête d'enseigner à son gendre la façon dont on curait les postérieurs d'un cheval de trait. Les convives avaient formé un cercle autour du mastodonte ; celui-là même qui avait tiré la charrette de la noce. On se murmurait que le beau-père rêvait en douce de laisser les affaires au jeune époux. Il a expliqué comment prendre le sabot, le saisir à la pince, plier le paturon puis poser le canon sur la cuisse, comme ça, genou plié, curer le pied... Le gendre, qui n'était pas la moitié d'un couillon, semblait pourtant avoir pigé. Il s'y essaye et paf ! Rupture de ban *ad vitam aeternam.*

Racontant cette vieille histoire, Anselme se tordait de rire. Il en rajoutait un peu, comptant sur l'effet de contagion. Sur le coup, la famille avait pleuré, mais avec les années et l'effet de diffraction dû aux récits successifs, l'histoire était devenue tordante. Le visage de Manon restait sombre, rien ni personne ne semblait être en mesure de l'empêcher de s'enfoncer dans les eaux noires du désespoir.

Marthe s'est finalement mise d'accord avec Anselme pour que sa fille aille un peu au vert. Le temps des vendanges était là et le grand air lui ferait le plus grand bien. Anselme et Lucie ont vu la proposition d'un œil bienveillant et intéressé, eux qui ont toujours rêvé de caser leur Arnaud avec Manon. Il était temps d'oublier les vieilles querelles et de se tourner vers l'avenir. Facile à dire.

Manon danse, sa tête tourne, son corps lui échappe. Les lampes à pétrole qui éclairent la grange dessinent des traînées de lumière dans ses yeux. Émoustillé par les ondoiements de la jeune femme, Auguste se sent revivre et son accordéon soubresaute de plus belle sur ses cuisses. Les vendangeurs ont oublié le travail. Ils boivent, fument, s'ébrouent, parlent fort, éclatent de rire. Comme si la guerre avait ouvert une parenthèse, le temps de fêter le vin nouveau.

Assis à l'écart sur une caisse de bois, Arnaud observe Manon. Il est ivre. La tristesse ruisselle sur son visage. Lorsqu'il porte le vin à sa bouche, ses doigts tremblent et la surface du liquide tressaille.

Lucie, sa mère, vient près de lui et pose une main sur son épaule. Elle regarde Manon.

– C'est pas tous les jours qu'elle s'attarde ici !

Arnaud, d'un coup sec, dégage son épaule.

– C'est du passé, tout ça. Ça reviendra plus. Et puis j'en ai rien à foutre !

Lucie le regarde en soupirant. Les joues de son fils, entaillées de pénombre, portent encore la crasse du jour. Son regard bleu est bouffé par la nuit. Elle s'éloigne, murmurant pour elle :

– Je sais bien que c'est pas vrai. T'es pas un mauvais garçon, mon fils.

Arnaud se lève, prend une bouteille de vin et sort. La campagne frissonne. La lueur des étoiles hésite, au fond du ciel noir. Il emprunte le chemin de terre qui traverse la propriété et trace deux lacets clairs au milieu de la vigne. Il marche. La lune pose sur ses joues des reflets d'albâtre. De temps en temps, il s'arrête. Il regarde en l'air. Ses yeux se troublent et les étoiles lointaines y tombent, comme au fond d'un puits. Il reprend sa marche. Puis il se met à chanter. Une chanson de régiment. Il éclate de rire et brusquement, comme si une vision d'horreur venait de l'assaillir, roule des yeux effrayés, et fond en larmes.

Traînant les pieds, passant d'un état à l'autre, il traverse la vigne et descend vers le Gave, dont on respire les remugles chargés de vase. Au-delà d'une prairie en pente légère, juste avant un bouquet d'acacias qui annonce la berge, se trouve une petite grange de bois où Anselme garde le foin coupé alentour. Arnaud s'y allonge. Des odeurs de soleil, d'herbe sèche, de menthe montent alors à ses narines et recouvrent les senteurs automnales. Il ferme les yeux et se laisse aller à cette douceur-là. Au loin, le bruissement du Gave. Une chouette. Le splatch ! d'un poisson qui vient de sauter. Et le froufrou léger des acacias. Plus loin encore, du côté de la ferme, les derniers soupirs de l'accordéon du vieil Auguste. Doucement, comme cela ne lui était pas arrivé depuis longtemps, Arnaud s'endort.

Le bouchon claque. Arnaud se réveille en sursaut. Dans l'encadrement de la porte de la grange, il aperçoit la silhouette de Manon, découpée sur le ciel de nuit que la lune éclaire. Elle boit au goulot, s'approche d'Arnaud et lui tend la bouteille.

– Qu'est-ce que tu fous là, Manon ? dit-il en saisissant l'objet avec un geste assez brusque.

Manon titube légèrement, puis se laisse choir sur le foin.

– Ta mère m'a dit qu'elle t'avait vu t'éloigner, elle s'inquiétait.

– Tout le monde est parti ?

– Oui, la fête est terminée.

Arnaud boit. Il essuie sa bouche du revers de la main.

– Ça m'étonne que tu te soucies de moi…

– Je suis comme ça… un peu bonne samaritaine.

– J'ai pas besoin de tes bons soins, encore moins de ta pitié. Tire-toi !

– Je n'ai pas pitié de toi, Arnaud.

Il change de ton, s'adoucit un peu :

– Je me demande pourquoi tu t'occupes de moi.

– Pourquoi ?

Il baisse la tête.

– Tu sais bien… m'oblige pas à revenir là-dessus.

Manon s'allonge sur le dos, à un mètre d'Arnaud.

– Je sais bien quoi ? Je ne t'oblige à rien, c'est toi qui en parles.

Après la dénonciation de Juan, Arnaud s'en est voulu à mort, au point qu'il a préféré devancer l'appel et se porter volontaire pour le front, plutôt que d'avoir à affronter le remords et les regards de la bande des Charmilles, sans savoir si on l'avait vendu à son tour ou s'ils ignoraient la vérité.

Maintenant, Juan est loin. Mort sans doute, ou prisonnier, ou en exil au Mexique. Manon finira par l'oublier, si ce n'est déjà fait. Il ignore ce qu'elle sait exactement. Depuis, tout a changé. Plus rien n'est vrai de ce qui était vrai avant. La drôle de guerre. Les gens en parlent avec un peu de moquerie. Celle d'Arnaud ne fut pas drôle. De la nuit, du fracas, du sang, des cris, de la chair sur les doigts, celle du gars qui était là dix secondes avant. La peur, la chiasse de peur. La honte. Là-bas, il a éprouvé la brûlure du feu, l'odeur de la mort, la brutalité des vétérans qui, le voyant accablé par la frousse, le forçaient à boire et l'humiliaient. Sa chair porte à jamais l'ignoble souvenir de ces nuits.

Lorsqu'il est revenu, le pays n'était plus le pays. Ce qui, de lui, existait ici avait disparu. Anéanti. Depuis, il erre. Il est condamné à divaguer sur les sentiers dérobés de sa propre vie. Il ne croit plus. Ni en lui, ni en Dieu, ni en rien.

Il allume une cigarette, écrase l'allumette sous sa semelle.

– Tu sais, Manon…

Elle l'interrompt :

– Je ne te demande rien.

La respiration d'Arnaud est désordonnée. Il est en proie à des sentiments chaotiques.

– Va-t'en, ça vaut mieux. Je t'ai trahie. C'est moi qui ai donné Juan.

– Je savais que c'était toi. Je voulais te dire que…

Elle observe un silence, puis reprend.

– Je veux te dire que c'est pardonné. La guerre est venue balayer nos vies, elle a mis bon ordre aux vieilles rancunes. Je veux pas te faire la morale, mais il faut que tu te ressaisisses. Tu es en train de te détruire, tout le monde le voit bien.

De nouveau, le ton d'Arnaud durcit.

– Qu'est-ce que tu sais de ma vie ?

– Le pays est petit, Arnaud. Pas une semaine sans qu'on entende parler de toi. Tu fais du grabuge chez Jaurégui, et tu paies pas tes ardoises. Un jour, t'auras des ennuis. Tu devrais te méfier, les gens ne sont pas toujours charitables, ils en profitent pour régler les comptes…

Il l'interrompt :

– Arrête tes boniments, tu veux ?

Elle se tait.

Arnaud s'appuie sur un coude. L'odeur du corps de la jeune femme vient à lui. Une odeur de jus de raisin, de sueur. La lune, d'un pinceau clair et délicat, souligne ses contours. Il regarde sa gorge, ses seins que l'on devine sous le tissu de la robe, ses jambes qui l'avaient fasciné, alors qu'elle foulait le grain. Dans la chair du jeune homme monte une houle qui agite sa respiration.

Par mégarde, il laisse tomber sa cigarette. Manon se précipite pour la sortir du foin.

– Eh, fais gaffe, tu vas mettre le feu !

Leurs mains se rencontrent au-dessus de la cigarette. Arnaud sent la peau de la jeune femme sous ses doigts, le temps d'un battement de paupière. Elle se lève et jette la cigarette dehors, avant de se rasseoir, près de lui.

Là, il balbutie. Comme si la violence qui émanait de lui quelques secondes auparavant chancelait.

– Excuse, Manon, je suis bourré...

– T'en fais pas.

– Je peux te poser une question ?

– Vas-y toujours.

– Si tu étais libre, enfin, supposons que tu le sois, tu...

Elle pose le bout de ses doigts sur sa bouche, pour l'empêcher de finir sa phrase.

– Chuuut...

Il saisit son poignet et le serre. Une seconde, Manon ne dit rien. Elle approche son visage de lui et pose un baiser sur sa joue.

– Voilà, Arnaud, on voudrait tous que tu ailles mieux, que tu cesses de te détruire, oui, moi la première je le voudrais. Tu es mon ami d'enfance, rien ne me fera oublier ça. Pour le reste, je suis désolée...

Alors il l'attire brusquement à lui. La nuit a envahi ses yeux. Elle résiste, il lui balance un coup de poing qu'elle parvient à esquiver. Il saisit le col de sa robe et la déchire. En un éclair, elle comprend qu'il est pris d'un accès de folie, qu'il ne s'arrêtera pas. De sa main libre, elle le frappe au visage. Il marque le coup, sans la lâcher, et devient comme fou. Le sang ruisselle de son arcade. Alors sa fureur redouble. Il la renverse, la retourne sous lui et, la prenant aux cheveux, tirant sa nuque en arrière, s'imbrique entre ses jambes, dégrafant son pantalon d'une main fébrile, de l'autre maintenant Manon à quatre pattes, retroussant sa robe, cherchant à arracher ses sous-vêtements. Elle se débat, mais la force d'Arnaud semble décuplée par une fureur qui monte de ses entrailles.

Tout autour, du côté du Gave et de la prairie, les oiseaux de nuit se sont tus.

À deux reprises, Manon parvient à rassembler ses forces et à échapper à l'emprise d'Arnaud. Mais deux fois il la rattrape et la fait basculer dans le foin. Elle sent le corps de cet homme, gonflé de rage et de désir, qui cherche à pénétrer sa chair. Un instant, elle est tentée de renoncer à se défendre. Après tout, qu'il fasse vite. Le temps d'une pensée arrachée au souvenir, elle revit cet instant où elle s'était donnée à Juan, où elle lui avait offert sa virginité. Cette pensée lui redonne l'énergie de se battre. Aucun homme n'a touché son corps, depuis ces nuits de la fin de l'été 1939.

Soudain, alors qu'Arnaud la domine, tout proche de parvenir à ses fins, la main de Manon rencontre un objet, dans le foin. La bouteille vide. Pour se ménager le temps d'empoigner cette arme providentielle sans que son agresseur s'en rende compte, elle feint de se soumettre. Elle sent le sexe d'Arnaud contre elle. Voyant qu'elle ne résiste plus, le jeune homme pense qu'elle s'abandonne et, légèrement surpris par ce revirement de situation, se fait moins brutal. Sans hésiter, Manon frappe, de toutes ses forces. La bouteille se brise contre le crâne d'Arnaud. Hébété, il reste un moment immobile au-dessus du corps de la jeune femme, avant de s'effondrer.

Manon craint de l'avoir tué. Elle bondit hors de la grange. Sans réfléchir, elle court et se dirige vers le Gave. Sur la berge, elle s'arrête et regarde en arrière. Elle aperçoit la silhouette d'Arnaud. Il titube. Il l'appelle. Elle se retourne vers le fleuve et plonge. Saisi par la fraîcheur de l'eau, son corps réagit et trouve la vigueur nécessaire à la nage. Elle traverse le Gave, dérivant légèrement dans le courant.

Lorsqu'elle parvient de l'autre côté, la nuit semble s'être refermée derrière elle. Le commerce des insectes et des oiseaux reprend, comme si rien ne s'était passé. Son corps est douloureux. L'alcool et la peur lui donnent des nausées, elle se sent mal et reste allongée, à demi évanouie.

Brusquement, elle sursaute et pousse un cri de frayeur. Le craquement d'une branche. Il y a quelqu'un, là. Une silhouette sous les acacias. Le cœur prêt à exploser, elle se relève et se met à courir sur le sentier qui longe la berge, griffant sa peau aux ronces, se tordant les chevilles. Elle tend l'oreille pour savoir si on la suit, court en jetant des œillades en arrière, complètement affolée, quand sa tête heurte violemment la branche basse d'un arbre.

Depuis que Jules Artigaud est parti à la guerre, pour ne jamais en revenir, son petit jardin au bord du Gave est en friche. Par les temps qui courent, ceux qui cultivent les lopins attenants ne se privent pas de balancer des réflexions. On en connaît même un ou deux qui ont déposé plainte à la mairie, pour que la parcelle soit attribuée à un vivant. À quoi bon laisser les ronces et le chiendent manger cette terre ? Lucette Fortas a reçu les plaintes avec un air de compassion tout à fait crédible. On comprend qu'elle ne fasse rien pour accélérer la procédure. Elle n'a pas du tout envie de voir le jardin de son Jules partir dans d'autres mains. Avant de s'en aller, Jules lui avait confié les clefs de la cabane. Il pensait qu'avec la guerre, l'ancien QG des Frères Reclus reprendrait peut-être du service. Après la dissolution du groupuscule anarcho-romantique, la cabane est restée fermée. Jusqu'au moment où un ancien membre est venu la voir. Jules avait raison.

Un soir, Paco a frappé à sa porte. Il venait demander la clef de la cabane. Il n'a pas voulu fournir d'explications, disant simplement que depuis deux semaines, lui et Antonio Rubio se cachaient pour échapper au STO.

Ils avaient décidé de rejoindre la lutte clandestine. Lucette n'a pas eu besoin de poser de questions, elle se doutait bien de quoi il s'agissait. Paco, sa famille et d'autres Espagnols habitent la dernière maison du quartier Chicago, au bas de la Vieille Route. Les descentes de gendarmerie et de police sont fréquentes là-bas. On suspecte les Espagnols d'aider les évadés de Gurs qui se planquent dans la population. De plus, les romanichels ont leur camp installé sur les prairies, juste à côté de là.

Paco avait l'air d'un vrai combattant de l'ombre, si bien que Lucette en a été toute chamboulée. Pour la première fois depuis longtemps, le regard d'un homme l'atteignait au corps. Elle connaissait Paco. À lui aussi, elle avait accordé quelques faveurs, avant que Jules ne devienne trop jaloux, c'étaient des histoires d'adolescents. Et voici qu'elle le découvrait soudain d'un autre œil. Séduisant, même. Elle lui a donné les clefs, en lui conseillant de prendre garde à lui.

Malgré leur jeune âge, Paco Cazals et Antonio Rubio sont de vieux compagnons d'armes. Ils ont affûté leur idéaux avec les Frères Reclus et mènent aujourd'hui des activités clandestines liées aux Espagnols réfugiés en France. Sérafin, le républicain qu'ils avaient aidé en 39, s'était souvenu qu'on pouvait compter sur ces deux-là. Il leur avait secrètement fait parvenir des informations, leur proposant de planquer des compagnons, des anarchistes en cavale, toutes sortes de gens qui avaient fui le franquisme et cherchaient à se réorganiser de ce côté de la frontière. Sérafin avait intégré un groupe de combattants dans le sud des Landes, protégés pas les ouvriers des forges de l'Adour qui comptaient nombre de sympathisants à la cause antifasciste.

Depuis que le fichage des Espagnols et des gitans avait

commencé, Paco et Antonio étaient devenus des maillons importants du système de passage de la ligne, à Peyregave. Les rafles étaient de plus en plus nombreuses, et personne ne savait où l'on envoyait les prisonniers. Certains étaient dirigés sur Gurs, puis on n'entendait plus parler d'eux. D'autres étaient remis aux Allemands directement, les pires rumeurs circulaient sur leur sort.

Pendant la journée, la vie de la bourgade paraissait tranquille, presque normale si ce n'était cette lourdeur de l'air chargé d'angoisse et de tristesse confuses. La nuit, une activité de fourmilière s'éveillait. Dans la campagne, sur les berges du Gave, dans les caves, les greniers, un peu partout, des ombres circulaient, on murmurait, on filait le long des murs ou à l'abri des bois. Peyregave était un point névralgique sur la ligne de démarcation, des centaines de candidats au passage s'y retrouvaient pour tenter d'échapper aux griffes de la guerre. On racontait des histoires sur des passeurs malhonnêtes qui dépouillaient les gens avant de les abandonner en pleine nature. Des rumeurs de dénonciations, de traîtrises, de fourberies inimaginables. Ceux qui étaient là, tapis dans les caves, les greniers, les souillardes étaient pris dans l'étau d'une double peur : celle des autorités françaises et nazies qui les pourchassaient sans relâche, et celle plus sourde encore, plus térébrante, des salauds qui les rançonnaient avant de les livrer à leur triste sort.

Lorsque Manon ouvre les yeux, elle est allongée sur le sol de la cabane. Une femme très brune qu'elle ne connaît pas lui applique un linge sur le front. La pièce est à peine éclairée par une bougie minuscule posée sous la table. La femme sourit, pour la rassurer. De temps en temps, elle rince le linge dans un seau d'eau, l'essore et l'applique de nouveau sur son front.

Manon se redresse en geignant. Elle a très mal à la tête. Elle ne semble reconnaître personne.

Sur un banc, une fillette la regarde. Debout, dans la pénombre, une autre femme au visage typé.

Par terre, il y a Fifi. Bâillonné et ligoté les mains dans le dos. Il a l'air d'un animal captif, effrayé. Il regarde Manon avec de grands yeux qui implorent, mais lorsqu'elle l'aperçoit, elle reste sans réaction, elle ne le reconnaît pas.

Voyant qu'elle s'est réveillée, Antonio Rubio s'approche et l'aide à se redresser.

– Ce fils de pute t'a salement amochée, Manon.

Elle ne répond pas. Elle est vêtue d'une chemise et d'un pantalon d'homme, une couverture jetée sur les épaules. Elle fronce les sourcils. Elle cherche dans sa mémoire. Rien. Fifi la regarde, le visage cireux, les yeux pleins de larmes. Il gémit. Antonio s'approche et lui flanque un coup de pied dans le ventre. Le cri de douleur est étouffé par le bâillon. Manon observe la scène et reste sans réaction.

Au loin, un aboiement. Antonio lève la main, on se tait ! Il tend l'oreille. Plus rien. Il soupire.

Il désigne la femme qui panse Manon :

– Voici Kalia, le femme de Milo Schmidt. Ça, c'est Luludja, leur petite fille.

Manon les regarde, sans réagir. La mère dit que « Luludja », ça veut dire « fleur ». Antonio désigne la deuxième femme, qui garde un air grave et effrayé :

– Voici Lupe, la femme de Kore Schmidt. Les deux frères ont disparu. Milo a été embarqué par les flics, on sait pas où il est. Kore s'est échappé du campement en courant comme un fou, il est venu nous prévenir et nous demander d'aider les femmes qui se trouvaient à ce moment-là au lavoir. Ensuite il est reparti en direction des bois de Saint-Bernard. On a entendu des coups de feu. On l'a pas revu.

Les yeux de Manon se tournent vers la bougie. Elle est comme fascinée par la flamme qui ondoie mollement et fait glisser des ombres aux alentours, plongeant l'intérieur de la cabane dans une atmosphère à la fois lugubre et irréelle.

Antonio est embarrassé.

– On n'avait pas prévu que tu sois là, Manon. Paco va venir nous chercher dans pas longtemps. Dès qu'il est là, je te raccompagne chez toi. Tu me comprends ?

Elle ne répond pas.

Antonio s'approche de nouveau de Fifi, lui flanque un autre coup de pied dans le ventre, puis un coup de crosse.

– Lui, on s'en occupera plus tard.

Les cheveux tombant devant son visage, Manon se met à fredonner.

Kalia s'approche d'elle et tamponne la blessure au front, qui s'est remise à saigner. Manon lève les yeux, sourit et fredonne un peu plus fort.

Soudain, le bruit d'un homme qui court.

Antonio souffle la bougie et braque son arme en direction de la porte.

Dehors, la voix de Paco Cazals :

– Antonio, vite, on se casse, la patrouille arrive avec un clebs !

Le sentier qui longe la berge du Gave est régulièrement surveillé par une patrouille de quatre hommes. Cette nuit, ils sont en avance et c'est la première fois qu'il y a un chien. Depuis quelque temps, les Allemands sont plus nerveux. Les patrouilles, qui avaient fini par être plus distraites, usées par la force de l'habitude, sont redevenues dangereuses.

En quelques secondes, tout le monde est dehors. Paco trottine en direction du Gave, où il a préparé la barque. Il tient Manon par la main. Elle court mécaniquement. Kalia est accrochée à sa veste, pour ne pas se perdre et tenter de garder l'équilibre. Lupe porte Luludja d'un bras, de l'autre elle s'agrippe à Kalia.

Avant de sortir de la cabane et de rejoindre le groupe, Antonio a frappé Fifi d'un coup de crosse dans la tête. À la pâleur de la lune et des étoiles qui pénétrait par la porte ouverte, il a vu s'étaler sur le sol une flaque de sang noir.

Allongé sur le dos, Louis mâchonne un brin d'herbe sèche. Au-dessus de lui, la lumière joue dans les feuilles jaunies du châtaignier. Gabrielle a la tête posée sur sa poitrine. Les yeux fermés, elle écoute le cœur de son amoureux, encore agité par les fureurs de l'amour. Dans son ventre, Gabrielle sent encore la chaleur et la puissance du corps de cet homme qu'elle vient d'accueillir en elle pour la première fois. Les parfums de l'automne se mêlent à l'odeur de leurs peaux que la fièvre délaisse doucement, et c'est comme une ivresse que de rester là sans parler, à goûter la saveur capiteuse du jour qui décline.

– J'aime entendre ton cœur, dit-elle. J'aime l'écouter me raconter des histoires.

– Que te dit-il ?

– Que tu es heureux, que tu es amoureux.

– En es-tu bien sûre ?

Elle écoute encore.

– Sans aucun doute, il me le dit.

De nouveau, ils se taisent. Juste le chant des oiseaux, le bruissement des arbres. Une feuille sèche se détache et rejoint le sol en tourbillonnant.

– Tu veux toujours te marier avec moi, Gabrielle ?

– Pourquoi cette question ? Plus que jamais !

Il n'ajoute rien, elle s'inquiète.

– À quoi tu penses ?

– À ça. Se marier, avoir des enfants.

– Ils seraient heureux avec nous, tu crois pas ? demande-t-elle.

– Heureux ? Et la guerre, t'en fais quoi de la guerre ?

Elle se redresse.

– Tu ressasses toujours les mêmes choses. Qu'est-ce que tu y peux, toi, à la guerre ? Tu veux quoi ? Renverser le Reich à toi tout seul ?

– À moi tout seul, non…

– Ah, c'est donc ça, monsieur veut jouer les héros ! Comme mon père qui finira par attirer des ennuis à toute la famille.

– Mais, Gabrielle, on les a laissés confisquer notre liberté… T'as pas honte, des fois ?

– Honte de quoi ? Liberté, liberté… Regarde-nous, on n'en a pas assez, là, de la liberté ? Et puis j'y suis pour quoi, moi, dans tout ça ?

– Pour rien, personne n'y est pour rien, Gabrielle, c'est bien là le problème. Personne n'y est pour rien !

– Pourquoi as-tu besoin de gâcher ce moment ? N'es-tu pas capable d'être heureux un quart d'heure sans penser à autre chose ? Sans nous bassiner avec ta guerre ?

Les larmes montent aux yeux de la jeune femme. Louis ne les voit pas, il regarde au loin, les montagnes qui deviennent violettes et transparentes.

Il répète, murmurant :

– Avec ma guerre. *Ma* guerre…

Et puis, d'un ton sec.

– Manon a disparu.

Gabrielle cherche à croiser ses yeux.

– Que dis-tu ? Comment ça, disparu ?

Il saisit le brin d'herbe à sa bouche et le jette avec un geste de dépit.

– Maman l'avait envoyée chez Anselme pour les vendanges. Ils ont fait une fête à la fin, comme d'habitude, il paraît qu'elle a un peu bu… c'est bizarre, elle déteste ça, normalement. On l'a vue sortir de la grange où tout le monde dansait, et puis plus rien. Sur le coup, personne ne s'est inquiété, on pensait qu'elle était partie se coucher.

– Vous avez prévenu les gendarmes ?

– Oui, bien sûr. On les a aidés à fouiller le secteur. Tu parles. Depuis qu'elle a quitté le docteur Loustau, Manon a changé, je ne la reconnaissais plus. J'ai tout fait pour lui tenir la tête hors de l'eau, mais elle semblait vouloir se laisser couler.

– Tu crois qu'elle a pu…

– Je ne crois rien. Je ne sais pas. Je ne sais même pas où ni comment la chercher. Figure-toi que le lendemain de sa disparition, on a retrouvé Fifi près de la voie ferrée. Il s'était traîné jusque-là, la tête en sang. Quelqu'un a essayé de le tuer en lui fracassant le crâne. Heureusement, il l'a bien dur…

Louis esquisse un sourire triste.

– Tu ne connais pas Fifi. C'est un vieil ami, le chevalier servant de Manon. Il n'était déjà pas très futé avant mais là, il perd complètement la boule. On l'a soigné à l'infirmerie de Loustau, où travaillait ma sœur. Et maintenant, il ne veut plus sortir de chez lui.

– Qu'est-ce que ça a à voir elle ?

– J'en sais rien, peut-être rien. C'était la même nuit.

– Tu crois que Fifi a pu lui faire du mal ?

Louis se lève. Il caresse le tronc du châtaignier, fait crisser ses ongles sur l'écorce.

– Non, je ne crois pas.

Gabrielle se lève à son tour et vient se plaquer contre lui.

– Embrasse-moi ! J'ai encore envie de toi.

Il la saisit aux épaules et la repousse gentiment.

– Gabrielle, je suis mêlé à des affaires dangereuses, il faut que je te protège…

– Ça veut dire quoi ?

Il respire, cherche ses mots :

– Ça veut dire que nous ne devons plus nous voir.

Désemparée, elle le dévisage, pour essayer de comprendre l'au-delà de ses paroles.

– Tu parles sérieusement ?

– Très sérieusement, Gabrielle. Les Allemands deviennent enragés, on ne compte plus les arrestations, les disparitions, les règlements de comptes… je ne veux pas qu'il t'arrive malheur.

– Manon était mêlée à tes histoires ?

– Non, elle ne savait rien. Enfin, je crois.

– Et si tu avais été dénoncé ? Si on l'avait enlevée pour faire pression sur toi ?

Louis regarde les Pyrénées. Il réfléchit.

– Non, je ne crois pas.

– Tu fais quoi, exactement ?

– Ne m'oblige pas à t'en dire davantage. Disons que jusqu'à maintenant, je me suis contenté d'acheminer des courriers. Mais ça va changer, Je veux passer à l'action. J'attends des ordres qui ne devraient plus tarder.

– Et moi ? Que fais-tu de moi ?

– Je viens de te le dire, il faut que nous nous séparions.

– Et si je voulais t'aider ?

– Non, pas question !

– J'en parlerai à mon père !

Louis s'approche d'elle, l'air menaçant.

– Tu ne diras rien du tout. Tu m'attirerais des ennuis à trop jaser. Tiens-toi tranquille, ce sont des affaires graves. Toi, tu veux vivre, ignorer la guerre, continuer ton bonhomme de chemin bon an, mal an, moi, je ne peux pas. Je ne peux plus rester les bras ballants !

Elle lui tourne le dos. Les sanglots serrent sa gorge.

– Va-t'en, Louis. Va-t'en et ne reviens jamais ! Jamais, tu m'entends ?

L'auberge est baignée d'une lumière poudreuse, filtrée par les vitres teintées, provenant des rebonds d'un soleil bas sur les façades de la rue des Charmilles.

L'abbé Bancon sort de son presbytère, traverse la rue déserte et entre dans l'auberge.

– Il y a quelqu'un ?

Personne.

Sur la table centrale, il repère *Autant en emporte le vent.* Il ouvre le livre du bout des doigts et parcourt quelques lignes. Aussitôt, son esprit vagabonde. Après tout, même s'il a dit pis que pendre sur la moralité scandaleuse de cet ouvrage, il n'y a pas de raison qu'il soit le seul à ne pas l'avoir lu.

À cet instant, il entend la porte de derrière. Marthe vient d'entrer dans la cuisine, portant une bassine en métal pleine de linge sec. Elle vient dans la pièce principale et sursaute. Elle a les traits tendus, le teint gris. Les habitués disent qu'elle a pris vingt ans d'un coup, depuis la disparition de Manon.

– Ah, l'abbé…

Elle a à peine le temps d'apercevoir les doigts de

Bancon se retirer du livre et rejoindre un bouton de la soutane qu'ils se mettent à triturer.

– Mon Dieu, comment ça va, Marthe ?

Tandis qu'elle commence à trier le linge sans ajouter un mot, il va vers la table où sont posés les verres et la bouteille de vin.

– Je peux ?

Marthe ne se retourne même pas.

– Faites comme chez vous ! Quand y en aura plus, vous boirez de l'eau.

Il se sert un verre, le descend d'un trait, s'en sert un autre avec lequel il va s'installer dans un coin de la pièce. Il feuillette le journal.

– Vous avez entendu cette histoire, Marthe ? Le chef de la Kommandantur…

– Non. Les nouvelles, vous savez, en ce moment…

– Falkenbach, il se gêne pas. Figurez-vous qu'il emmène Francine Lamazou en balade, dans la voiture du mari, s'il vous plaît ! Non mais on voit de tout franchement ! Dans la côte du Bois, il trouve le moyen de crever. Vous imaginez sa tête ?

Marthe tire un mouchoir de sa poche et essuie discrètement le coin de ses yeux.

– Des paysans du coin l'ont aidé à réparer, parce que, évidemment, ça commande, l'armée allemande, mais ça sait pas changer un pneu de bagnole !

Le curé glousse, tournant distraitement les pages du journal. Marthe trie le linge et le plie sans ajouter un mot. Les yeux de Bancon tombent de nouveau sur le roman. Il cherche ses mots.

– Marthe, je… comment… je peux…

À cet instant précis, coupant court aux velléités de l'homme d'Église, Manfred entre, le bras en écharpe.

– Qu'est-ce qu'il vous arrive ? fait Marthe.

Le visage grimaçant, le soldat se retourne pour refermer la porte.

– J'ai pris un coup de pied de cheval. Je m'en méfiais de celui-là, pourtant, il ressemblait à celui qui a tué mon cousin. J'en ai marre, marre, j'ai horreur des chevaux ! Vivement que ça finisse, tout ça.

– À qui le dites-vous ! fait le curé en s'approchant du roman.

– Je viens de voir le médecin militaire, gémit l'Allemand, il m'a mis cinq jours au repos.

– Ça va pas changer beaucoup, dit Marthe.

– Au moins je risque pas de prendre des coups de pied de cheval... J'ai horreur des chevaux !

Marthe saisit un tas de linge propre et, avant de sortir, désigne le roman d'un coup de menton. Elle l'a retrouvé dans la chambre de Louis, en faisant le ménage.

– Tenez, vous devriez en profiter pour le lire, ça vous fera progresser en français.

– Vous croyez ? dit Manfred, se dirigeant vers la table où est posé le livre. Je ne lis pas souvent, même en allemand, j'ai peur de ne pas y comprendre grand-chose.

– Ce sera toujours ça de pris ! ajoute Marthe en disparaissant dans la cuisine.

L'abbé Bancon dissimule son dépit. Il pense qu'il ne va tout de même pas s'abaisser à demander le livre à cet abruti d'Allemand. Seulement, comme il a prévu de partir quelques jours à la montagne, il songe que ce serait quand même bien d'en profiter. Mettant son orgueil en berne un instant, il s'adresse au soldat à voix basse.

– Manfred, vous voudrez bien me le prêter, quand vous aurez fini ?

Étonné que le curé lui parle d'un ton quasi aimable, le soldat hésite et, à voix basse :

– Tenez, prenez-le... je ne crois pas que ça va beaucoup m'intéresser.

– Vraiment ? fait le curé en tendant la main. Vous êtes sûr ?

Alors qu'il tend la main, Marthe revient chercher un autre tas de linge. Le curé cherche à prendre une contenance, il croise les bras, puis saisit son menton entre le pouce et l'index.

– Marthe, ne vous donnez pas la peine de me porter la soupe, ce soir, je serai absent quelques jours.

– Ah, où ça ?

– Oui, je dois aller visiter des proches.

– Au Bager ?

– Oui, c'est ça, grogne le curé, visiblement contrarié qu'elle ait deviné.

– Je ne vous connais pas d'hier, l'abbé.

– Je reviendrai samedi. Soyez prudente, en attendant. Ayez confiance dans notre Seigneur, je suis sûr qu'il veille sur la petite Manon.

Le visage de Marthe durcit.

– Si vous pouviez dire vrai.

– Vous en doutez ? demande l'abbé avant de franchir la porte de la rue.

– Il y a de quoi douter de tout, en ce moment, vous croyez pas ?

Le curé baisse la tête et réfléchit une seconde.

– Non, Marthe, je ne crois pas.

Il sort.

Marthe reste pensive un instant, puis, entassant sur son avant-bras un autre chargement de linge :

– Moi, je crois que notre curé il rapapiote, en ce moment.

– Ça veut dire quoi, il « rapapiote » ? demande Manfred.

– Quelque chose tourne pas rond.

Manfred tourne son index contre sa tempe, pour suggérer des idées qui s'emberlificotent :

– Là-dedans ?

Marthe tourne le sien devant son cœur.

– Non, là-dedans.

VII

Depuis trois jours, Dédé le garde champêtre et M. Vincent le censeur remettent à Lucette Fortas de nouvelles listes qui doivent rester secrètes en attendant d'être récupérées par la gendarmerie. Sur le bureau, des dizaines de noms, d'adresses, auxquels sont parfois adjointes des précisions, lieu de travail, situation familiale, relations... Cette fois, ce ne sont pas les combattants espagnols qui sont répertoriés, mais les simples citoyens, dont beaucoup d'origine espagnole, installés ici depuis vingt, trente ou quarante ans sans créer d'histoires.

Atterrée, Lucette repère entre autres connaissances le nom de Paco Cazals, qui depuis quelque temps l'occupe de façon nouvelle. Les nerfs tendus, elle réfléchit. Elle ignore ce qui se trame du côté des jardins ouvriers, mais compte tenu de la proximité du Gave, qui à cet endroit se confond avec la ligne de démarcation, il ne lui est pas difficile de deviner peu ou prou la vérité. Même si Paco ne lui a pas officiellement demandé de l'aide, à part la clef de la cabane, elle réfléchit à la façon de se rendre utile, à commencer par entraver discrètement la poursuite de ces fichages odieux. Il faut pour cela rassembler son courage et garder les idées claires, la moindre erreur pouvant s'avérer fatale. C'est avec un sentiment de nausée et d'humiliation qu'elle a déjà remis des listes à cet imbécile de poulet qui se prend pour Errol Flynn. Cette fois, pas question d'aller plus loin, de laisser passer des renseignements sur Paco. Non qu'il vaille plus que les autres – encore que –, disons que la vue de son nom sur la liste fait office de déclencheur, cette petite impulsion qui manquait encore à la secrétaire de mairie pour entrer en action.

Elle rassemble les feuilles portant les listes, les plie, les glisse dans une enveloppe puis dans son sac à main. Après quoi elle remet à tâtons les chaussures à talons hauts qu'elle s'était ôtées pour travailler, se lève, enfile prestement son manteau et sort en forçant le pas.

Dans le couloir, elle croise Pouthet. Le maire a le front verdâtre. Il est essoufflé.

– Lucette, venez dans mon bureau, je vous prie.

Sans changer de visage, Lucette s'exécute. Léon referme la porte derrière elle.

– Que se passe-t-il ? Vous avez l'air grave.

– Les Allemands ont débarqué aux carrières de bonne heure avec des camions bâchés, pour embarquer les Espagnols. Quelqu'un les avait prévenus, il n'y en avait plus un. Ils ont arrêté Gaston Escoubeth, le responsable du GTE, et Miguel Sanchez. Miguel a été relâché, mais Gaston est toujours à la prison municipale. Tant que c'est Falkenbach qui le tient, je peux tenter quelque chose. S'il le remet à la Gestapo, comme le pauvre Robert, là... Le commandant de gendarmerie m'a de nouveau convoqué, maintenant il me presse de lui remettre la liste de tous les Peyregaviens d'origine espagnole que Falkenbach nous demande d'établir depuis plus d'un mois. J'ai fait traîner, j'ai fait traîner, mais il s'impatiente, il menace de prendre des otages au hasard et de les fusiller.

– Vous croyez qu'il le ferait ?

– Je ne vais pas chercher à vérifier… C'est quand même pas à nous de faire ce boulot ! Et dire que je trouvais que ce type avait de l'allure, de la classe, même. J'ignore quelle mouche les a piqués… J'ai déjà fourni des dizaines de noms de réfugiés, maintenant il veut ficher les familles installées ici depuis des années et des années. Merde de merde !

– Ils font quoi de toutes ces listes, bon sang ?

Le maire enlève ses lunettes et se masse les yeux.

– Je l'ignore, Lucette, mais je crains le pire.

– Que voulez-vous dire ?

– Rien, je ne sais pas. Un ami député m'a confié qu'il était inquiet des rumeurs qui circulent dans les couloirs, en particulier pour ce qui concerne les Juifs. Les choses sont en train de changer, les Allemands deviennent enragés.

Il semble sortir d'un rêve :

– Bon alors, ces listes, elles sont prêtes ? La gendarmerie viendra les chercher aujourd'hui. Ils veulent les viser avant de les remettre aux Allemands.

Lucette hésite, se sent perdue.

– Oui… enfin non, non, elles ne sont pas prêtes, je dois…

Léon sort de ses gonds et cogne du poing sur son bureau.

– Qu'est-ce que vous foutez, bordel ? Vous voulez qu'ils tapent au hasard ?

Lucette se raidit.

– Vous trouvez que leur fournir les renseignements qu'ils demandent, c'est mieux ?

Les joues de Léon Pouthet deviennent violettes. Il se campe à moins d'un mètre de la secrétaire.

– On ne vous demande pas de réfléchir, Lucette, vous n'êtes pas payée pour ça mais pour exécuter les tâches que je vous donne.

Lucette ne flanche pas.

– Alors démettez-moi de mes fonctions, flanquez-moi au ménage ou à la porte, si vous préférez.

Les mots portent, le maire fait quelques pas. Il vacille et s'appuie au coin de son bureau. D'une main nerveuse, il sort un mouchoir blanc de sa poche et s'éponge les tempes. Sa voix manque soudain d'assurance. Il demande à sa secrétaire de l'aider, de ne pas compliquer les choses. Lucette voit qu'il est désemparé, contraint d'agir contre son gré.

– On dit que la guerre change les gens, Lucette… en réalité, elle les révèle.

La secrétaire se répète intérieurement ce qu'elle vient d'entendre. Elle presse le sac à main contre son ventre :

– Je ferai le nécessaire.

Léon Pouthet la regarde. Il tente de percer le sens exact de sa phrase. Puis il opine et soupire.

– Merci, Lucette.

En sortant, Lucette traverse la place de Mars. Elle aperçoit le gendarme Lemoux sur une bicyclette. Il se rend à la mairie. De nouveau, sa main serre l'anse de son sac à main. Elle accélère le pas.

Elle pèse le pour et le contre. Qu'arriverait-il si les listes disparaissaient ? Elle serait aussitôt suspectée, on les lui a remises en main propre. Elle pense à Paco, Antonio et les autres. Les gendarmes reviendront, on leur dira quoi ? Que se passera-t-il alors ? Impossible de savoir. En prenant le problème à l'envers, Lucette songe que les remettre ne peut qu'attirer des ennuis à ceux dont les noms sont répertoriés. On ne sait pas ce que deviennent les gens, quand les Allemands les embarquent. Certains ne restent prisonniers que quelques jours, d'autres ont disparu depuis des mois. Si on obtempère sans cesse, jusqu'où iront les arrestations ? Qui en réchappera ? Tout le monde est menacé, désormais, sauf les collabos notoires, et encore, ils peuvent toujours faire les frais de dénonciations calomnieuses, on ne peut compter sur personne, on dirait que cette maudite guerre inocule jour après jour son poison dans les veines des Peyregaviens.

Le cœur battant, Lucette décide de brûler les listes dans le poêle à bois, chez elle. Elle racontera qu'elles ont été volées, elle simulera un cambriolage de son bureau. Elle n'en sait rien, elle trouvera bien une idée entre-temps. Il faut agir, elle ne se donne plus le choix.

Jeanne est partie avec l'autobus des Landes. Elle pense à sa mission, en regardant défiler le paysage bosselé et encore verdoyant de la Chalosse. C'est la deuxième fois qu'elle sort de Peyregave. Son premier voyage ne l'a pourtant pas emmenée à plus de quatre-vingts kilomètres, au cœur de la forêt landaise.

C'était il y a quelques jours. Elle est descendue en rase campagne, à l'endroit que lui avait indiqué Gaston. Là, un forestier l'a prise en charge et guidée dans la pinède, jusqu'à une ferme composée de plusieurs corps de bâtiments, sur une clairière plantée de chênes. La maison principale occupait le centre, et tout autour se dressaient des appentis et un poulailler perché. Une famille de paysans vivait là.

Après le souper, on l'a conduite dans une chambre, où on lui a demandé de se coucher sans se déshabiller. Quelqu'un viendrait la chercher.

Sur les coups de trois heures du matin, la fermière est venue dans la chambre. Jeanne ne dormait pas. Un homme au visage rude l'attendait dans la cuisine. Il était sale. Le teint clair, l'accent étranger. Ses cheveux blonds dépassaient sous son béret. Jeanne comprit qu'il s'agissait de l'opérateur radio anglais qui recevait des ordres directement de Londres et organisait la fuite des militaires des Landes vers les Basses-Pyrénées.

Pendant presque deux heures, il a expliqué le système de cryptage des messages. Il le connaissait par cœur, et elle devait l'apprendre à son tour. Aucune trace écrite. Jeanne l'a écouté attentivement. Il l'a mise à l'épreuve plusieurs fois, jusqu'à ce qu'elle ne se trompe plus. Quand il en eurent terminé, il semblait fatigué et dans le même temps, désireux de parler un peu avec elle avant de disparaître à nouveau dans la forêt, tel un animal nocturne. Elle lui a appris que le premier contact en zone occupée – elle parlait d'Huguette –, avait été arrêté et qu'on n'avait plus de nouvelles, ce pourquoi elle était là. Lui, il savait juste qu'il fallait former une nouvelle personne, il s'était douté qu'un problème était survenu.

De retour à Peyregave, le lendemain, Jeanne s'est aussitôt rendue à l'auberge pour voir Louis et récupérer le fameux message, tant attendu par Gaston. Galoche et Bistec se trouvaient là, en compagnie de Miguel qui leur racontait son arrestation. Debout à l'écart, les écoutant, Marthe avait la gorge serrée par l'inquiétude. Gaston était toujours derrière les barreaux et on ignorait tout de son état.

Jeanne a discrètement dit à Louis qu'elle était en mesure de déchiffrer le message. Il est aussitôt monté dans sa chambre pour récupérer le roman dans lequel était glissée l'enveloppe. Impossible de mettre la main dessus. Il a fouillé les étagères de fond en comble. Très agité, il est redescendu dans la salle de l'auberge, où Marthe discutait avec Jeanne, Galoche et Bistec.

– Maman, quelqu'un est monté dans ma chambre récemment ?

– Tu en fais une tête mon petit, qu'est-ce qu'il t'arrive ?

Louis a hésité.

– Je ne trouve plus *Autant en emporte le vent.*

– Ah, je pensais le relire, mais je l'ai prêté à Manfred.

– Manfred ? T'aurais pu me demander si j'avais fini...

Louis a du mal à garder son sang-froid.

– T'étais pas là... Pauvre Manfred, il est cloué sur place avec son bras cassé.

– Il est là ?

– Oui, chez lui, au grenier.

Quatre à quatre, Louis est de nouveau grimpé jusqu'à l'étage. Il a cogné plusieurs fois à la porte de l'escalier du grenier, au fond du corridor. Sans réponse, il est monté. Manfred dormait d'un sommeil lourd et sonore, sur le matelas posé à même le plancher au milieu de la pièce. Ça sentait la poussière, les miasmes et la sueur. D'un coup d'œil, Louis a repéré le roman, posé près du dormeur. Il s'est approché et l'a saisi sans un bruit. Le message, rédigé sous forme de lettre d'amour, était glissé entre les pages, au tout début du livre. Louis l'a subtilisé avant de redescendre, sans que Manfred ne cesse de ronfler une seconde. De retour auprès des autres, il a subrepticement mis l'enveloppe dans le panier de Jeanne, tandis que cette dernière faisait diversion en posant des questions à Miguel, revenu de sa mésaventure avec un sentiment accru de frousse et de fierté. Le quart d'heure qu'il avait passé à la Kommandantur lui avait donné l'impression d'être un grand résistant.

Le message, rapidement décrypté par Jeanne, restait hélas en grande partie incompréhensible. Plusieurs noms de guerre revenaient au fil des lignes « Fanfan », « Scapin », « Sancho », « Cojo ». Jeanne parvint quand même à lire une date et une heure de rendez-vous avec un certain

« Capitaine ». Cet homme devait recevoir des faux papiers fournis par « Cyrano », et rejoindre par des moyens non décrits la « salle d'attente », avant de prendre le train comme un simple passager, direction Toulouse où il savait quoi faire. Tout cela restait assez abscons. Gaston aurait certainement été à même de comprendre, son arrestation compromettait très certainement une affaire de la première importance.

Un soir, en revenant de l'école, Louis s'est arrêté à l'atelier du sabotier. Jeanne l'y attendait. Il venait de parler avec Roger Cousinave, pour lui demander son avis. Roger lui a révélé que la « salle d'attente », c'était chez lui. Jusqu'à ce jour, son atelier était la « boîte aux lettres », seuls des courriers y transitaient. Depuis l'arrestation d'Huguette, les chefs avaient réorganisé le réseau. Il fallait se préparer à cacher un fuyard, un type important dont on parlait depuis plusieurs semaines. Des passeurs lui feraient franchir la ligne par la campagne.

Louis et Jeanne étaient nerveux, désireux d'agir sans savoir quoi faire. Finalement, Jeanne a décidé de se présenter au rendez-vous avec le Capitaine, fixé un jour de la mi-octobre à deux heures de l'après-midi, devant les arènes de Saint-Vincent-de-Tyrosse. Elle irait le prévenir que son passage était compromis et qu'il devait chercher une autre solution.

Voilà comment et pourquoi elle se retrouve dans un autobus pour la deuxième fois de sa vie, le ventre noué par l'angoisse. Elle a emporté quelques sabots dépareillés dans un panier. C'est jour de marché à Saint-Vincent-de-Tyrosse, cela fournira un prétexte en cas de contrôle.

Devant les arènes, à l'heure convenue, il n'y a personne. Le groupe de passagers descendu de l'autobus se disperse rapidement et Jeanne reste seule. Elle observe les alentours, pour essayer de repérer quelqu'un qui pourrait être le Capitaine. Elle remonte la rue principale et parvient à un carrefour. Des gens entrent et sortent d'un bistrot, à l'angle. Jeanne n'ose pas entrer. Le seul bistrot qu'elle fréquente est celui de Marthe, et encore, la patronne estime que son établissement est une auberge, pas un débit de boissons. Jeanne hésite. Elle cherche une idée. Sa gorge est sèche. Elle revient vers les arènes.

Là-bas, la silhouette sombre d'un homme. Elle presse le pas. L'inconnu porte un journal plié sous le bras. Elle se dirige vers lui et ne ralentit qu'à quelques mètres. L'homme repère son changement d'allure et la regarde du coin de l'œil. Il plonge une main dans la poche de son manteau.

Jeanne l'aborde.

– Excusez-moi, monsieur, je cherche…

L'homme a une quarantaine d'années. Le visage plutôt sec, une moustache courte. Il porte un chapeau et des vêtements perclus, trop grands pour lui, ce qui atténue à peine une certaine maîtrise du port, une élégance vaguement aristocratique. Son visage est fermé, dur. Il semble sur le qui-vive. Elle est persuadée que c'est l'homme qu'elle recherche. La présence de Jeanne l'agace visiblement.

– Pardon monsieur, je ne suis pas du pays.

Jeanne papillonne des yeux, a du mal à choisir ses mots.

– Je cherche… la rue du Capitaine, cela ne vous dit rien ? On m'a pourtant dit qu'elle se trouvait en face des arènes, mais en face des arènes, il n'y a pas de rue. Ou alors celle-là, là-bas ?

– Désolé madame, je n'en sais rien. Bonjour et bonne chance !

Il touche le bord de son chapeau d'un geste vif et s'éloigne, fait le tour des arènes et disparaît.

Jeanne reste désemparée un instant. L'autobus du retour ne passe pas avant cinq heures. À un passant, elle demande la direction de la gare. On lui indique celle qu'a empruntée l'homme au chapeau.

Quelques passagers font la queue au guichet. L'homme attend son tour. Il semble plus nerveux que tout à l'heure, jette des regards discrets du côté de la porte. Jeanne consulte le panneau des horaires. Pour rentrer à Peyregave, il faut passer par Bayonne et là, changer de train. Elle n'a pas l'habitude de ces complications. Un instant, elle se sent prise de panique. Elle fait trois pas, hésite encore entre le train et le bus, quand, de l'autre côté de l'unique fenêtre qui donne sur la place, elle aperçoit deux gendarmes qui viennent à bicyclette. Elle retient son souffle. Elle se retourne vers le guichet, l'homme n'y est plus. Elle songe qu'il a dû sortir précipitamment par la porte donnant sur les quais.

En sortant, elle croise les gendarmes qui entrent, l'air débonnaire et la démarche un peu floue.

« Ils sortent de table », songe-t-elle en s'éloignant.

En fin d'après-midi, elle s'installe à l'arrière de l'autobus du retour. Peu de passagers sont à bord. Un couple de paysans avec des paniers vides. Une famille endimanchée. Deux ou trois autres personnes qui collent le nez à la vitre et rêvassent en attendant le départ. Jeanne est ennuyée de n'avoir pas pu entrer en contact avec le Capitaine, elle a fait ce qu'elle a pu.

Au moment où le chauffeur démarre, l'homme au chapeau grimpe à bord. Il jette un regard sur les passagers et repère Jeanne, isolée dans le fond. Elle sent son cœur bondir, son souffle s'arrêter. Tandis que l'autobus se met en route, l'homme vient jusqu'à elle en se tenant alternativement aux dossiers des sièges pour ne pas perdre son équilibre. Il s'assoit juste à côté d'elle.

Après un instant de silence :

– Qui êtes-vous ? demande-t-il.

Jeanne est prise de panique, elle ne sait que répondre. Il insiste.

– Je suis armé, ne faites pas de bêtise.

– Vous êtes un policier ?

Il regarde le paysage qui défile, sans répondre.

Elle reprend :

– Je suis venue… vendre des sabots.

– Je vous demande qui vous êtes. Votre nom.

Alors Jeanne comprend qu'il insiste pour qu'elle lui donne un nom de code. L'homme semble extrêmement déterminé, elle ne sait comment lui expliquer la situation. Elle décide de jouer franc jeu.

– Mon nom ne vous dira rien. Je suis venue chercher le Capitaine.

Il la regarde fixement, comme cherchant à percer le cœur de ses pensées. Même voilé par la peur, le visage de Jeanne est pur, comme sont pures ses pensées. L'homme ne reste pas insensible. Il n'a plus le choix.

– C'est moi, dit-il.

À son tour, Jeanne le dévisage. Comment savoir si cet homme ment ? Elle lui trouve un air de courage et de probité. À quoi se fier, dans ces cas-là ? Il ne reste que l'intuition et la foi en Dieu.

Le Capitaine est un officier. Il a décidé de rejoindre de Gaulle à Londres en passant par l'Espagne. Une première tentative de passage par Biriatou a échoué. Le passeur était véreux. L'homme a pu s'échapper in extremis. Il est revenu sur Bayonne, où il a réussi à entrer en contact avec les résistants de Libération. Ils ont organisé sa fuite vers la zone libre par Peyregave, retardée plusieurs fois en raison de *problèmes.* De l'autre côté de la ligne, il prendra un train et tentera de gagner Perpignan. Là, des hommes l'attendent pour franchir les Pyrénées. Il lui faudra traverser l'Espagne d'est en ouest pour passer au Portugal et de là, trouver un avion ou un bateau pour rejoindre Londres.

Jeanne ressent une espèce de vertige, en l'écoutant parler. Elle lui explique alors qu'à Peyregave, le réseau a connu des difficultés. Difficile de savoir exactement ce qui s'est passé, tout est très cloisonné. Elle sait qu'il doit se rendre à la « salle d'attente » et patienter jusqu'à nouvel ordre. Pour ça, il faudra tout d'abord le munir de papiers et l'aider à franchir la ligne.

À l'approche de Salles-Mongiscard, à quelques encablures de Peyregave, Jeanne demande au chauffeur de s'arrêter. Elle descend, suivie du Capitaine. Elle lui explique que la mère de son mari Charlot vit toujours à la maison familiale. L'atelier d'ébénisterie du père de Charlot est aujourd'hui désaffecté, il pourra y rester caché, le temps d'organiser sa fuite. Elle lui dit qu'on viendra le chercher.

– Quelqu'un se présentera et dira... (Elle réfléchit.) Dira : « Charlot est un bon sabotier. » Ce sera le signe que vous pouvez avoir confiance.

Le Capitaine marche près d'elle et l'écoute.

– « Charlot est un bon sabotier », répète-t-il en se demandant pourquoi cette phrase l'amuse.

Léon Pouthet est mort deux jours après le passage de la Gestapo à la mairie. Son cœur a flanché. Envoyés par la Gestapo prévenue par Falkenbach que les listes demandées n'avaient pas été remises, trois types sinistres ont déboulé. Ils étaient très excités, vociféraient, menaçaient. Ils ont interrogé Lucette Fortas, qui a expliqué qu'elle avait personnellement préparé ces documents, et qu'ils avaient disparu pendant la pause de la mi-journée. Ils ont dit à Lucette qu'elle devait se tenir à leur disposition. Ensuite ils se sont enfermés avec le maire, dans son bureau, pendant plus de quatre heures. On entendait leurs hurlements. Le pauvre Léon n'était plus assez costaud pour tenir le choc. Il se doutait que c'était Lucette qui avait fait disparaître les listes, il n'a toutefois rien dit. Le lendemain matin, Charlotte Pouthet se réveillait aux côtés du cadavre déjà froid de son époux.

Le professeur Greiner, premier adjoint, est donc devenu le nouveau maire. Greiner aurait pu être un héros, s'il n'avait eu cet esprit aux lumières trompeuses des bourgeois de province, conservateurs, froussards et incultes. Il n'avait pas mauvais fond, la guerre l'avait simplement révélé plus veule qu'il ne le pensait lui-même et, pris de panique face aux nouvelles responsabilités qui lui échoyaient dans des circonstances pour le moins particulières, il se comporta en mairie exactement comme à la maison, déléguant l'essentiel des responsabilités à sa femme Mathilda, qui ne fut pas fâchée de ce revirement de situation. Les bruits de couloirs disent même que c'est Mathilda qui a pris les rênes de la municipalité. On le savait avant que la guerre n'éclate, elle éprouve de la nostalgie pour sa Bavière natale et, plus que d'autres, elle se sent prise entre deux feux sous l'occupation du pays par ses compatriotes. Quand on a vu les regards langoureux qu'elle porte à Falkenbach, et qu'on connaît la jalousie qu'elle éprouve à l'égard de Francine Lamazou, dont les courbes insolentes font ostensiblement frétiller les galons de l'officier, on se doute bien que la communication avec l'occupant va être rapidement améliorée. Bien entendu, ceux qui n'acceptent pas la présence allemande ont vu ce changement d'un sale œil. Mathilda n'est pas d'ici.

En effet, les relations avec la Kommandantur se sont décrispées. Greiner a mis beaucoup de zèle pour trouver trois ou quatre types qui ont établi les listes demandées. Dès le lendemain de leur remise, le crieur public annonçait aux romanichels qui campaient à la Vieille Route qu'ils devaient se préparer à partir pour un camp. Ils ont eu du mal à comprendre. Ils savaient, depuis la parution d'un décret du 6 avril 1940, qu'ils étaient assignés à résidence pour des soupçons d'espionnage. Aucun d'eux n'ignorait qu'en Allemagne les nazis raflaient et massacraient les leurs depuis des années. Certains évadés de la vingtaine de camps qui existaient en France avaient raconté les dures conditions de détention. Et cette rumeur d'un convoi entier chargé dans un train, comme du bétail, qui était parti vers une destination inconnue pour ne plus jamais donner de nouvelles. Ils savaient, se levaient et se couchaient dans la crainte d'une rafle. Il fallait vivre, cependant. Ils ne pouvaient pas disparaître, s'enterrer vivants, se diluer dans l'air. Même eux, les fils du vent, ne le pouvaient pas.

À Peyregave, depuis le début de la guerre, Léon Pouthet n'avait pas été très regardant sur l'application du fameux décret. Falkenbach avait des affaires plus urgentes. Les gitans avaient connu une paix relative, bousculée de temps à autre par des contrôles, des tracasseries. Régulièrement, des policiers venaient à leur campement contrôler et viser leur carnet anthropomorphique, il y eut quelques arrestations, qui provoquèrent la fuite de certains hommes. L'arrivée de Greiner à la mairie changeait la donne. Aussitôt qu'ils ont appris la nouvelle, ils ont pris leurs cliques et leurs claques et ont levé le camp. Une bonne âme du voisinage, de celles qui se plaignaient à la mairie des désagréments causés par les romanichels, les a dénoncés et une nuée de Boches et de flics arrivée fissa en camion leur est tombée dessus. Ils ont brûlé les roulottes, confisqué les bêtes et embarqué ceux qu'ils avaient capturés, direction Gurs. Femmes, enfants, vieillards. Beaucoup d'hommes manquaient, évanouis dans la nature.

Lucette Fortas n'a pas supporté le comportement de Greiner, pas plus que celui du conseil municipal qui suivait la manœuvre sans rechigner. Dans un premier temps, elle a pensé démissionner et a fait un esclandre dans le bureau du nouveau maire. Le soir même, la Gestapo débarquait chez elle. Elle n'y était pas. Ils ont posté un type au coin de la rue, chargé de la cueillir à son retour.

Se doutant que les ennuis allaient déferler sans tarder, Lucette était allée au quartier Chicago, pour se mettre sous la protection de Paco. L'arrestation des gitans avait semé la panique aux alentours, les gens se terraient chez eux, craignant que les évadés ne reviennent la nuit pour venger les leurs et trancher la gorge des délateurs.

Méfiant, le père de Paco a dit que son fils avait disparu, ainsi que son ami Antonio. Personne ne savait où ils étaient passés. Lucette a essayé de le mettre en confiance, en expliquant que Paco lui avait dit qu'il fuyait le STO, elle a insisté en certifiant qu'ils étaient de vieux amis. Rien à faire. Pour le père Cazals, Lucette était une fonctionnaire au service de la mairie, donc de l'État. Cela rendait de fait la communication impossible.

Pensant que Louis et Manon seraient peut-être au courant de quelque chose, Lucette s'est rendue à l'auberge des Charmilles, où elle a trouvé Marthe fort triste. Manon n'avait plus donné signe de vie depuis une date qui correspondait peu ou prou à la disparition de Paco Cazals et Antonio Rubio. Désemparée, écrasée par ce vent de fureur qui semblait déferler des quatre points cardinaux pour tout ravager, Lucette est rentrée chez elle. Elle mettait la clef dans la serrure quand le guetteur de la Gestapo est venu l'arrêter.

Ils l'ont gardée trois jours et trois nuits, la forçant à rester debout, sans dormir, sans manger, sans faire ses besoins. Ils se relayaient pour la questionner. Elle niait avoir fait disparaître les listes, elle niait toute appartenance à un réseau de résistance. Elle a tenu bon, s'étonnant elle-même de son courage physique.

Les agents de la Gestapo ont fini par la relâcher, en lui précisant qu'ils la tiendraient dorénavant à l'œil.

Elle est restée quelques jours chez elle, le temps de se remettre de cette épreuve. Elle pensait qu'il ne lui restait plus qu'à démissionner.

C'est là qu'elle reçoit la visite inattendue de Guilhem Martin, employé à l'imprimerie d'Alfred Fayet. Guilhem et Lucette sont de vieilles connaissances. À Peyregave, les nouvelles se propagent comme l'eau dans une éponge, Guilhem est au courant des ennuis de Lucette. Il lui propose de passer à l'imprimerie pour discuter avec Alfred d'une question importante. L'imprimerie Fayet est sous haute surveillance, on connaît depuis 36 les accointances du patron avec tout ce qui sent peu ou prou le gauchiste. Dès l'hiver 39, il avait mis la presse cachée au sous-sol de son atelier au service de la fabrication de faux papiers. Avant la guerre, il avait acquis une première expérience de ce genre de manipulation, en falsifiant des papiers pour faciliter la fuite des Espagnols, avec l'aide de Guilhem et de Louis.

Si Lucette n'est intervenue à ce jour que de façon passive contre l'occupant et le régime de Vichy, cette douloureuse expérience a au moins le mérite de clarifier les choses en elle. Affronter le péril de la Gestapo, être capable de tenir, tout cela l'a transformée. Une nouvelle confiance l'habite, qui soutient son courage et galvanise son désir de lutter. Alfred attend depuis plusieurs mois l'occasion de lui confier un rôle important dans le détournement d'informations, car sa place à la mairie lui donne accès à de très précieuses informations. Il la charge de subtiliser des documents portant les sceaux de la préfecture, du tribunal, des ministères, de toutes les administrations possibles. De même, qu'elle s'arrange pour dérober les feuilles portant la signature de représentants de l'autorité, tant française qu'allemande.

Lucette Fortas ne démissionne plus, elle entre en résistance.

Louis et le Capitaine ont quitté l'ébénisterie de Salles-Mongiscard dès quatre heures du matin. Ils ont traversé les bois de Landré et se sont enfoncés dans le vallon du Gave.

À l'approche de Peyregave, Louis propose une halte. Le Capitaine ne s'assied pas. Il écoute la nuit, essaye d'en déchiffrer les mystères. Louis le regarde. La lueur des étoiles et du croissant de lune révèle le côté de son visage, en trois coups de pinceau clair. Louis aimerait connaître les desseins de cet inconnu, et toute son histoire. Il émane de lui une impression de volonté sans faille, comme si ses entrailles recelaient un feu rayonnant. Un feu puissant, parfaitement maîtrisé. Louis n'a jamais rencontré cette sorte d'homme. Il le suivrait au bout du monde, s'il le lui demandait. Le Capitaine s'intéresse à tout autre chose. Il essaie de comprendre comment s'organise la résistance, à quoi ressemble la guerre dans ce secteur. Louis explique le système de circulation des messages, l'organisation de la fabrication de faux papiers, à laquelle il participe activement, dans le sous-sol de l'imprimerie Fayet, avec son ami Guilhem. Le Capitaine se montre intéressé. Il pose des questions précises, demande des détails. Louis sent qu'il pourrait trop en dire. Il décide de reprendre la marche.

Lorsqu'ils parviennent aux abords de la Vieille Route, le premier soleil apparaît à travers les brumes de l'ouest. Discrètement, les deux hommes se coulent le long des murs, entrent dans une maison refermée sur sa petite cour. C'est là que vivent les Cazals et les Rubio. Le vieux Rubio attend dans la cour avec Jeanne. Le Capitaine sourit lorsqu'il la voit. Sans perdre de temps, elle lui donne une lettre et des faux papiers.

– Tenez. Vous êtes désormais M. Gourzy, ça vous va ? Si le garde vous pose la question, vous venez travailler aux textiles Bégart, ils sont au courant, ils vous couvriront en cas de problème. Ceci est une lettre d'embauche. Les gendarmes ont installé un point de contrôle à l'entrée du quartier. Ils recherchent des gitans qui courent dans la nature. Ils connaissent les gens du coin, ils verront bien que vous n'êtes pas de là.

Le Capitaine dévisage Jeanne, comme s'il cherchait à retenir ses doux traits.

– Merci, madame. Y allons-nous ?

– Je dois vérifier si la relève est là. Louis passera en même temps que vous, il fera comme s'il revenait des bois. Mais ne vous inquiétez pas, Louis sait ce qu'il y a à faire.

Louis saisit un panier d'osier et un bâton, préparés par le vieux Rubio. Il s'approche du Capitaine :

– Regardez, monsieur, j'ai fait une bonne petite cueillette, n'est-ce pas ?

Dans le fond du panier, sur un lit de fougères, une dizaine de cèpes. Le Capitaine laisse échapper un bref sourire. Il se penche et respire la délicieuse odeur d'automne des champignons. Il se redresse et la légère lueur de bien-être qui venait de s'allumer dans ses yeux s'évanouit brusquement :

– Y allons-nous ?

Jeanne sort, en poussant sa bicyclette. Elle se dirige vers le barrage et, saluant le gendarme à l'humeur débonnaire, vérifie que la relève a bien eu lieu.

Une minute plus tard, Louis pose le panier au pied du garde. Aussitôt, il repère les cèpes. Alors qu'il prend les papiers du Capitaine en plaisantant (on suppose, sur les champignons qui ne se soucient pas de la guerre pour pousser), Louis saisit trois ou quatre beaux spécimens et les lui offre. Le gendarme rend les papiers sans même les regarder. Louis ajoute quelques mots sympathiques, que ça ne doit pas être marrant d'être là avec cet air frisquet. Le gendarme place ses doigts pincés devant sa bouche et fait claquer une bise, pour signifier combien il se régale par avance.

Puis, alors qu'ils s'éloignent, il les rappelle :

– Monsieur !

Il s'adresse au Capitaine.

– Que venez-vous faire à Peyregave ?

– Travailler, chez...

– Bégart, ajoute Louis.

Le gendarme réfléchit. Il hausse les épaules et leur fait signe de partir.

Les rues de Peyregave commencent à s'agiter. Les fers des lourds chevaux d'un attelage claquent dans les rues. La pétarade des premiers véhicules à gazogène. La ville s'éveille. L'air de la guerre semble moins visqueux, ce matin. Comme si la mémoire des rues s'était un peu endormie. C'est jour de marché, il y aura un peu d'animation. Les gens viennent de la campagne. Déjà des véhicules, des attelages, des cyclistes, des piétons convergent vers le centre.

Une jeune femme passe à bicyclette, la tête recouverte d'une capuche. Seul le Capitaine remarque le regard furtif qu'elle jette dans leur direction au passage. Il ne croit cependant pas utile d'en faire la remarque à Louis.

Ils se rendent à l'auberge par les petites rues. Ils marchent d'un pas rapide, pour ne pas traîner à découvert trop longtemps. Louis préfère ne pas éveiller les soupçons du voisinage. Nombreux sont les Peyregaviens qui accueillent des clandestins de toutes sortes, communistes, anarchistes, Juifs, gitans, homosexuels… et les histoires de dénonciations calomnieuses se multiplient.

Ils parviennent à bon port sans encombre, un peu essoufflés. Lorsqu'ils franchissent le portail, au fond de la cour, le Capitaine tape amicalement sur l'épaule de Louis, sans ajouter un mot. Marthe est près du cerisier. Elle coupe des bûches de bois à la hache. Depuis que Gaston est sous les verrous, il manque.

Marthe se redresse et colle un poing à la taille, l'autre main appuyée sur le manche de la hache dont la cognée repose au sol.

Le Capitaine ôte son chapeau. Louis prend les devants :

– Bonjour maman. Je te présente M. Gourzy.

Elle hausse les sourcils.

– Il sort d'où, celui-là ?

Louis regarde le Capitaine :

– Il a besoin d'un coup de main et…

– Ça m'étonne pas de toi, ça.

Puis, regardant le Capitaine :

– Vous pouvez pas rester ici !

Le Capitaine prend la parole.

– Ne vous inquiétez pas, madame, je ne suis que de passage.

– Oui, fait Marthe, juste de passage…

Elle regarde le corridor, à l'étage, la porte du grenier où Manfred est encore endormi. Elle invite d'un geste l'homme à entrer dans l'auberge.

La cafetière répand une odeur de malt et de chicorée. Louis sert deux tasses, en donne une au Capitaine.

– Maman, je ne peux pas tout t'expliquer. Nous allons cacher M. Gourzy, le temps de trouver des passeurs fiables.

Marthe se fait menaçante, ses yeux sont noirs, elle attire Louis un peu plus loin :

– Cacher, quoi cacher. Qui c'est, ce Gourzy ? Cacher où ? Cacher qui ?

– Dans ma chambre. Nous mettrons le matelas par terre, je dormirai sur le sommier.

– Pas question ! Pas de ça chez moi ! J'ai pas envie qu'on nous attrape à ce genre de trafic.

Elle se tourne vers le Capitaine :

– Vous ne pouvez pas rester ici, monsieur. D'autant que j'héberge un Boche !

Louis intervient :

– Maman, tu sais bien que Manfred ne dira rien. J'irai lui parler.

– Non, non et non ! Tu diras rien à personne et ce monsieur va filer d'ici, tout de suite ! Pas de ça chez moi, j'ai dit ! C'est un établissement honnête, ici. J'ai assez de soucis comme ça.

Marthe ferme les yeux. Une vague de chagrin la submerge.

– Ma pauvre petite Manon…

Étonné, le Capitaine regarde Louis, qui semble désemparé :

– Je suis désolé, monsieur…

Même si elle semble regretter un peu ses mots, Marthe n'en démord pas. Elle essuie ses yeux avec un mouchoir.

Sans perdre le moins du monde son sang-froid, le Capitaine pose sa main sur l'avant-bras de Louis.

– Laissez, Louis. Je comprends, votre mère a sans doute ses raisons. Partons.

À ce moment, on entend claquer la porte du grenier, et le pas lourd de Manfred sur le plancher du corridor. Marthe semble saisie par la panique.

– Vous ne pouvez pas rester là !

Louis se dirige vers la porte.

– Allons au presbytère, vite, c'est juste en face.

Marthe l'interrompt :

– Y a personne, l'abbé est parti à la montagne.

– Merde, fait Louis. T'as la clef ?

– Il a oublié de me la laisser.

On entend la grosse voix de Manfred, dans la cuisine.

– Ah, chère Marthe, gronde-t-il, un petit jus de chaussette, c'est possible ?

Juste au moment où le soldat pénètre dans la salle de l'auberge, Marthe referme celle de la rue. Les rideaux à motifs se soulèvent et retombent, comme si les oiseaux exotiques brodés s'étaient envolés un instant avant de se reposer.

– Servez-vous, Manfred, il est tout frais.

Pendant que l'Allemand retourne au fourneau pour se servir, Marthe se précipite sur les deux tasses laissées par Louis et ce M. Gourzy, qu'elle range dans le bahut.

VIII

Le lendemain de la fête des vendanges, Arnaud n'est pas descendu de sa chambre. Lucie est montée pour voir s'il était malade. Les excès de vin le clouaient souvent au lit. Il a refusé d'ouvrir la porte, sans être capable de fournir un prétexte. Anselme est monté à son tour, sans obtenir davantage de succès.

Dans la matinée, on a lancé les recherches pour retrouver Manon. Arnaud n'est pas venu. Les gens des alentours, tous ceux qui avaient participé à la fête, et d'autres, ont aidé les gendarmes à fouiller le moindre buisson et à sonder les berges du Gave, sans succès. Les recherches ont été interrompues au soleil couchant. Personne n'avait prévenu Marthe, si bien qu'à l'auberge on ne se doutait de rien. La nouvelle est tombée comme la foudre en fin de journée, Louis est revenu à l'auberge avec la triste nouvelle.

Marthe en a été terrassée. Galoche, Bistec, Manfred, Jeanne et quelques autres ne furent pas de trop pour tenter de la rassurer comme ils pouvaient.

Ce même soir, Anselme a finalement vu son fils derrière la grange. Il fumait en regardant le paysage. Anselme a remarqué la blessure à son front, causée par le coup de bouteille que lui avait asséné Manon. Aussitôt, le fermier a échafaudé un scénario qui n'était pas si loin de la réalité. Il savait que son fils devenait incontrôlable sous l'emprise de l'alcool. Il savait également à quel point il était épris de Manon, depuis son enfance. Le ton est rapidement monté, et comme Arnaud était incapable de fournir une explication cohérente sur la fin de sa nuit, Anselme a perdu patience et en est venu aux mains. Arnaud a ramassé une rouste phénoménale. Anselme a cogné à coups de poing et à coups de pied jusqu'à que son fils l'implore d'arrêter. Arnaud s'est mis à parler. Les lèvres tuméfiées, le nez en sang, il a raconté l'altercation avec Manon, sans avouer tout à fait la vérité. Il a simplement dit qu'elle était partie en direction du Gave.

– S'il lui est arrivé malheur, a dit Anselme, je te tuerai.

Lucie a soigné son fils, à l'écart des regards des petits. Elle n'a pas posé une seule question, se doutant du motif de la dispute. Lorsqu'elle a voulu dire à Anselme qu'il y était allé un peu fort, il s'est montré menaçant et a dit qu'il n'avait pas de comptes à rendre, qu'Arnaud était devenu un petit facho que la guerre avait rendu dégueulasse et qu'il en avait honte.

Arnaud s'est laissé soigner et quand il a été remis, il a annoncé à ses parents qu'il partait à Toulouse s'engager dans le Service d'ordre légionnaire. Il avait assisté à quelques réunions de propagande et les idées que défendaient ces hommes lui plaisaient.

Habité par une espèce de folie, Arnaud a parlé sur un ton complètement exalté, employant les mots étranges de *reconquête*, de *croisade*. On avait besoin de chevaliers pour débarrasser la France de la racaille. Son père lui a demandé de préciser ce qu'il entendait par « racaille », si la racaille c'était aussi les paysans comme lui, qui survivaient comme ils pouvaient. Arnaud lui a adressé un regard plein de morgue et de haine.

– Les communistes, les Juifs, les bourgeois, les gaullistes, les résistants... Et si on me demande de brûler les fermes de ceux qui s'enrichissent au marché noir, je viendrai brûler ta propre maison.

Anselme a de nouveau pris son fils par le revers. Ses pieds touchaient à peine le sol. Il l'a traîné jusqu'à la porte et l'a jeté dehors.

Deux jours plus tard, Arnaud se présentait à un bureau de recrutement du SOL de Toulouse. Sa mauvaise forme physique, les ecchymoses sur son visage, son alcoolisme patent lui ont valu une bordée de moqueries et d'insultes. Des chefaillons arrogants l'ont questionné sur ses états de service, son comportement pendant la guerre. Il a eu l'impression qu'ils le forçaient à se vautrer dans sa propre fange, sa mémoire répugnante. Ils l'ont obligé à se déshabiller, à faire devant eux des exercices physiques, pompes, flexions, auxquels il a eu du mal à se soumettre et qui l'ont laissé exténué. Après l'avoir fait poireauter des heures sur le banc d'une pièce glaciale, il l'ont renvoyé à ses pénates en lui disant que le Maréchal n'avait pas besoin de crevures de son espèce pour défendre l'honneur de la patrie. Humilié, mortifié, Arnaud est allé se perdre dans les bistrots malfamés du quartier de la gare Matabiau. Il ne savait plus que faire, sa vie n'était plus qu'une brûlure, un atroce cauchemar, une nuit sans issue.

Quand il est revenu à la ferme, quelques jours plus tard, son père l'a accueilli avec le fusil de chasse. Lucie s'est interposée entre son mari et son fils. Elle a réussi à calmer Anselme. Arnaud était dans un état lamentable. Affaibli, ruiné physiquement, en mauvaise santé et vêtu de loques. Anselme a refusé qu'il réintègre sa chambre. Il n'a qu'à dormir à la grange, dans le foin ! Pendant les jours qui suivirent, il a traité son fils plus rudement que ses bêtes, le rouant de coups à la moindre occasion. Arnaud n'avait plus la volonté de lutter. Il se sentait perdu. Finalement, le vétérinaire Faurie est intervenu, à l'occasion d'une visite pour un vêlage tardif. Faurie rendait beaucoup de services aux gens des campagnes. Il bénéficiait d'un laissez-passer permanent pour se rendre de part et d'autre de la ligne, toutes les équipes de gardiens et de douaniers le connaissaient. On ne s'amusait pas à fouiller sa voiture à chacun de ses passages, ce qui lui permettait de transmettre des courriers, des aliments, et tout un tas de choses prohibées. Le vétérinaire bénéficiait de la confiance des campagnards. Sur les discrètes injonctions de Lucie, il a parlé à Anselme. Il a fait preuve de trésors de persuasion et de patience pour le convaincre de ne plus maltraiter son fils, complètement avili, au bord de l'anéantissement. Il faut croire que le vétérinaire connaissait aussi bien les hommes que les vaches, à moins que certains hommes s'y apparentent. La colère d'Anselme s'est apaisée. Il a finalement autorisé Arnaud à retrouver sa chambre et à partager le repas de la famille. Il le privait toutefois de vin – ça aussi, c'était les conseils du vétérinaire –, ayant décidé de le désintoxiquer de force.

L'état de santé d'Arnaud s'est amélioré lentement. Après quelques jours, il a même proposé de l'aide à son père. Bon gré, mal gré, Anselme lui a confié la taille de la vigne et le nettoyage des chemins. En dépit de sa grande faiblesse physique, Arnaud s'appliquait à la tâche. Au début, il pestait, souffrait, se sentait mal comme peut se sentir mal un animal en train de muer, de quitter sa vieille peau. Et puis, à la faveur d'un rayon de soleil délicat sur les vignes effeuillées, un matin doux de vent du sud, pour la première fois depuis son retour de la guerre, il s'est senti utile. Ce fut comme une lumière minuscule qui venait de s'allumer au fond de lui. Taillant les sarments et sarclant les chemins, il retrouvait un peu le goût de vivre.

Le jour même où Bancon revient du Bager, Loupiacq et Lemoux se pointent au presbytère. L'abbé les reçoit gants de boxe aux mains, en culotte courte et débardeur. La sueur coule sur son visage et le long de ses bras tatoués. Impressionné par sa carrure, Lemoux salue en tapotant la visière de son képi et entre, suivi de Loupiacq qui semble désormais davantage un sous-fifre que le chef. Bancon les introduit dans la petite cuisine. Par la fenêtre, on aperçoit le jardin du curé. À une branche du figuier, un sac de frappe balance encore.

L'abbé essuie son visage avec une serviette, qu'il passe autour de sa nuque. Il enlève un gant en le coinçant sous l'aisselle, se sert un verre de vin et tend le goulot vers Loupiacq. Ce dernier adresse une œillade à Lemoux qui, d'un battement de moustache, lui signifie qu'il n'y voit pas d'inconvénient.

– Toujours pas ? fait le curé en s'adressant à lui.

Lemoux décline sèchement. Loupiacq embraye sur la boxe. Il ignorait que l'abbé entretenait toujours son punch. Aussitôt Bancon esquisse un enchaînement de coups de poing, en disant que dans sa vie, il n'a que trois amours, le Seigneur et le ring. Loupiacq lui fait aimablement remarquer que le total ne fait que deux. Deux quoi ? Deux amours ! Bancon semble surpris par le lapsus, rigole et corrige. Deux, oui, deux.

– Si vous permettez, avance Lemoux en essayant de contrôler son tic…

L'abbé ôte les gants de boxe et disparaît un instant dans la pièce d'à côté, disant qu'il faut faire attention à ne pas attraper froid, on n'est plus en été. Il songe que l'Errol Flynn de la flicaille prend du bec, on dirait qu'il pousse Loupiacq vers la retraite. Le vieux flic n'a plus l'air que d'une sacoche à l'arrière du vélo du jeune.

Un instant plus tard, le curé revient dans la cuisine, les épaules couvertes d'un peignoir blanc aux reflets de satin. Lorsqu'il tourne le dos vers l'armoire, pour y prendre un verre et servir Loupiacq, les deux gendarmes sont saisis par la grande inscription brodée en rouge et noir autour d'un cercle de lauriers dorés, dans le dos du peignoir : « Évariste Bancon ».

Il s'installe en face des gendarmes. Lemoux est en train de détailler la pièce. Petite, assez sombre, il ne s'y trouve pas bien. Encore pire que dans la sacristie. L'endroit sent le renfermé, la cire, les petites odeurs, l'eau de cologne tournée. Lemoux se souvient de ce jour collégien, quand le curé qui dispensait les leçons de choses le fit monter dans sa chambre sous les toits du pensionnat pour lui faire réciter par cœur la sexualité des lucanes. Les mêmes odeurs collantes, qui sèchent la gorge. Il se demande si tous les curés s'aspergent du même parfum, ce vague extrait de chou cuit.

– Vous avez bonne mine, monsieur l'abbé. Vous revenez de la montagne, n'est-ce pas ?

Bancon feint de ne pas comprendre :

– Aujourd'hui même. Ma parole, vous avez le don de divination !

Il en faut davantage, désormais, pour désarçonner Lemoux :

– C'est un peu notre métier, la divination. Dites-nous, vous aviez encore oublié des affaires là-bas ?

– Je vous ai déjà dit que je comptais de vieux amis à la montagne.

– Céleste..., fait Loupiacq en claquant la langue sur le vin.

Une ombre passe furtivement dans le regard de Bancon, saisie au vol par Lemoux. Le curé se ressert, pour jouer l'horloge.

– Céleste, oui. Céleste.

À ce moment, le silence s'épaissit brusquement, comme s'il précipitait. L'air devient irrespirable. Le front de Bancon se remet à luire légèrement.

Silence, donc.

– ... Fernand ? fait Flynn.

– F... Fernand, balbutie l'abbé.

– Un ami, lui aussi ?

– Un ami, aussi.

L'abbé se ressert un verre et ressert Loupiacq qui dit non et puis oui.

– Il est arrivé quelque chose à Fernand ? s'inquiète Bancon.

Loupiacq reprend la main :

– On peut le dire comme ça, oui. Mais dites, nous avons surveillé votre chère colonie du Bager pendant plusieurs semaines...

– Qui vous a dit que c'est là-bas que j'allais ?

– Vous, té, pardi ! Vous avez la fâcheuse habitude d'y oublier vos affaires...

– Je vous ai dit ça parce que vous me pressiez de questions et que je ne savais pas quoi dire d'autre, puisque vous vouliez absolument que je dise quelque chose...

– Dois-je comprendre que vous nous avez menti ?

– Je suis allé voir Céleste et Fernand, pour les mettre en garde.

– Contre quoi ?

– Je l'ignore. Contre eux-mêmes, contre tout, contre cette putain de guerre qui pousse les gens à bout ! Si vous me posiez toutes ces questions, c'est bien que vous aviez des soupçons sur eux.

– Des soupçons de quoi ? interroge Lemoux, redoublant d'ironie.

Le curé réfléchit.

– Qu'est-ce que j'en sais, moi ? Des soupçons. Des soupçons. Par les temps qui courent, tout le monde soupçonne tout le monde. J'ai agi par réflexe, pour protéger des amis. J'avais peur qu'ils ne soient mêlés à de sales histoires.

Lemoux se lève et ouvre la fenêtre qui donne sur le jardin. Il respire plusieurs longues bouffées, puis se retourne, joint les mains dans son dos et commence à faire des allées et venues.

– De sales histoires, oui. Et ?

– Et je vous l'ai dit trois fois, je suis allé leur dire de se tenir tranquilles. Je voulais leur éviter des ennuis.

Lemoux continue ses allées et venues sans ajouter un mot. Encore une fois, il trouve que la voix de l'abbé porte les accents de la sincérité lorsqu'on le pousse dans ses retranchements. Il se sent un peu dérouté. Ce serait quand même une prise de choix, l'abbé Bancon. Là, pour la promotion, le coup serait assuré. Lemoux possède encore un fond de probité qui l'empêche de briguer des triomphes indus, il ne sera sans doute jamais un grand poulet, mais il sera un poulet honnête, le plus possible. Ou l'abbé est coupable, ou il est innocent. Coupable de quoi ? Innocent de quoi ? C'est bien ce que nous allons nous attacher à comprendre.

Dès que l'abbé Bancon a appris que les gendarmes cherchaient à établir un rapport entre l'embuscade meurtrière qui avait tué l'un des leurs et la colonie du Bager, nous nous souvenons qu'il a téléphoné à Céleste pour savoir si elle était au courant de quelque chose. Céleste est veuve d'Eusebio Albero, mort à Barcelone en 1910, lors d'une émeute. Elle n'a jamais oublié son lien avec l'Espagne. Dans les veines de son fils coule une moitié de sang ibère. Bancon se doutait que si les Espagnols des maquis pyrénéens étaient venus la solliciter, elle ne leur aurait pas claqué la porte au nez. Céleste avait travaillé toute sa vie comme receveuse des Postes et Télégraphes dans un bureau minuscule, près de la colonie du Bager. C'était un petit bout de femme aux traits plutôt disgracieux, que la nature avait dotée d'une voix très douce, angélique. Il ne fallait pas s'y tromper, Céleste avait un tempérament de fer et elle avait toujours dirigé les affaires du foyer avec une poigne vigoureuse. Dès qu'il a été convaincu que Céleste et Fernand s'étaient compromis dans des affaires louches, l'abbé est allé leur rendre visite pour essayer de les raisonner. Céleste était trop vieille pour jouer les pasionarias, et Fernand était bien capable d'en faire un peu trop. Ce vieux fond romantique qui resurgissait parfois.

Céleste et son fils ont fini par avouer à l'abbé que la colonie servait d'abri aux maquisards espagnols, qui venaient y passer la nuit de temps en temps quand ils rôdaient dans le secteur. Les coupables de l'embuscade où le flic avait trouvé la mort avaient rappliqué ici, en effet. L'abbé a confisqué la clef de la colonie. Dans un premier temps, il s'est senti trahi par Céleste, et en a voulu à Fernand qui ne lui avait rien dit. Puis il s'est ravisé, et s'est même surpris à ressentir un petit pincement de fierté au cœur, en les regardant. Si on lui avait dit que Fernand deviendrait un jour un héros de la Résistance…

De tout cela, Lemoux et Loupiacq ne savent pas le dixième. Les gendarmes ont établi qu'un groupe d'Espagnols au moins a passé quelque temps dans les locaux de la colonie, sans pour autant confond :e Céleste qui a prétendu sans sourciller qu'on lui avait volé la clef des locaux. Comme il semble entretenir une relation étroite avec eux, l'abbé est à ce jour considéré comme un témoin privilégié. Privilégié, certes, mais pas davantage bavard. Lemoux et Loupiacq ne lui tireront du nez que broutilles et sornettes.

En revanche, les gendarmes apportent une nouvelle qui fait l'effet d'un KO par crochet au foie. Lemoux gardait ça pour la fin, histoire de montrer à l'abbé qui est Lemoux. Qui tient les rênes dans la vie. Il est un peu frustré, Lemoux, pas content que l'abbé ne donne pas davantage du sien pour faire avancer l'enquête. Alors il frappe, sans prévenir, et fort :

– Ce matin, un groupe d'excités du Service d'ordre a fait irruption chez Céleste et Fernand pour les embarquer. Pour un peu, ils vous coffraient avec. Céleste a été relâchée en milieu de journée. On ne sait pas où est passé Fernand. Nous, on est furieux, cette opération sauvage, commanditée par on ne sait pas qui, met à bas des semaines de planque et d'enquête. Ils commencent à nous les gonfler, les gars du Service d'ordre, depuis quelque temps. Ils se croient tout permis et marchent sans crier gare sur nos plates-bandes. Va falloir que ça se calme. Si on commence à se tirer la bourre entre nous, où on va, je vous le demande ? Ils veulent remettre la France en ordre, feraient bien de commencer par chez eux ! Ça n'a aucune discipline, ces types-là.

L'abbé n'écoute plus, il est suffoqué. Dans les cordes. Lemoux ne prend même pas la peine de compter. Il tape sur l'épaule de Loupiacq qui entre-temps a piqué du nez.

– On y va, chef ?

Loupiacq sursaute et se lève.

– Oui, Lemoux, on y va.

Le chef remarque la tête décomposée de l'abbé et demande à son adjoint :

– Qu'est-ce que vous lui avez fait au curé ?

– Rien, chef. Juste tenu au courant des dernières nouvelles.

Dès qu'ils se retrouvent dans la rue des Charmilles, Lemoux libère enfin le tic de sa moustache. On sent bien qu'il jubile.

– Vous verrez, chef, il viendra manger dans ma pogne, tout costaud qu'il est…

– Je croyais que vous l'aimiez bien.

– J'en reviens, chef. Je me demande s'il ne nous prend pas un peu pour des courges. J'en reviens, du curé.

Dès qu'ils eurent mis pied à terre sur la berge opposée, en zone libre, ils coururent derrière Paco Cazals, à travers bois, tandis que les hurlements des chiens déchiquetaient la nuit et que les faisceaux des lampes des Allemands balayaient la surface du Gave. Les soldats tirèrent quelques coups de feu au hasard, par dépit. Le petit groupe de fuyards entendit les balles traverser les feuillages en sifflant. Paco connaissait le terrain. Maintenant qu'ils avaient échappé aux Allemands, il fallait passer entre les mailles du filet des douaniers français. Ils cessèrent de courir pour adopter un rythme de marche soutenu. Les ronces s'accrochaient aux vêtements et, de temps à autre, arrachaient des lambeaux de tissus.

Manon serrait la main de Paco. Derrière elle, Kalia et Lupe avaient du mal à suivre. Antonio fermait la marche, portant dans ses bras la petite Luludja.

Ils marchèrent à travers les collines jusqu'à l'heure où le jour commence à éclaircir le ciel. Les nuages se teintaient doucement de lueurs roses et cuivrées. Paco leur demanda de s'accroupir dans les fourrés, le temps qu'il trouve un endroit pour se cacher durant le jour. Il recommanda à Antonio d'ouvrir l'œil. Il revint un quart d'heure plus tard et conduisit tout le monde jusqu'à un petit bois perché sur une hauteur, d'où l'on embrassait le paysage jusqu'à la route sans être vus. Ils passèrent la journée cachés dans un fossé. Les gitanes n'échangeaient entre elles que de rares mots, dans leur langue étrange que personne ne comprenait. De temps en temps, Kalia venait éponger la blessure à la tête de Manon. Cette dernière se tenait silencieuse. Son regard se perdait dans le vague. Elle ne semblait ni triste, ni abattue. À peine si elle tressaillait quand la gitane touchait les parties à vif. Kalia lui souriait. Manon restait impassible.

À la mi-journée, Paco et Antonio tinrent un conciliabule. Antonio partit seul, à travers le bois, sans son arme. Paco désigna une ferme, dont la cheminée fumait dans le lointain.

– Il va essayer de nous rapporter de quoi manger. On ne bougera pas avant la nuit.

Une heure plus tard, Antonio revenait avec du pain visqueux, des œufs frais piqués au cul des poules et des pommes véreuses. Manon refusa de s'alimenter. Les autres mangèrent les œufs crus, cela dérangea leurs tripes.

Paco conseilla de se reposer, la marche durerait encore toute la nuit suivante. Les ventres gargouillaient, personne ne parvint à fermer l'œil.

Au crépuscule, ils repartirent. Comme il fallait traverser une rivière, ils durent rejoindre la route pour accéder au pont. Paco donna les consignes : si quelqu'un entendait un véhicule au loin, qu'il le signale aussitôt. Ils ne croisèrent personne. Au moment de passer sur le pont, ils firent silence et tendirent l'oreille. Ils traversèrent en courant.

Ensuite, ils marchèrent, quasiment sans faire de pause,

jusqu'au matin suivant. Ils passèrent les dernières collines avant une plaine, au-delà de laquelle on apercevait des coteaux sombres et les Pyrénées. Dans les lueurs splendides de l'aube, les montagnes ressemblaient à de grands animaux ensommeillés, bleus, rouges, massifs.

De nouveau, Paco indiqua une ferme.

– C'est là que nous allons !

Cette annonce ragaillardit la troupe qui accéléra le pas.

Luludja trottinait à la main de Paco.

Gustave et Fanchon les accueillirent. Lui était un énorme bonhomme aux joues violettes. Il puait la sueur et la vinasse, reniflait sans cesse, se raclait la gorge et crachait, y compris sur le sol de terre battue de la cuisine. Il faisait pénétrer son glaviot dans le sol en l'écrasant du bout du pied, comme s'il se fût agi d'un mégot. Un mégot, il y en avait un collé à sa lippe en permanence, dont la fumée montait le long de sa joue et l'obligeait à garder un œil fermé. De temps en temps il le saisissait, du bout de ses battoirs, pour faire tomber la cendre d'une pichenette du petit doigt, ceci semblait très délicat au regard de l'ensemble. Gustave était coiffé d'un béret poussiéreux, porté en pointe, et avait la manie de le saisir, de le relever sur son front puis de le faire de nouveau basculer en avant de façon que le bord vînt juste audessus de ses yeux. Des yeux qu'il avait flasques, boursouflés. Gustave était un brave type, mais cela ne se remarquait pas de prime abord.

Fanchon, sa femme, devait avoir une trentaine d'années de moins que lui, peut-être davantage. Elle était fluette comme un plumet de roseau et semblait voleter aux moindres déplacements d'air que provoquait Gustave sitôt qu'il remuait son énorme carcasse. Fanchon avait tout l'air d'un ange, pourtant c'était une teigne avec son époux. On disait même qu'un jour elle lui avait brisé un pot de confit sur la tête en rentrant de la messe, parce qu'il avait lâché un pet en pleine homélie et que l'une des bigotes agenouillée derrière lui avait tourné de l'œil. Au village, situé à deux kilomètres de la ferme, on se demandait bien ce que Fanchon pouvait trouver à Gustave, tout en ne poussant pas l'imagination trop loin sous peine de s'imposer à l'esprit des images dantesques.

Fanchon et Gustave avaient un fils, Jantou. Il avait été conçu un soir des fêtes de Sainte-Marie, pendant le bal, dans les buissons derrière l'église. Fanchon n'avait pas seize ans et pour quitter le domicile de ses parents qui la traitaient comme une souillon, elle n'avait pas hésité à flanquer sa vertu dans les pattes du premier venu, alors qu'elle s'était soustraite depuis cinq minutes à peine à la surveillance de sa mère. Le premier venu, c'était Gustave. Il était plein comme une huître et s'imagina que c'était un effet de la bonté de la Sainte Vierge que l'on fêtait cette nuit-là, de se voir proprement culbuter par une jeunette, et pas des plus mal roulées par le bon Dieu.

Neuf mois plus tard, noces et naissance honteuse.

En 1936, Jantou partit en Espagne pour s'engager dans les Brigades internationales. Il avait dix-sept ans. Il fut laissé pour mort à Gandesa, pendant la bataille de l'Èbre, juste avant le rappel définitif des Brigades. Un char roula sur le trou de terre dans lequel il était posté. Ses compagnons de combat battirent en retraite sans oser vérifier s'il était encore vivant, tellement ils avaient peur de ne retrouver de lui qu'une bouillie, peut-être encore palpitante. Jantou resta dans son trou jusqu'à ce que le fracas des bombes et des obus se taise. Quand il se releva, il était seul au milieu d'un paysage ravagé. Aucun des deux camps n'avait pris le temps de ramasser ses morts. Les cadavres disséminés sur la terre aragonaise étaient désormais et pour toujours du même bord. Une même poussière les recouvrait d'un linceul ocre. Poussière d'Espagne.

Jantou était revenu au pays à pied. Les chenilles ne l'avaient même pas effleuré. Il avait traversé l'Aragon, en demandant du secours dans les fermes et auprès des bergers qui hantaient les sierras avec leurs troupeaux étiques. C'est un berger qui l'avait conduit jusqu'à la frontière à travers la montagne.

On comprend que, dès 1939, Jantou ait cherché à venir en aide aux Espagnols évadés du camp de Gurs, situé à une dizaine de kilomètres. C'est pour eux qu'il a aménagé une cache sous le plancher de la grange, où se planquaient les fuyards. Les principaux chefs de la résistance espagnole locale sont passés par la ferme de la Plane, comme on appelle cet endroit. « La Plana », disent les Espagnols en pensant à Castellón.

Malgré l'heure matinale, Gustave avait déjà un coup dans l'aile et Fanchon le morigénait d'importance parce qu'il avait souillé le devant de son pantalon en pissant. En réalité, Gustave était extraordinairement trouillard. Il acceptait sans détours de cacher des clandestins, sachant que ces trafics lui portaient au système et qu'invariablement, il se mettait à pinter et à se pisser dessus. Fanchon, elle, traitait les étrangers avec distance. Elle ne voulait pas qu'il soit dit plus tard que son mari s'était comporté comme un lâche, alors elle se montrait courageuse pour deux.

Paco et Antonio quittèrent la ferme de la Plane après avoir longuement parlé et commenté des plans dessinés à même le sol par Jantou. Ils allaient tenter de prendre contact avec des clandestins, préférant se faire oublier avant de se montrer à Peyregave. Tant qu'ils n'enverraient pas de nouvelles, Jantou avait pour consigne de garder et de protéger les femmes.

La cache sous la grange était une petite pièce où l'on descendait au moyen d'une échelle. Jantou ne dégageait le foin qui en dissimulait l'entrée qu'à la nuit tombée, pour que chacun puisse faire quelques pas et assouvir ses besoins. Quand elles sortaient de la planque, Lupe et Kalia s'en allaient à la lisière des bois pour cueillir des plantes qu'elles mâchaient longuement avant de les appliquer sur la blessure de Manon. La cicatrisation accéléra. Kalia, qui semblait plus experte, demanda à Jantou de préparer une mixture avec des champignons minuscules et puants. Plusieurs fois par jour, en déployant des trésors de patience, elle parvenait à en faire avaler un peu à Manon. Lentement, la jeune femme reprenait des couleurs et un matin, alors qu'elles venaient de se réveiller blotties les unes contre les autres, elle répondit par un léger sourire au sourire de Kalia.

Une semaine plus tard environ, Kore Schmidt arrivait sur place, envoyé par Paco. Il retrouva avec émotion sa femme, celle de son frère Milo, et la petite Luludja. Manon allait mieux. Elle s'était remise à parler un peu. Kore voulut reprendre la route sans tarder, il proposa à Manon de s'enfuir avec eux. Manon hésita. Elle ne se souvenait plus de son accident, pas plus qu'elle ne savait ce qu'elle faisait là. Même si les choses revenaient une à une à son esprit, sa mémoire était encore trouble. Elle préférait rester à la ferme le temps de retrouver pleinement la santé, avant de décider la suite de son parcours. Kore n'insista pas. Les femmes pleuraient en caressant les joues de Manon, et la petite Luludja refusait de l'abandonner. Elle voulait la suivre, partir avec elle. Elle quitta la ferme en se débattant dans les bras de son père, qui ne se retourna pas avant de disparaître sous le couvert des arbres, suivi de Lupe et Kalia qui lançaient des signes d'adieu.

Depuis la nuit où on l'avait retrouvé à moitié mort, baignant dans son sang, Fifi n'est plus venu à l'auberge. Nous le savons, il vit dans la maison de sa pauvre mère, décédée il y a déjà un bout de temps. Marthe veille sur lui. Comme elle sait qu'il est capable de se laisser crever de faim tant qu'on n'aura pas retrouvé la trace de Manon, elle lui porte ou lui fait porter ce qu'elle peut de nourriture. Il y touche à peine, et encore, à condition qu'on reste avec lui comme auprès d'un gamin. Tout juste s'il ne faut pas le nourrir à la cuillère. Les jours sans école, Louis s'en occupe. Ils parlent longuement de Manon, des jours heureux d'avant la guerre, des souvenirs. De temps en temps, les yeux de Fifi s'embuent et il semble effrayé par des idées affreuses, alors Louis le rassure en lui promettant qu'elle n'est pas morte, qu'on la retrouvera. Comme Fifi lui pose des tas de questions, quand on la retrouvera ? où on la retrouvera ? pourquoi on l'a pas encore retrouvée ? etc., Louis est obligé de trouver des réponses à peu près plausibles pour apaiser les angoisses terribles de son interlocuteur. Raisonnant à haute voix, il évoque la disparition de Paco et Antonio, la même nuit, émettant des hypothèses sur le lien possible avec Manon. Les yeux de Fifi se mettent à rouler.

– Quelque chose ne va pas, Fifi ?

– Paco, c'est plus mon copain, avant, c'était mon copain mais c'est plus mon copain, maintenant !

– Paco ? Mais si, c'est ton copain Fifi, à moi aussi c'est mon copain.

– Pas le mien !

Si dans un premier temps la réaction de Fifi l'a amusé, Louis se ravise :

– Il t'a fait du mal ?

Fifi regarde par terre, un peu partout, comme s'il suivait des yeux une souris affolée, comme s'il cherchait un objet important.

– Il m'a frappé !

– Paco ? C'est Paco qui t'a fichu dans cet état ?

– Non, c'est pas Paco…

– Qu'est-ce que tu racontes ? C'est qui, si c'est pas Paco ? Antonio ?

Fifi serre les poings :

– Je veux qu'on le tue !

Louis allume une cigarette. Il en propose une à Fifi qui accepte.

– Tuer Antonio ? Pourquoi ça ? Il a fait du mal à Manon ?

– Il m'a frappé et puis il est parti avec Manon et les autres, et Manon, elle saignait de la tête.

– Quoi ? Mais pourquoi t'as pas parlé de ça avant, Fifi ?

– Je me rappelais plus, c'est quand toi t'as parlé de Paco que je m'ai rappelé.

– Parti, parti… parti où ?

– Je sais pas, les Allemands ils venaient, alors ils m'ont frappé et ils m'ont frappé et ils sont partis vers le Gave.

– Qui « ils » ?

– Eux et les femmes. Les gitanes.

Louis se lève et tire nerveusement sur sa cigarette, tout en réfléchissant.

– Les gitanes… Qu'est-ce que ça a à voir avec Manon, tout ça ?

Il vient devant Fifi et le saisit aux épaules.

– Ils ont fait du mal à Manon, aussi ? Dis-moi, Fifi, réfléchis bien !

– Euh… je sais pas.

– Réfléchis, qu'est-ce qu'il s'est passé cette nuit-là ?

Fifi fouille sa mémoire.

– Ben, j'étais au bord du Gave et j'ai entendu la voix de Manon, loin, de l'autre côté…

– De l'autre côté de quoi ?

– Du Gave.

– T'étais à braconner, c'est ça ?

Fifi baisse la tête.

– Mais je m'en fous moi, que tu braconnes, Fifi, t'as le droit, c'est pas moi qui vais t'engueuler pour ça…

Fifi semble un peu rassuré.

– Qu'est-ce qu'elle foutait là, Manon ?

– Elle appelait quelqu'un.

– Quelqu'un, qui ça ? Bon allez, Fifi, fais un effort, merde !

Fifi a la désagréable impression que Louis veut lui faire avouer une faute, toutes ces questions l'oppressent, il a peur qu'on croie que c'est lui qui a fait du mal à Manon. Comme Louis commence à s'impatienter et à se mettre en colère, Fifi panique.

– Arnaud ! Elle appelait Arnaud…

– Arnaud ? Le fils d'Anselme, cette loque, cette crevure ?

– Oui, je l'ai vu se cacher dans la grange, de l'autre côté du Gave, Manon est allée le rejoindre.

– Quoi ? Ha, ha ! Manon et Arnaud ? Non, Fifi, tu dis n'importe quoi ! Manon et cette enflure d'Arnaud ? Ce poivrot, ce péteux ? T'es bigleux, Fifi, d'ailleurs il faisait nuit, t'as pas pu voir une chose pareille d'un bord à l'autre du Gave.

Disant cela, Louis n'en pensait pas un mot, tout le monde au pays sait que Fifi est un oiseau de nuit, nyctalope comme une chouette.

La nuque arrondie, les yeux baissés, Fifi continue :

– Ils se sont battus. J'ai entendu des cris, Manon qui criait et Arnaud qui criait, et puis elle est sortie de la grange et elle a plongé pour traverser.

Louis n'a pas l'air convaincu.

– Et Arnaud ?

– Je sais pas... Manon a eu peur, elle m'a pas reconnu, je l'ai suivie sur le chemin, elle courait, elle avait peur, très peur et elle s'est cognée à une branche. Ses habits étaient tout déchirés.

Soudain, Louis pense que Fifi est en train de délirer. Peut-être qu'il invente toutes ces salades pour dissimuler quelque chose. Et si c'était lui qui avait agressé Manon ? Son amour s'en était toujours tenu à des considérations platoniques, qui sait s'il n'avait pas cherché à aller plus loin ?

– Tu dis rien de tout ça, Fifi, à personne tu m'entends ? Je reviendrai ce soir et nous irons là-bas ensemble, tu me montreras. Pense bien à cette nuit-là, essaye de te souvenir du moindre détail, tu me raconteras de nouveau, d'accord ?

Fifi opine.

En fin de journée, tous deux vont le long du chemin

entre la voie ferrée et le Gave. Ils croisent une patrouille de jeunes soldats qui se moquent de Fifi en allemand, au passage. Louis ne les connaît pas, il se dit qu'ils viennent d'avoir l'âge d'entrer dans l'armée, que ce sont des bleus, d'ailleurs ils en ont tout l'air. On est plutôt habitué aux vétérans depuis quelque temps, les jeunes sont envoyés se faire massacrer dans l'Est. D'ailleurs, Louis y pense, ceux-là ne devraient pas fanfaronner de la sorte, ils ignorent sans doute encore le sort qui les attend. Pour l'instant, l'uniforme et les armes leur donnent un sentiment d'autorité sur le premier venu dont leur jeune âge les conduit à abuser à la première occasion. Louis pose la main derrière l'épaule de Fifi pour lui indiquer discrètement de presser le pas.

Un cri :

– Halte !

Le bruit d'une culasse.

Louis et Fifi s'arrêtent net et restent comme ça, sans se retourner. Les jeunes soldats viennent vers eux. Ils les fouillent. Le seul qui baragouine un peu français les interroge. Louis explique qu'ils se rendent aux jardins ouvriers pour travailler avant la nuit. Il est temps de planter les choux d'hiver. Cette histoire de choux d'hiver lui est venue comme ça, sans réfléchir, Louis ne sait pas jardiner, il ignore si les choux d'hiver ça existe et souhaite que ce blondinet morveux qui le questionne l'ignore aussi. Cela semble le cas. Ils se parlent entre eux, rigolent et reprennent leur marche en direction de Peyregave. Pendant un moment, on entend leurs voix gueulardes de jeunes cons et leurs rires.

Au-delà des jardins, commence le sentier escarpé qui serpente entre les rochers de la berge. Fifi passe devant, il se déplace rapidement, si bien que Louis a même du mal à suivre. Il s'arrête près d'un saule dont la branche basse oblige à se baisser. Quand Louis le rejoint, il explique que c'est là qu'il a trouvé Manon évanouie, avec sa blessure à la tempe. Il fronce les sourcils et cogne plusieurs fois sa tête à la branche, pour bien indiquer à Louis ce qui s'est passé, et pour se faire mal, comme s'il voulait effacer des images de son esprit embrouillé, comme s'il voulait effacer le passé. Louis est obligé de le calmer, de lui dire de cesser avant qu'il ne se blesse.

Plus loin, Fifi s'éloigne de la berge, faisant signe à Louis de le suivre. Dans un creux, il indique un tas de branchages. Une barque est dissimulée dessous. La barque de passeurs qui franchissent la ligne à cet endroit, avec des gens et des marchandises. Depuis l'été, la ligne fait l'objet d'un trafic encore plus intense, dû en particulier à l'intensification de la traque des Juifs et de tous les indésirables du régime de Vichy et de l'occupant, sans compter l'activité des réseaux de résistance, d'espionnage et de sabotage du dispositif allemand.

Fifi montre le ciel et dit qu'il faut attendre l'obscurité. Louis s'inquiète : et si les passeurs se pointaient ? Fifi assure que non, les passeurs n'agissent que bien plus tard, en pleine nuit, ils seront revenus avant. Rapidement, les deux hommes dégagent l'embarcation et la portent jusqu'au Gave.

Ils traversent rapidement le cours d'eau, et reprennent leur marche furtive jusqu'aux abords de la propriété d'Anselme. Fifi prend quelques détours pour ne pas être repéré. Anselme est peut-être dehors.

Sans un bruit, le dos courbé, ils parviennent à la grange.

– C'était là ? demande Louis.

Fifi se contente de secouer la tête affirmativement.

Dans la demi-obscurité, ses yeux luisent de tristesse et de rage.

Louis sort une petite lampe de sa poche, dont il atténue le faisceau à travers le pan de sa veste. Il pénètre dans la grange. Quelques outils, du foin. L'odeur de vase qui vient du Gave, mêlée aux parfums de prairie sèche. Louis remarque même la légère odeur de menthe.

Sous son pied, des tessons de verre craquent. Il dirige la lumière vers le sol. Une bouteille cassée. Des traces de sang. Soudain, Fifi saisit le bras de Louis. Il pousse un grognement et indique du doigt un objet minuscule qui scintille. Louis s'accroupit. La médaille de Manon, accrochée à sa chaînette. La *Virgen del mar* qu'elle portait au cou depuis que Juan la lui avait offerte.

Louis la saisit et la lève devant ses yeux. Fifi ne tient pas en place, il s'entortille les doigts de joie en regardant la médaille.

– T'as vu, Louis, Fifi n'est pas un menteur.

– Je sais que t'es pas un menteur.

IX

Si aucun avis de décès n'était parvenu à Peyregave, c'est que personne n'avait retrouvé son cadavre. Jules Artigaud avait été porté disparu. Deux ans plus tard, tout le monde le considérait trépassé, Lucette elle-même avait bien avancé son deuil, surtout depuis le jour où ses yeux avaient papillonné différemment en regardant Paco Cazals. Comble de malheur, Paco aussi avait disparu. Dans les moments où son corps réclamait quelques doux outrages, Lucette pensait qu'elle avait le mauvais œil. Les histoires de sorts, d'anathèmes, de sorcellerie dignes du temps de l'Inquisition ne manquaient pas. Une nuit, excédée par des ardeurs de la chair qui la mettaient en ébullition, elle creva rageusement son oreiller pour vérifier que le duvet n'avait pas pris la forme d'une rose ou d'un crucifix, ce qui aurait constitué le signe indubitable qu'on cabalait contre elle. Elle suspectait ces jalousies de voisinage ou d'amour qui motivent le plus souvent les trames occultes.

Le duvet voletait encore autour du lit quand elle entendit un bruit contre le volet du chien-assis donnant sur l'arrière de la maison. Elle se figea. L'instant d'après, un autre bruit. Quelqu'un lançait des cailloux pour attirer son attention. Elle ouvrit la fenêtre et tendit l'oreille, puis tenta un « y a quelqu'un ? » timide, même apeuré. La voix de Jules. Était-ce possible ? Elle recula de trois pas, la bouche entrouverte, la main en avant, comme agrippée à la pénombre, répétant à voix exténuée « Jules… Jules ». Soudain, comme réagissant à un coup de fouet, elle se cabra et, levant les pans de sa chemise de nuit, dévala les escaliers pour ouvrir sa porte. Jules. Son Jules. C'était Jules Artigaud.

Sans s'éterniser en formules de retrouvailles, Jules la souleva dans ses bras, ferma la porte d'un crochet du pied, remonta les escaliers et entra dans la chambre, où bientôt les plumes se mirent de nouveau à voler, sans pouvoir retomber jusqu'au petit matin.

Jules est resté planqué chez Lucette le temps de se remettre. Il avait perdu du poids et souffrait de maux de ventre dus à des parasites. Son corps portait de nombreuses traces de blessures, de contusions et ses pieds et mains avaient souffert de gelures.

Le soir, quand Lucette rentrait de la mairie, Jules oubliait son corps perclus et ils faisaient l'amour comme des fous. Tous deux avaient un fort tempérament et du temps à rattraper. Lucette se marrait, maintenant, en repensant à sa phobie du mauvais œil.

Ensuite, Jules racontait son histoire, pendant de longues heures.

Il avait été capturé et emmené en Allemagne, puis en Pologne pour travailler dans un atelier de pièces détachées destinées à l'artillerie. Sans tarder, il s'était lié d'amitié avec des gars qui ne voulaient pas s'en laisser compter. En lui, les braises anarcho-romantiques des Frères Reclus étaient toujours vives. Redoutable mécanicien, Jules s'ingénia à dérégler les fraiseuses et les tours, si bien que le matériel qui sortait de l'usine s'avérait impropre à être monté sur les canons. Les gardes-chiourme démasquèrent la bande de saboteurs et, après un passage à tabac, l'un d'eux désigna Jules comme l'instigateur de ces manigances. Jules fut alors enchaîné à sa machine, sans boire ni manger pendant plusieurs jours. Les copains étaient obligés de l'aider à faire ses besoins dans un seau, sans quoi il aurait bientôt pataugé dans sa propre merde. Humilié, brisé par le froid et la fatigue, il fut ensuite transféré vers un camp de prisonniers dont il s'évada, sitôt d'aplomb. Cela faisait une année qu'il avait été capturé. Il traversa des contrées inconnues, à pied, vivant de rapine, de braconnage et fit quelques rencontres heureuses à propos desquelles il ne souhaitait pas s'étendre auprès de Lucette. Ces fortunes de la route expliquent sans doute qu'il ne chercha pas à donner de nouvelles. Jules voyagea toute une année, à pied, pour rejoindre la frontière française. Jamais il ne voulut se risquer à prendre un train ou un bus. À Dôle, il déroba une motocyclette qui lui permit de descendre vers le sud. Il dut l'abandonner, réservoir vide, et traversa les hauts plateaux du Cantal où il fut accueilli et soigné par des éleveurs de vaches auxquels il rendit de nombreux services, en réparant leur matériel perclus. Il s'attarda à raconter à Lucette les paysages somptueux des hauts plateaux volcaniques.

À Murat, Jules fut pris en charge par Hector, un transporteur de bétail poivrot comme pas deux, qui le conduisit jusque dans le Gers. À Gabaret, il s'attarda pour des raisons secrètes, liées à la femme d'Hector. Ensuite il se mit en route seul, traversa le Gers puis la partie orientale des Landes avant de gagner le Béarn.

Lucette, quant à elle, raconta à Jules ses déboires avec la Gestapo, et les nouvelles orientations de la mairie dirigée par Greiner – et sa femme Mathilda – depuis que Léon Pouthet était mort. Elle lui confia également qu'elle fournissait des documents à Alfred Fayet, chez qui Guilhem Martin œuvrait à la falsification des documents de toutes sortes. Il avait été formé par Louis, expert en la matière depuis son lointain séjour à Toulouse, en 1939. Jules apprit également l'arrestation de Gaston Escoubeth, qui moisissait depuis des semaines dans une cellule de la prison, derrière la Kommandantur, en attendant d'être transféré. Jules s'enquit du sort de Paco, Antonio, les anciens des Frères Reclus. Il fit part d'emblée à Lucette de son intention de ne pas rester inactif. Plutôt que de reparaître au grand jour, il préférait rester dans la clandestinité. Lucette acceptait de le loger chez elle.

Pendant ses années de souffrances et d'aventures au long des routes, Jules n'avait perdu ni la main ni l'énergie qui le caractérisait. On pourrait même dire que la guerre le galvanisait, comme s'il n'était capable de donner le meilleur de lui-même que dans la tourmente.

En quelques jours, il organisa l'évasion de Gaston. Lucette procura les documents nécessaires à la fabrication d'un faux ordre de transfert, signé de Falkenbach, de la prison d'Orthez à celle de Bayonne. Guilhem fabriqua également une fausse carte de police portant la photographie de Jules, ainsi qu'une carte du Service d'ordre légionnaire au nom de Guilhem.

Les soldats polonais qui gardaient les locaux de la petite prison municipale ne cherchèrent pas à comprendre. Ils paraissaient harassés, soucieux et loin des préoccupations de la garde. Les rumeurs du front russe les accablaient depuis plusieurs semaines, et ces deux-là tremblaient de trouille dans leurs bottes. Guilhem avait emprunté l'automobile de son père, restée au garage depuis le début de la guerre. L'opération se déroula comme une fleur. Jules semblait rompu à l'exercice, Guilhem était estomaqué de son propre cran, Gaston n'en revenait pas de voir Jules en chair et en os sur ses deux pieds, et que son putain de culot n'ait pas pris une ride.

Le lendemain matin, on apprenait aux nouvelles que les deux polonais froussards ne claquaient plus des dents. Ils avaient été fusillés.

Même si la jeune Maïtena s'échine à prodiguer les soins courants et à garder l'infirmerie propre, Loustau est épuisé par la guerre, les tracasseries et entraves que lui oppose sans cesse le commandant Zur Mülhen, patron de l'hôpital, l'échec personnel qui a conduit à la mort de Françoise Etchegaray et à la démission de Manon. Il arrive le matin de plus en plus tard, le visage jaunâtre, puant le tabac. Ses mains tremblent et sa voix a perdu toute assurance. La jeune Maïtena fait son possible, ne manque jamais de prévenance, vient en avance et repart souvent à la nuit tombée, sans que cela parvienne à tirer le chirurgien de sa morosité.

Dans l'une des chambres de l'infirmerie, à l'étage, le Capitaine, devenu M. Gourzy, est allongé sur le dos, mains croisées sur la poitrine. Il regarde le plafond. Lorsqu'elle pénètre machinalement dans la chambre, après avoir frappé deux petits coups secs, Maïtena sursaute. Au premier coup d'œil, elle a vu sur le lit ces statues qui ornent les catafalques. M. Gourzy avait l'air mort. Il ne l'était pas. Il avait la patience du marbre.

Maïtena porte un maigre repas. L'air ennuyé, elle le

pose sur la tablette. Le Capitaine s'enquiert de sa mine déconfite et comprend. Il sourit.

– Ne vous en faites pas, mademoiselle. J'en ai vu d'autres, et j'en verrai de pires. Avez-vous des nouvelles de Louis ?

– Non, nous ne l'avons pas revu depuis qu'il vous a laissé ici.

Préoccupé, le Capitaine se redresse et s'assied au bord du lit. Il sort un petit carnet de sa poche, rédige un mot, déchire la feuille et la plie en quatre.

– Puis-je vous charger d'une mission, mademoiselle ?

Sa voix est soudain inflexible. Maïtena le regarde sans prononcer un mot.

– Vous irez chez sa mère, à l'auberge des Charmilles. Vous donnerez ceci à Louis, en main propre. Qu'il vienne au plus vite. Je ne peux rester ici éternellement, le temps presse. Vous comprenez ?

Maïtena n'est pas sûre de comprendre, elle acquiesce tout de même, timidement.

Midi sonne au clocher de l'église. Maïtena revêt son manteau et sort. Lorsqu'elle arrive sur la place de Mars, elle remarque une jeune femme qui sort prestement de la mairie. Elle ne connaît pas Lucette Fortas. Celle-ci trottine en direction de l'ancien marché couvert. Maïtena la suit du regard, de loin. Elle se demande pourquoi elle trottine, ce qui pousse les gens à marcher plus ou moins vite, elle fait le tour de toutes les raisons possibles, sans effleurer la bonne.

Lucette ralentit le pas, pour ne pas éveiller l'attention des gardes qui surveillent l'annexe de la Kommandantur du marché couvert. Elle est complètement affolée, il y a de quoi.

Une heure plus tôt, Gabrielle est venue à la mairie.

Furieuse après Louis, depuis leur rupture, elle avait décidé de lui donner une leçon pour lui faire passer ses velléités de grand résistant. Elle a demandé à rencontrer Greiner en personne. Lucette a vu sur le visage de la jeune femme une ombre détestable. Elle a introduit Gabrielle. Mathilda se trouvait également dans le bureau. Sitôt ressortie, Lucette s'est glissée dans la petite pièce d'archives attenante. Prenant garde de ne faire aucun bruit, elle a tendu l'oreille.

Gabrielle était venue dénoncer un suspect, sans doute un clandestin, aperçu l'autre jour alors qu'elle se rendait au marché à bicyclette. Elle supposait qu'il se cachait à Peyregave. Quand tout de go Greiner lui a demandé si elle savait où, elle a répondu sans réfléchir : « À l'auberge des Charmilles, je suppose… » Greiner lui a demandé pourquoi elle le supposait. Gabrielle n'avait pas bien mesuré la gravité de ses paroles. Elle a répété qu'elle supposait que ce type était important, enfin, qu'elle se disait qu'il avait l'air louche. Elle s'emmêlait un peu les pinceaux. Greiner a passé un coup de fil. Deux flics sont arrivés moins de dix minutes plus tard. Très arrogants, sûrs d'eux. Ils ont commencé à menacer Gabrielle, à tel point que Greiner a dû les calmer, rappelant qu'elle était venue de son propre chef. Aveuglée par la rancœur et la jalousie, Gabrielle avait voulu se venger de Louis et se rendait compte qu'elle était en train de faire plonger tout le monde, y compris son propre père. Elle s'est mise à balbutier et s'est trouvée incapable de répéter ses dires devant les deux policiers. Mathilda a menacé de la livrer à Falkenbach, dont les hommes sauraient lui délier la langue et lui rafraîchir la mémoire. Son époux s'y est opposé, épaulé par les policiers. Pas question de laisser cette affaire aux Allemands, on était capable de régler ces histoires soi-même. Greiner, la voix un peu gênée, a résumé aux flics ce qu'avait dit Gabrielle. L'un des deux a insisté : comment elle avait eu ce renseignement ? Elle se trouvait stupide, regrettait d'être venue, ne savait plus comment s'en sortir. Brusquement, tout s'est remis dans l'ordre, en elle. Elle n'a dès lors plus pensé qu'à une seule chose, protéger Louis et son père, se rétracter le plus possible. Si on mettait la main sur quelqu'un à cause d'elle, elle en porterait la responsabilité. Elle a inventé une histoire, d'un coup, qu'elle avait rencontré cet homme alors qu'il marchait au bord de la route près de chez elle, qu'il lui avait demandé où se trouvait l'auberge des Charmilles et qu'elle l'avait trouvé louche, vous savez, avec toutes les histoires qu'on entend…

Lucette n'a pas attendu la fin de l'interrogatoire. Elle est retournée dans son bureau, a enfilé ses chaussures à talons et a quitté la mairie sans prendre le temps de mettre son manteau.

C'est à ce moment que Maïtena l'a aperçue de loin.

Soudain, l'un des talons de la secrétaire de mairie casse net. Lucette vacille et se récupère de justesse. Elle s'est tordu la cheville. Maïtena arrive à sa hauteur.

– Ça va, madame, pas de mal ?

Lucette grimace. Elle regarde Maïtena. Qui sait ce qui se passe dans sa tête à ce moment-là ? Lucette ignore que Maïtena se rend aussi à l'auberge. Pourtant, une voix intérieure lui hurle d'agir. Elle commence à parler avant de savoir ce qu'elle va dire. Ses idées s'affolent comme une volée d'étourneaux épouvantés.

– J'ai des amis non loin d'ici, pourriez-vous…

Lucette s'affole, elle perd du temps, son cœur tambourine. Maïtena la soutient :

– Calmez-vous, je suis aide-soignante, je vais…

Lucette s'affole.

– Non, c'est rien, ça va… Je suis pressée mais avec un talon de chaussure cassé… S'il vous plaît, vous connaissez l'auberge des Charmilles ?

Maïtena fait une moue étonnée :

– Oui, c'est là que je vais. Je suis une amie de Manon…

Pas le temps de papoter. Lucette n'a plus le choix, elle sait que Gaston se trouve à l'auberge et que les flics risquent de le prendre de nouveau s'ils débarquent à l'improviste. Même s'il n'est pas l'homme recherché, ils le reconnaîtront et l'arrêteront de nouveau. Elle prend le risque de parler :

– Vite, courez, dites-leur qu'il va y avoir une descente, vite ! Que Gaston s'échappe ! Gaston, souvenez-vous !

– Gaston ?

– Filez, bon sang !

Maïtena comprend que c'est grave. Elle abandonne Lucette à sa claudication et fonce en direction du boulevard des Prunes.

Lorsqu'elle entre dans l'auberge, Gaston est assis devant une assiette de soupe. Il raconte à Galoche et Bistec ce qui lui passait par la tête à la prison. Dans un coin de la pièce, Miguel apprend à Manfred les règles des dominos, dans son patois franco-hispano-gascon que le Teuton commence à maîtriser. Manfred n'est pas doué pour les armes, en revanche il montre des dispositions naturelles particulières pour les langues. Non content de ne pas si mal parler le français, il comprend plutôt bien et baragouine même un peu le béarnais et commence même à maîtriser la syntaxe impénétrable et chaotique de Miguel, que les archéo-linguistes nommeront peut-être un jour « le miguel », si des traces écrites ou orales de son sabir venaient à subsister.

Marthe astique le poste de radio et le bahut avec un chiffon, en écoutant les nouvelles.

Maïtena est là, debout près de la porte. Elle ne sait pas quoi dire, comment dire. Elle ne sait plus tellement pourquoi elle est là. Les conversations se sont coupées net et tous les regards se sont tournés vers elle. Elle déglutit.

– Il faudrait dire à monsieur Gaston que…

Elle regarde le sol, ferme les yeux, rassemble ses idées troublées par l'émotion.

Marthe plie le chiffon et sort la blague à tabac de la poche de son tablier. Machinalement, sans regarder, elle prend une prise. Gaston s'est arrêté de manger, cuillère à mi-hauteur entre sa bouche et l'assiette. La soupe goutte.

Dans la rue, le ronflement du moteur d'une automobile. Un crissement de freins. Des portières qui claquent. Des ordres qui fusent.

Maïtena rouvre les yeux, elle a retrouvé la phrase de Lucette, qu'elle bredouille sans en comprendre vraiment le sens :

– Il va y avoir une descente…

Gaston n'a pas attendu. Il sort précipitamment par la cuisine. Il traverse la cour et disparaît en direction du ruisseau. Marthe a éteint le poste. Miguel a rassemblé les dominos devant lui pour faire comme s'il jouait tout seul, tandis que sans le moindre mot de concertation, Manfred s'est installé à la place de Gaston pour terminer la soupe. Rien ne se perd et tout fait ventre.

S'adressant à la cantonade, Galoche improvise tout de go :

– Il paraît qu'il y a un crocodile dans le Gave !

La porte d'entrée claque et deux flics entrent, que tout le monde ici connaît déjà.

– Un croco... ? réplique Bistec très convaincant, tel celui à qui on a coupé la chique.

Les policiers déboulent avec fracas, roulant des mécaniques. Les fouines, oui, on les connaît ces deux lascars. Celui qui fume le cigarillo et l'autre qui se grattait l'oreille à cause d'un eczéma dont il semble avoir guéri. Cette histoire d'eczéma devait à la fois le démanger et calmer quelque peu ses angoisses, parce que maintenant il remue bizarrement la main droite, et la jambe du même côté. Comment dire, on dirait un gangster américain qui se décontracte les doigts avant de dégainer son rifle.

D'un seul coup d'œil vif comme une lame qui trancherait l'espace, ils ont fait le tour de la galerie. Manfred continue d'aspirer la soupe bruyamment, comme si de rien n'était.

– Slurp !

La fouine au cigarillo se lance, cherchant à faire une phrase :

– Diable, on ne maltraite pas la soldatesque, ici...

Marthe sent bien que la tirade est lourde de menaces.

Manfred ne se démonte pas, s'adressant aux policiers il impressionne son monde :

– Vous savez que les policiers français ont reçu l'ordre de saluer les soldats allemands, messieurs ?

Et slurp ! une lampée de soupe.

Le flic au cigarillo est surpris, puis il se reprend :

– Les gendarmes, pas les policiers. Les gendarmes.

– Slurp !

Marthe vient à la rescousse :

– Qu'est-ce qui vous amène ? Un problème ?

Le cow-boy prend les devants :

– Peut-être bien, ouais. Personne ne bouge, sauf vous, madame, vous allez nous accompagner, petite visite du propriétaire, comme si vous vendiez la bâtisse, quoi, vous comprenez ?

Mielleux, quasi-flic de charme, celui au cigarillo la prend par le coude et la pousse vers la cuisine.

Toutes les pièces y passent. Au grenier, Marthe doit expliquer la présence de la couche et des meubles qu'on a remis en service pour Manfred. Le flic a bien cru qu'il l'avait pincée. Puis il a vu les effets du soldat, ses photos personnelles disposées sur une tablette, deux livres sur la maréchalerie, écrits en allemand. Il s'étonne de voir, posé à même le sol, le roman de Margaret Mitchell. Il le saisit, lit deux lignes et pouffe de rire :

– C'est lui qui lit ça ? Ma femme aussi, je sais pas comment on fait pour se taper des pavés aussi gros.

Il repose le livre.

– Vous lui avez perdu la page, c'est malin ! dit Marthe en se baissant. Le livre, qui avait pris le pli en restant longuement ouvert à la même page, se rouvre tout seul. Marthe le remet à l'envers, tel qu'il était.

– C'est bon, on redescend, dit le policier.

Rien à signaler dans la chambre de Manon. Marthe y est prise d'un léger malaise. Le flic l'aide à s'asseoir sur le lit, s'enquérant de son état d'un ton patelin. Marthe se demande s'il n'est pas en train d'en profiter pour l'entreprendre. Elle lui explique que sa fille a disparu. Pour se donner de l'importance, le policier lui demande si des recherches ont été lancées, comme s'il ne dépendait que de lui de passer la campagne au peigne fin. Marthe répond par l'affirmative, les gendarmes accréditent davantage la thèse de la fugue, suite à ses déboires au travail.

– Pff ! une fugue…, répète Marthe en reniflant.

– Les gendarmes…, fait le policier sur un ton

sardonique, levant les yeux au plafond et mâchonnant son cigarillo éteint.

Ils redescendent. Marthe redoute le passage par la souillarde. Les guirlandes de saucisses pendues au plafond, enroulées autour de tiges de bambous, pourraient laisser penser que la maison s'enrichit à des commerces illicites. Marthe essaye d'embobiner le policier, en vain, il désigne la porte.

– Et là ?

Marthe prend l'air négligent :

– Là ? Rien, la souillarde. J'évite d'y aller, j'ai peur des souris…

Le policier a perdu de son assurance :

– Des souris ? Je vois, je vois… On peut jeter un œil ?

Là-dedans, l'odeur de charcutaille est terrible. Or, juste au moment où Marthe ouvre la porte, le policier rallume son cigarillo. Il se tient sur le seuil.

– On n'y voit pas grand-chose, dit-il.

– On nous a coupé l'électricité…

Elle tente un coup de culot :

– Vous voulez que j'aille chercher la lampe à pétrole ?

Il répond que non, ça ira comme ça, tout en regardant dans les coins, par terre, d'un œil vif et inquiet.

« Il a la trouille des souris, lui aussi, j'en étais sûre », songe Marthe.

Du coup, les policiers repartent bredouilles, dans des claquements furieux de portières, la pétarade du moteur et le couinement des pneus.

Lucette a attendu au coin de la rue. Elle marche pieds nus, ses chaussures à la main. Elle doit prévenir Louis, à propos de Gabrielle. Lucette a du mal à se dire que ce qu'elle a entendu n'était pas un mauvais rêve. Elle est profondément meurtrie de voir à quel point tout ça conduit les gens les plus inoffensifs et les plus inattendus à commettre des actes qui relèvent du crime.

L'abbé Bancon, qui surveillait la scène à travers les rideaux du presbytère, sort et aperçoit la secrétaire de mairie. Il s'approche d'elle et lui donne le bras.

– Que vous arrive-t-il, mon enfant ?

– Rien de grave, j'ai cassé mon talon.

Maïtena sort de l'auberge.

– Vous êtes arrivée à temps ? s'inquiète Lucette.

– Oui, je crois.

Maïtena se rend compte soudain qu'elle a oublié de laisser le message du Capitaine. Elle pousse un « oh ! » et met la main devant sa bouche entrouverte :

– Vous savez où est Louis ?

– Il y a classe, aujourd'hui. Je dois le voir ce soir, vous voulez que je lui dise quelque chose ?

Elle tend le papier à Lucette :

– Tenez, c'est pour lui.

– Merci, mademoiselle, vous avez du cran, dit Lucette.

Maïtena semble encore effrayée, elle balbutie trois mots incompréhensibles et s'éloigne.

Lucette s'adresse encore à elle :

– Aide-soignante, où ça ? Au dispensaire des protestants ?

– Non, mademoiselle, à l'infirmerie du docteur Loustau.

Sans s'attarder, Maïtena remonte la rue et disparaît à l'angle du boulevard des Prunes. Plus tard, dans l'après-midi, lorsqu'elle racontera à M. Gourzy qu'elle a confié le message à quelqu'un d'autre que Louis, il s'en montrera fort contrarié et sortira même un instant de sa stricte réserve pour lui adresser un cuisant : « Mademoiselle, vous êtes une vraie godiche ! »

Quand Lucette et l'abbé entrent dans l'auberge, toute la bande est réunie autour de la table centrale. Manfred en a bouché un coin à la clientèle. Chacun donne sa version des faits. L'abbé et Lucette ont le plus grand mal à comprendre, tant ils parlent en même temps, se coupent, se contredisent. On en profite pour picoler, on se surprend même à éclater de rire. Seule Marthe s'inquiète. Où est passé Gaston ? Sa maison est surveillée, son signalement a été affiché un peu partout dans Peyregave.

Ce n'est qu'à la nuit tombée qu'on le revoit. Chacun est rentré chez soi avec un nœud au ventre. L'air de Peyregave devient de plus en plus irrespirable. Il a plu dans l'après-midi, Gaston a passé la journée dans les bois, il est transi. Marthe lui demande de se déshabiller, pour faire sécher ses habits devant les fourneaux. Il n'ose enlever que sa chemise. Le reste va bien finir par sécher, dit-il. Marthe a fait cuire deux saucisses et des topinambours. À l'heure de se coucher, Gaston demande où il peut s'installer. Marthe ne veut pas qu'il aille dans la chambre de Manon, et même si Louis n'est pas là (elle se demande ce qu'il trafique encore dehors, à cette heure), il pourrait bien rentrer en pleine nuit, malgré le couvre-feu.

– Alors, demande Gaston, affectant de ne pas comprendre, je dors où ?

– Il n'y a pas trente-six solutions, fait Marthe l'air faussement ennuyé.

Depuis le temps qu'ils lambinaient, ces deux-là.

Cette nuit-là, tout s'est passé de façon brutale. Fifi a signalé à Louis qu'au bar Jaurégui, il avait entendu Arnaud se vanter qu'il participait à un bal clandestin, dans un hangar isolé. Fifi sait où ça se trouve, bien entendu. Ce n'est pas la première fois qu'un bal est organisé à cet endroit. Les fêtes et les réunions de jeunes sont interdites, ce pourquoi ils se retrouvent en secret pour boire, danser, courtiser et de temps en temps échanger quelques baffes. La vie continue comme elle peut, c'est un chiendent, une ronce, une énergie infatigable. En dépit des circonstances, le désir de rire, de s'aimer, de parler, de s'enivrer en écoutant des chansons à la mode, de sentir la vie battre dans le corps, dans les veines, prend le pas sur l'inquiétude de lendemains incertains, le temps d'une valse. Parfois, les gendarmes débarquent et coffrent ceux qu'ils arrivent à colleter. Ça finit en débandade dans la nature, les instruments de musique sont saisis, ainsi que les bouteilles. Les captifs passent quelques heures en prison ou au poste. Quand ce sont ceux du SOL qui vous tombent dessus et ramènent une proie à leurs bureaux de la rue des Augustins, c'est plus grave. Pas mal d'apprentis fascistes ont rejoint leurs rangs, qui trouvent là un moyen de se sentir importants, d'exister enfin, de vivre de façon exaltante et utile à la patrie. Ils se croient investis de tous les pouvoirs, et surtout du pouvoir d'abuser du pouvoir. On connaît quelques cas où les baloches sauvages ont fini par des passages à tabac, des séances de torture en bonne et due forme. Ils font penser à de jeunes chiens qui s'entraînent à mordre. Comme s'ils ne dansaient pas, eux. Comme si personne ne savait qu'ils faisaient la fête dans leurs locaux, à picoler l'alcool saisi et à fricoter avec des filles du turf.

Au fond de sa poche, Louis serre le pistolet qu'il a gardé planqué depuis la dissolution des Frères Reclus. Une quinzaine de jeunes sont là, en train de blaguer et de boire, tandis qu'un orchestre improvisé joue des airs en sourdine. Louis connaît quelques têtes, on ne lui pose pas de questions embarrassantes. Il va directement vers Arnaud, qui change de visage lorsqu'il l'aperçoit. Louis s'approche, de sorte que personne d'autre qu'Arnaud ne l'entende.

– Suis-moi, j'ai deux mots à te dire.

Arnaud est terrorisé. Il regarde à droite et à gauche, pour trouver une issue.

– Déconne pas ! fait Louis.

Arnaud lui jette son verre de vin au visage et charge. Le temps qu'il revienne de sa surprise, Louis est à terre. Les gens crient, tout autour, ne comprennent pas ce qui arrive. Les musiciens et le chanteur s'interrompent brusquement, avec force canards et pataquès. Arnaud est déjà dehors, il court sur le chemin de terre qui ramène à la route. Quelqu'un aide Louis à se relever. Sans attendre, il se rue vers la sortie. On essaye de le dissuader, deux ou trois types sortent derrière lui puis renoncent à le rattraper dans la nuit. Qu'ils règlent leurs comptes entre eux. Les musiciens se remettent à jouer, le chanteur reprend au refrain et bientôt, on parle d'autre chose. On est habitués, les gars ont le vin chaud.

Cette fois, c'est plus grave.

Louis s'arrête et siffle, deux longs coups.

Quelques secondes plus tard, il entend deux longs sifflements identiques aux siens. Il ralentit sa course, murmure : « Il l'a eu. »

Plus loin, Arnaud a senti le câble fin se serrer autour de son cou. La douleur est terrible, il ne comprend pas ce qui lui arrive, il se débat, trébuche et tombe. Le collet se serre et l'étouffe. Il porte les mains à sa gorge pour se libérer. Fifi a saisi le câble et tire davantage. Arnaud suffoque quand Louis les rejoint. Il a le pistolet à la main.

– Lâche un peu, Fifi !

À genoux dans la boue, Arnaud tousse, essaye de reprendre haleine.

Louis le braque avec le pistolet. Les yeux d'Arnaud roulent des éclairs de frayeur.

– Qu'est-ce que tu as fait à ma sœur ?

La voix de Louis est calme, atone.

Arnaud tremble de peur. Il se met à pleurer.

– Je t'en supplie, Louis, déconne pas, range ça, j'ai rien fait… elle m'a frappé, on s'est disputés pour des conneries…

– Tu devrais creuser ta cervelle vite fait.

– J'ai rien fait, je te dis ! Elle m'a cogné avec une bouteille et elle s'est tirée !

– Pourquoi elle t'a cogné ?

Arnaud ne répond pas. Louis adresse un signe à Fifi, qui serre le collet en manifestant une certaine délectation. Arnaud essaye de glisser ses doigts sous le câble. Les étoiles dansent dans ses yeux mouillés de larmes. Il veut parler. Sur l'ordre de Louis, Fifi lâche un peu le câble.

– Elle m'a rejoint en pleine nuit près du Gave, dans une petite grange qu'on a... j'ai cru que...

Il a du mal à parler.

– J'ai cru que c'était bon, que... mais c'est pas ça qu'elle voulait.

– Quoi, pas ça qu'elle voulait? Tu voulais la forcer à baiser, c'est ça?

Arnaud tente de dégager son cou. Fifi veille et l'envoie dans la boue en tirant sur le collet. Arnaud perd toute contenance.

– Pitié, pitié... Ne me faites pas de mal, je vous en supplie, ne me faites pas de mal... Je lui ai rien fait!

Louis s'approche. Il place le pistolet contre le basventre d'Arnaud.

– Je vais te crever, ordure. On a déjà eu des ennuis avec toi, on croyait que t'avais compris. Tu continues à nous chercher des noises, t'es qu'un petit enculé, je vais te tirer une balle dans les couilles, pour que tu te souviennes, dans les couilles, t'entends?

La voix d'Arnaud devient presque inaudible.

– Fais pas ça...

Fifi remue, à l'autre bout du collet:

– Allez, Louis, vas-y, tire-lui une balle dans les couilles, oui!

L'excitation de Fifi n'a pas l'effet escompté. Elle projette Louis vers une conscience différente de la situation. Il réfléchit, les yeux posés sur Arnaud qui, en dépit de l'obscurité, perçoit son trouble et tente d'en profiter.

– Laisse-moi partir, Louis. Laisse-moi, t'entendras plus jamais parler de moi!

Louis songe un instant qu'ils en ont fait assez, Arnaud aura compris la leçon. Puis une vague d'idées noires balaye son esprit. Il pense à Manon. Où est-elle ? Que lui a-t-on fait ?

De nouveau il sent la rage monter dans sa gorge. Il marche sur l'avant-bras d'Arnaud, qui s'enfonce dans la boue. Il pèse de tout son poids, jusqu'à que la main du jeune homme s'ouvre. Alors d'un geste sec, il pointe le pistolet au creux de la paume et tire.

Arnaud hurle de douleur. Plus loin la musique du bal s'est arrêtée.

Sans attendre, Fifi et Louis s'échappent, traversent la route et disparaissent dans les bois.

Si la vie était si simple, ça se saurait. La faiseuse d'anges qui a loupé son coup avec Françoise, avant de maltraiter le cadavre avec l'aide de son mari (pour laisser croire à un règlement de comptes), n'avait pas prévu que ce dernier en perdrait le sommeil, taraudé qu'il était au cœur de ses nuits par les images de tout ce sang, de cette peau claire et fine comme de la porcelaine, de ces yeux révulsés, de ce ventre en charpie, ce jeune corps inanimé qu'il avait fallu tabasser, griffer, inciser, écorcher, brûler avec des cigarettes puis transporter et abandonner dans la nature. Non, cette infâme harpie n'avait pas prévu que son époux, un brave con d'alcoolique accro aux courses, qui n'avait même jamais gagné au tiercé avant la guerre et vivait mal l'occupation qui le privait de son addiction, se rendrait chez le père de la victime (autre imbibé notoire) et dévoilerait la vérité afin d'essayer de se libérer de son atroce remords, avant d'aller sur les lieux du crime jouer à la roulette russe et gagner le gros lot pour la première et dernière fois de sa vie.

Ainsi, Félicien Etchegaray avait su, parce qu'elle s'en était confiée auprès de ses bourreaux, que sa fille Françoise avait vainement demandé de l'aide à Loustau, avant de chercher à recourir aux méthodes ancestrales et désastreuses. L'admiration, la gratitude et le respect de bête de somme que Félicien avait conçus pour le chirurgien à la suite de l'opération qui lui avait offert un sursis dans sa vie de poivrot, s'étaient instantanément commués en haine, ferment habituel et logique du désir de vengeance. Se venger, donc, tel était depuis l'unique dessein de Félicien, et le moteur de ses jours désœuvrés. S'il fallait se montrer humaniste et philanthrope à tous crins, y compris dans des circonstances qui ne sont que bile noire à vous faire souhaiter un avancement de la date de l'Apocalypse, nous dirions que ces malheurs eurent pour espèce de vertu conséquente de rapprocher Félicien et sa femme, qu'il cessa de rosser pour ourdir avec elle ses plans de représailles. Noémie était moins costaude et violente que lui, mais plus fine mouche, il avait fallu bien du grabuge pour qu'il s'en souvînt.

Dans un premier temps, ils pensèrent s'en prendre à l'un des quatre enfants de Loustau. Une sorte d'œil pour œil sordide. On ne s'improvise pas assassin aussi facilement. Ils firent un peu de filature, échafaudèrent deux ou trois plans bancals et comprirent qu'ils n'avaient pas grand-chance d'arriver à leurs fins. Noémie pensa alors que Loustau devait être sollicité par toutes sortes de gens, à son infirmerie. Depuis que les Boches monopolisaient l'hôpital, le populo n'avait plus beaucoup de solutions pour se soigner. Beaucoup revenaient aux remèdes de bonne femme (ce qui, nous l'avons vu, pouvait conduire à des catastrophes). Dans certains cas plus graves, il fallait bien avoir recours à un homme de l'art. Avec tous les trafics qui avaient lieu en coulisse, pas difficile d'imaginer que le chirurgien soignait à l'occasion des gars de la Résistance, ou des fuyards, tous ces indésirables pourchassés par l'État et les Boches. Il y en avait forcément un de temps en temps qui prenait une balle dans la peau, ou qui se blessait dans sa fuite. Forcément. Noémie n'avait pas tort, même si elle ne devait pas découvrir tout à fait ce qu'elle avait prévu. Son plan était simple : Félicien allait se poster au comptoir du bar du Nouveau Pont, d'où l'on apercevait l'infirmerie, et surveiller le moindre mouvement, les allées et venues du côté de chez Loustau. Une vigie que ce pochetron allait mener avec toute sa constance de pilier de bistrot.

Au bout de plusieurs jours, Félicien n'avait rien remarqué d'anormal. En tenant un coup de trop, il fut saisi d'une pulsion héroïque inhabituelle, frustré de n'être qu'un exécutant dans cette opération, quand Noémie passerait pour le cerveau dans les annales locales, si ça devait marcher. Il fit marquer son blanc et traversa la rue. Une colonne de véhicules allemands passa au même moment, répandant une épaisse fumée d'échappement qui collait à la chaussée et empuantissait les alentours.

Félicien toqua à la porte de l'infirmerie et entra, comme indiqué par le panonceau. Maïtena l'accueillit. Elle était en train de passer le balai dans la salle d'attente. Elle lui demanda : « C'est pour quoi ? » Il répondit qu'il voulait voir Loustau.

– Vous êtes un patient du docteur ?

Félicien confirma et ajouta qu'il l'avait opéré il y a quelques années. Il se lança dans la description par le menu de ses maux de l'époque, explication rendue laborieuse par son ignorance de la chose médicale et du vocabulaire qui permet de l'exprimer, ignorance macérée depuis lurette dans la ripopée du bar du Nouveau Pont, entre autres. Maïtena comprit sans tarder que le bonhomme avait le plein. Elle s'empressa de dire que l'infirmerie était fermée, le docteur Loustau profitait d'un créneau laissé libre par Zur Mülhen pour opérer à l'hôpital.

– Fermée ? répéta Félicien en réprimant un rot.

– Oui, fermée ! Il n'y a personne ici, revenez plus tard et si c'est pour une urgence, tentez votre chance à l'hôpital. Je doute que le docteur Loustau sorte du bloc pour une simple visite de routine.

– Fermée ? répéta Félicien, l'œil torve, la bouche tordue, la narine retroussée de façon mauvaise. Fermée ?

Alertée par son insistance, Maïtena s'affola un peu. On entendait M. Gourzy faire les cent pas, là-haut.

Elle réagit soudain, posa le balai et poussa le visiteur dehors.

– Au revoir monsieur, revenez demain, le docteur sera là !

Félicien s'éloigna en direction du kiosque à musique du jardin public. Il maugréait, fier de son coup et imaginant déjà la suite :

– Revenir, revenir, tu vas voir ma cocotte, c'est pas moi qui vais revenir... y va avoir de la visite, le toubib... ça oui !

Sur le chemin du retour, Félicien s'autorisa deux ou trois haltes. Au bar de la place de Mars, il se paya une petite rasade et comme il avait l'air guilleret de celui qui avait quelque chose à raconter, le patron qui faisait bien son boulot lui demanda ce qui nous valait cet air guilleret, ouh toi, t'as quelque chose à raconter ! Félicien joua les mystérieux, la tentation était forte d'en dire un bout, juste deux mots, histoire de pas toujours passer pour une cloche. Le patron s'accouda au comptoir, en face de lui, et s'approcha de son visage :

– Alors, dis, on est des vieux copains, Félicien, tu peux parler.

– Oui, ça, je peux… ça, oui.

– Ben quoi, t'as pas confiance en moi ?

Félicien se gratte la joue :

– C'est pas ça. T'es un bistrot, toi… on les connaît.

– Quoi, on les connaît, t'as quelque chose à me reprocher, dis ?

– Non, Victorien, rien du tout…

– Alors, tu la craches, ta Valda ?

– Je peux rien dire… y en a des qui rigolent et qui vont pas rigoler longtemps, c'est tout ce que je peux dire, mouais, vont pas rigoler longtemps, je te le dis…

– C'est qui « y en a des » ?

Félicien se cure le nez, pour temporiser.

Du coin de l'œil et du bout du pouce, il indique la direction de l'infirmerie, de l'autre côté de la place. Le patron pense qu'il montre le bistrot du Nouveau Pont.

– Quoi, les collègues ?

Félicien s'oublie un peu et lève le ton :

– Mais non, tu comprends rien, toi, t'es vraiment pas un malin…

– Loust…

Victorien s'interrompt, se rendant compte que la clientèle suit leur conversation mot à mot.

Fermant les yeux et avançant la bouche en cul de poule, Félicien lui signifie qu'il a juste, se retourne et, posé sur ses deux coudes, appuie son dos au bar et croise une jambe, l'air satisfait.

Félicien ne connaît pas Lucette Fortas. Il ne remarque donc pas particulièrement que la secrétaire de mairie vient de se lever de la table où elle prenait un verre. Sans perdre de temps, elle rentre chez elle. Jules Artigaud est aux fourneaux. Il profite de son inaction pour cuisiner des petits plats à sa chérie, avec les moyens du bord et les ingrédients qui se présentent. Comme elle a l'air inquiet, il essuie ses mains au torchon qui lui protège le devant, enfilé dans la ceinture de son pantalon, et s'approche pour la prendre dans ses bras. Lucette le repousse et monte, ouvre le tiroir de sa table de nuit et lit le mot que Maïtena destinait à Louis.

« Je dois partir au plus vite. Question d'heures. Long voyage m'attend. Ne perdez plus de temps. Le Capitaine. »

Lucette a entendu parler du Capitaine. Elle a aidé Guilhem Martin à lui fabriquer des faux papiers en fournissant des documents et des copies de sceaux et de signatures. Elle ignorait où il était planqué, Louis n'ayant rien dit par souci de sécurité. Pas le temps de calculer, d'imaginer un plan. Aller vite, improviser. La voie ferrée passe derrière l'hôpital et l'infirmerie. Entre les deux il y a des entrepôts de la SNCF. Si Lucette peut prévenir Galoche, adjoint au chef de gare et cheminot dans l'âme, ce dernier doit pouvoir filer un coup de main. Jules Artigaud enfile une veste et un chapeau qu'il baisse sur ses yeux. Il prend le risque de rejoindre les entrepôts en traversant le centre-ville. Pendant ce temps, Lucette se rend à l'auberge des Charmilles. Galoche n'est pas là, il travaille. Bistec le boucher joue aux dominos avec Miguel. Lucette l'exhorte à se rendre à la gare pour prévenir Galoche. On sait qu'ils sont copains comme cochons, ce sera plus discret que si elle allait là-bas demander à lui parler. Bistec prend un air ennuyé, Marthe dit à Lucette qu'on ne peut pas l'obliger à se mêler à… Lucette n'a pas le temps d'insister. Avant de sortir, elle se retourne, furieuse :

– Au moins, vous la fermez, c'est compris ? Sinon y aura du grabuge.

Elle claque la porte.

Peu de monde à la gare, tant mieux. À l'heure des trains, les lieux sont surveillés par les gendarmes, les Allemands, les douaniers, une vraie souricière. Lucette aperçoit Galoche qui papote avec un collègue sur le quai. Elle cherche ce qu'elle pourrait dire, ne trouve pas d'idée. Il l'aperçoit, la salue et détourne son regard pour continuer à papoter. Elle ne sait plus quoi faire là, plantée au milieu du hall. Galoche se retourne de nouveau, la voit au même endroit et croise son regard plein d'alerte. Il interrompt sa conversation, serre la main du collègue qui ne lâche pas et ajoute encore deux mots, auxquels Galoche répond. Lucette n'en peut plus. Finalement il vient vers elle.

– Alors Lucette, vous vous êtes trompée d'horaire, pas de train avant 16 heures cet après-midi !

Lucette lui explique à voix basse les raisons de sa présence. Galoche lève plusieurs fois les sourcils, lisse sa moustache de haut en bas avec le plat de la main. Il revient sur le quai et rappelle son collègue, qui marche nonchalamment vers un banc, le journal à la main.

– Oh, Jojo ! Tu tiens la boutique deux minutes, j'ai une histoire à régler !

Jojo s'installe sur le banc, croise les jambes et déplie le canard.

– Pas de problème, on va y arriver !

Il voit Galoche et Lucette, de dos, s'éloigner vers les entrepôts. La silhouette de Lucette, ondoyant légèrement sur ses talons réparés, fait danser ses pupilles.

– Ce con de Galoche ! rumine-t-il.

Jules est là, planqué entre la voie ferrée et le Gave. Lorsqu'il aperçoit Galoche et Lucette, il traverse, dos courbé. Galoche décadenasse la porte d'un hangar. Ils prennent une échelle et se dirigent vers l'arrière de l'infirmerie.

Lucette est chargée de passer par-devant. Quand elle se présente à l'entrée de l'infirmerie, Maïtena semble rassurée, comme si elle s'attendait à une mauvaise visite. Elle savait que Félicien avait entendu marcher le Capitaine, et à sa trogne perfide il n'était pas difficile de deviner qu'il allait jouer un sale tour. Maïtena s'en voulait tellement qu'elle n'avait rien dit à personne, comme écrasée par la gravité de la situation, pétrifiée. Lucette ferme la porte à clef derrière elle, tout en expliquant à Maïtena ce qui se trame. Bientôt, elles montent à l'étage. Voyant le message écrit de sa propre main, le Capitaine croit à l'explication de Lucette. Celle-ci ouvre alors la fenêtre qui donne sur les rails et le Gave, et fait un signe de la main. Aussitôt Galoche et Jules dressent l'échelle contre le mur. Le Capitaine descend rapidement.

Une minute plus tard, il est recroquevillé dans l'ombre des entrepôts, tandis que Jules disparaît du côte du Gave et que Galoche revient à la gare l'air satisfait, forçant le respect de son collègue Jojo qui n'aurait jamais cru une chose pareille si on la lui avait racontée. Galoche se tapant une pin-up à la sauvette, ça vraiment.

Une minute, c'est aussi le temps qu'il a fallu à Lucette et Maïtena pour ranger la chambre, redescendre au rez-de-chaussée de l'infirmerie et voir voler en éclats la serrure de la porte d'entrée, sous les coups d'une escouade d'excités du Service d'ordre légionnaire qui aboient comme des dogues et leurs tombent dessus sans ménagement, tandis que d'autres fouillent l'infirmerie, renversent tout, grimpent les escaliers quatre à quatre, dévastent le bureau de Loustau.

– Il est où, Loustau ? braille le chef de la troupe en se plaçant à un centimètre du visage livide de Maïtena.

– À l'hôpital, répond-elle.

Le reste de la meute revient. Ils sont furieux de ne trouver personne. Le chef aboie de nouveau :

– Allez, vous deux vous ramenez ces greluches au poste et nous on va pincer ce connard à la sortie de l'hosto !

X

La matinée s'achève. Pas beaucoup de monde au marché. On dirait que le poids de la guerre pèse davantage à l'approche de l'hiver. Les nouvelles du monde sont confuses, Hitler rencontre des difficultés dans l'Est, mais comment savoir ? Londres continue d'entretenir l'esprit de la reconquête, on parle de plus en plus d'une armée secrète qui s'organise pour lutter contre l'occupant. Où sont-ils, ces libérateurs ? On ne les voit pas beaucoup à l'auberge, ceux-là. Des histoires bizarres circulent, où il n'est pas aisé de distinguer le vrai du faux. L'autre jour, on a quand même entendu parler d'une drôle d'histoire. Les Anglais ont parachuté des armes, et quand les résistants sont arrivés sur les lieux, il n'y avait plus que le parachute. Il paraît que les Espagnols avaient encore eu l'information avant et qu'ils ont été plus rapides pour arriver sur les lieux. C'est pas la première fois qu'il y a des problèmes de concurrence entre les réseaux, pour les parachutages.

Louis continue d'aller à l'école comme si de rien n'était. Il craignait une vengeance d'Arnaud, avant d'apprendre que celui-ci avait décidé de partir. Partir où ? Il ne l'a pas dit. C'est Anselme son père qui l'a raconté l'autre jour, en passant à l'auberge. Louis était là. Anselme a dit qu'une fête avait mal tourné, qu'Arnaud avait encore fait des siennes et que cette fois ça lui avait coûté cher puisqu'il avait pris une balle dans la main. Si seulement ça pouvait le changer. Arnaud n'a pas voulu aller se faire soigner, c'est Lucie qui s'est occupée de lui avec les moyens du bord. Écoutant le récit du fermier, Louis n'en était que plus convaincu qu'Arnaud se sentait coupable de quelque chose. Il a pris le train sans dire où il allait et depuis il n'a plus donné de nouvelles. Anselme était convaincu que son fils s'apprêtait à faire des bêtises, sans pouvoir dire lesquelles. Son regard se perdait dans le verre de vin et il répétait : « Il est pas avec nous… il est pas avec nous… » avec un air triste. Ensuite il a changé de ton pour dire qu'il aurait quelques canards et des pintades, pour ceux que ça intéressait. Bistec secouait la tête d'un air contrarié. Lui, il voit les gens venir à sa boucherie avec des tickets de rationnement, pendant que d'autres font circuler de la camelote en douce. Anselme sait parfaitement que tout le monde n'apprécie pas son trafic. Il sait aussi que Bistec n'est pas le dernier à repartir d'ici avec sa part. Le fermier avait prévu une livraison à bon prix aux Boches, tout en se débrouillant pour fausser un peu les comptes. Comme d'habitude, ils n'ont rien vu. Il est passé maître dans l'art de berner les inspecteurs qui viennent contrôler les fermes. Un cochon par ici, un poulet par-là.

Fifi, quant à lui, a retrouvé le chemin de l'auberge des Charmilles. Il est passé hier avec des goujons, ce fut un peu de bonheur pour Marthe de le retrouver et de voir qu'il allait mieux. Il a demandé des nouvelles de Manon, Marthe lui a promis qu'elle reviendrait bientôt. Fifi était content, il trouvait que Marthe aussi avait l'air d'aller mieux, et attribuait l'entière responsabilité de cette embellie à sa réapparition à l'auberge. Il n'a pas demandé à Marthe comment elle savait que Manon allait revenir bientôt, ça, il n'y a pensé que plus tard, la nuit suivante, alors qu'il relevait ses cordeaux à anguilles, pour oublier ensuite qu'il y avait pensé.

Maintenant que Marthe a retrouvé son Gaston, et qu'ils ont concrétisé ce à quoi il fallait s'attendre, c'est plus facile quand même de tenir le coup, et si elle affirme à Fifi que Manon va revenir, c'est qu'on le lui a dit. Pas le genre à blablater. Elle le sait depuis que Paco Cazals est passé, l'autre nuit. Ça alors, Marthe ne l'aurait pas reconnu.

Voici comment cela s'est passé. Gaston était en train de rattraper le temps perdu avec Marthe, quand il a entendu le grincement du portail de la cour, vers minuit. Il est sorti avec le manche de pioche qui ne le quittait plus depuis qu'il vivait caché ici, et il a aperçu une silhouette. Paco aussi l'a aperçu, sans le reconnaître parce qu'il ne s'attendait pas à le trouver là en pleine nuit. Il a dit qui il était et cela lui a évité d'avoir le crâne fracassé d'un coup de manche de pioche manié par un quintal de muscles, d'autant que Gaston était chaud et contrarié par cette visite inopinée. Entre-temps, Marthe s'était habillée, elle a calmé les esprits. Tous trois sont allés s'installer à une table de l'auberge. Marthe a allumé la lampe, juste une flammèche pour ne pas se parler dans le noir complet, sans pour autant être repérés depuis la rue par la patrouille. Paco avait changé. Ses joues amaigries disparaissaient derrière une barbe brune. Ses cheveux avaient poussé et formaient une épaisse touffe de boucles noires. Il avait l'air d'un guérillero. Il a raconté la fuite avec les gitanes et Manon qui avait été blessée par Fifi, sans qu'il sache dans quelles circonstances. Fifi ? Marthe et Gaston se sont étonnés de conserve, que Fifi fasse du mal à Manon, cela leur paraissait tout à fait improbable. Paco a raconté qu'ils l'avaient surpris penché sur elle, alors qu'elle avait perdu connaissance et qu'elle saignait d'une vilaine blessure à la tête. Ses vêtements étaient déchirés, à tel point qu'il avait fallu l'habiller avec d'anciennes frusques restées dans la cabane, qui devaient avoir appartenu à Jules Artigaud. Pas besoin d'un dessin pour confondre Fifi. Et pourtant, Paco se gourait, nous le savons. Il lui manquait quelques éléments pour se rendre compte que ses conclusions, pour argumentées et apparemment évidentes qu'elles paraissent, n'en étaient pas moins hâtives et même erronées.

Paco a ensuite raconté qu'après avoir laissé Manon et les gitanes aux bons soins de fermiers sympathisants de la Résistance, lui et son inséparable ami Antonio avaient pris le maquis.

Quelques mois auparavant, Sérafin leur avait fait passer des renseignements sur les maquis du col de Marie-Blanque, avec lesquels il cherchait à prendre contact pour créer un réseau d'extraction des opposants au franquisme qui fuyaient l'Espagne. Dans un premier temps, Paco et Antonio n'avaient pas bougé. Ils ne se sentaient pas de taille, et avaient déjà fort à faire avec les passages de la ligne. Le fait d'avoir été repérés par une patrouille a changé la donne. La cabane devenait inutilisable et le coin dangereux pour eux. Le petit système de franchissement du Gave qu'ils avaient mis sur pied, et qui leur avait permis d'accompagner quelques dizaines de personnes vers la zone libre, s'effondrait brusquement mais les avait aguerris. Ils se savaient fichés, peut-être même les avait-on dénoncés, le choix de passer à la clandestinité leur était imposé par les circonstances.

Ils avaient réussi à joindre les maquisards en rencontrant les travailleurs espagnols du barrage sur le Gave d'Ossau. Le premier rendez-vous avait eu lieu dans la forêt du Bager, facilité par un contact.

Paco racontait son histoire avec une voix grave. Il agitait ses mains, pointait le doigt vers l'ombre. Marthe et Gaston suivaient son récit le souffle suspendu. Paco raconta quelques opérations nocturnes menées avec les résistants. Le sabotage des lignes électriques et des voies ferrées, les longues marches dans la montagne, pour gagner la frontière en évitant les patrouilles françaises, allemandes et enfin franquistes, à l'approche des crêtes, la prise en charge des voyageurs de l'ombre, ceux qui gagnaient l'Espagne et ceux qui la fuyaient, les repérages du dispositif militaire allemand et les missions de ravitaillement dans les fermes... L'écoutant, Gaston pensait à tous ces gens qu'il avait transbahutés avec le camion des carrières. Il imaginait que certains avaient peut-être continué leur longue marche vers la lumière grâce aux guerriers dont Paco racontait les exploits avec un étonnant mélange d'exaltation et de froideur.

Avant de disparaître de nouveau dans la nuit, Paco sortit une enveloppe de la besace qu'il portait en bandoulière. Il la tendit à Marthe.

– Tenez, Marthe, c'est pour Manon.

L'ombre se creusa sur le visage de Marthe, qui dit :

– Elle n'est pas revenue.

Paco sembla étonné, puis se montra tout à fait rassurant :

– Vous pouvez cesser de vous inquiéter, elle est en

sécurité. Elle reviendra dès qu'elle se sentira complètement guérie.

Paco resta discret sur l'état de Manon, sur ce qu'il avait vu.

– Tu m'as dit que les gitanes l'avaient soignée.

– Oui, Marthe, elles l'ont soignée. Mais certaines plaies ne se referment pas avec des médicaments de gitanes.

La nuit enveloppait le ciel au-dessus de la cour. Une hulotte chantait, quelque part. Gaston tendit sa grosse paluche :

– Salut petit.

Paco lui rendit son salut. La main de Gaston ne desserrait pas son étau :

– Tu peux compter sur moi, Paco. Tu peux compter sur Gaston Escoubeth.

Paco le regarda, essaya de détailler l'expression de son visage dans l'obscurité, avant de dire :

– Je sais, Gaston.

La grosse main s'ouvrit et Paco s'en alla comme un oiseau de nuit.

Depuis, Marthe a repris confiance. Les mots de Paco ont balayé les doutes qui commençaient à s'installer. Le gamin qu'elle a connu n'en est plus un, il lui a donné l'impression d'être invincible. Elle sourit en pensant qu'il a laissé une lettre pour Manon, et se plaît à en imaginer la teneur.

Le nez dans ses cahiers et ses livres de classe, Louis somnole. Gaston lit le journal en écoutant les nouvelles. Quand Fifi entre, tout content d'avoir encore trouvé des champignons, alors que la saison est passée pour la plupart des chercheurs, Gaston se lève, l'alpague et le colle contre le mur. Fifi est terrorisé, il ouvre une bouche de poisson mort et ses yeux exorbités traduisent une grande panique. Gaston approche son visage du sien et lui demande ce qu'il a fait à Manon, et quand Fifi répond qu'il n'a rien fait, il ramasse une taloche à dégommer un bœuf. Fifi ne comprend pas, il ne trouve pas ses mots. Il revoit la tabassée de la cabane, quand Antonio lui tapait dessus comme un sourd, il ne veut pas que ça recommence, il a peur… et ça recommence. Avant qu'un deuxième coup de massue ne vienne l'écraser, Louis, soudain tiré de sa léthargie par les cris de Gaston bondit et s'interpose, se mettant sur la trajectoire de l'énorme paluche, qui suspend sa chute au ras de son nez. Surpris, Gaston a l'air couillon et regarde Marthe pour savoir quoi faire. Justifiant le geste de son gorille amoureux, elle prend stupidement sa défense, comme on fait souvent dans ce cas. C'est lui qui a fait du mal à Manon ! Il faut des trésors de persuasion et d'habileté à Louis pour éviter la bagarre. Une fois Gaston revenu à de meilleurs sentiments, Louis raconte qu'il sait que Fifi n'a rien fait, il en a la preuve mais préfère ne pas en parler, il le sait, c'est tout. Marthe connaît son fils, quand il fait cette tête-là, il ne ment pas. Comme toutes les mères, elle est sûre qu'elle devine sans coup férir le moindre mensonge de sa progéniture, laissons-lui cette conviction. Louis explique ce qu'il sait, créant la confusion dans l'esprit de Marthe et de Gaston, qui en sont restés à la version de Paco Cazals. Profitant de cet instant de trouble, Fifi se met hors de portée d'une reprise éventuelle de pilonnage, saisissant une chaise pour se protéger. Il saigne du nez, son œil enfle et bleuit. Finalement, Marthe et Gaston se sentent mal. Marthe sort une bouteille de derrière le linge du bahut, du bon, qu'elle garde pour les circonstances exceptionnelles. Gaston arrondit la nuque et ne sait plus comment s'en sortir. Il baragouine des mots d'excuse, dit qu'il ne pouvait pas savoir, tandis que Louis applique un linge humide sur la moitié du visage de Fifi. L'incident est clos, on va boire un coup et parler d'autre chose pour essayer de s'en tirer.

Quand Louis se remet à ses cahiers, la tête lui tourne un peu. Il n'a jamais très bien tenu l'alcool, et avec la fatigue par-dessus, les effets sont décuplés. Il n'a presque pas dormi de la nuit. Les retrouvailles avec Gabrielle n'ont pas été de tout repos. Quand il a appris ce qu'elle avait été capable de faire, à la suite d'une rupture dont elle n'avait voulu comprendre ni les motifs ni les enjeux, il est allé la trouver en rentrant de l'école. Roger l'a interpellé au passage, pour lui demander s'il avait des nouvelles du Capitaine. Louis a laconiquement expliqué qu'on l'avait extrait de l'infirmerie. Il a aussi parlé des arrestations. Lucette et Maïtena ont puisé en elles des ressources insoupçonnées pour improviser une véritable scène de théâtre de survie, dans les locaux du Service d'ordre. La secrétaire de mairie a tout simplement expliqué qu'elle avait ses *histoires*, et qu'elle passait à l'infirmerie parce qu'elle était à court de médicaments, alors qu'elle souffrait de maux de ventre. Maïtena, dont on pouvait craindre le pire, s'en est tirée de façon remarquable, et les deux femmes en ont été quittes pour une bonne frayeur. En revanche, Loustau a été enlevé par ces forcenés alors qu'il sortait de l'hôpital, et depuis, plus de nouvelles.

Louis ne voulait pas trop s'attarder, Roger le sentait bien et a fini par lui dire que Gabrielle était à la rivière, en bas, en train de laver le linge. « Elle est triste que tu ne veuilles plus la voir… » Louis a levé les sourcils, sans dire ce qu'il savait. Roger en aurait peut-être tué sa propre fille.

Le début de leur explication fut houleux. Louis a demandé à Gabrielle si elle se rendait compte de la gravité de son geste. Si on avait mis la main sur le clandestin, ç'aurait pu finir au poteau d'exécution pour tout le monde. Gabrielle a fondu en larmes, expliquant qu'elle n'avait pris la mesure de la situation que dans le bureau du maire, quand les deux flics étaient arrivés. Elle ne savait plus comment s'en sortir et avait cherché à le protéger, ainsi que son père. Louis était furieux, toutefois le désarroi de la jeune femme était sincère, il la connaissait suffisamment pour en être certain. Pour être plus à l'aise, penchée au-dessus de l'eau, Gabrielle avait retroussé sa jupe dont elle avait coincé les pans à la ceinture. Ses jambes claires et ruisselantes d'eau fraîche aidèrent beaucoup à l'apaisement des tensions.

Si Gaston ne sait pas comment se faire pardonner quand il a tort, Gabrielle sait. Et de quelle manière ! Laissons-les.

Marthe n'a pas résisté longtemps. Elle a profité d'un moment de calme pour ouvrir la lettre que Paco avait laissée pour Manon. Comme l'enveloppe n'était pas cachetée, elle se disait qu'il serait facile de la refermer, ni vu ni connu. Une lettre à l'écriture appliquée, parsemée de fautes d'orthographe et d'incorrections. Marthe songe que ces fils d'immigrés ne valent pas beaucoup plus que leurs parents, question éducation. Des types sympathiques, certes, mais des brutes. Quand même, depuis le temps, ils pourraient apprendre à écrire le français correctement, ce serait la moindre des choses. Paco n'a pas l'air si cancre, il est né ici, c'est quand même pas croyable. S'il veut fréquenter Manon, il faudra qu'il s'applique un peu, pas question de la marier à un analphabète ! Marthe n'a pas beaucoup d'éducation, d'accord, cela dit elle connaît par cœur la liste des départements, des préfectures et des sous-préfectures, elle lit des romans et ne fait pas de fautes d'orthographe, qu'elle sache.

Le ton de la lettre est très familier, très tendre. À tel point qu'un léger sourire se dessine au coin de la bouche de la lectrice. Elle soupire, s'attendrit. Elle songe que Paco est un chic type, en dépit de son écriture déplorable. Et puis, au fil des lignes, elle est prise d'un doute. Les faits et les lieux ne correspondent pas à ce qu'a raconté le jeune homme. Celui qui écrit parle d'une fuite vers le nord, la Dordogne, un camp de prisonniers, une évasion... la clandestinité, la lutte pour la liberté. Marthe reprend au début, relit quelques lignes, s'agite. Elle passe directement à la cinquième et dernière feuille de la lettre, la retourne pour vérifier la signature : *Je t'aime encore et toujours, je n'ai jamais cessé de t'aimer, hasta siempre, Juan.*

Ainsi apprend-on que Juan et ses compagnons, lorsqu'ils partirent de Peyregave à l'arrière du camion des carrières que conduisait Gaston, furent conduits en Dordogne pour intégrer une Compagnie de travailleurs étrangers. Lorsque la guerre a éclaté, les autorités françaises leur ont laissé le même choix qu'aux autres : la Légion, les régiments de marche, la construction de la ligne Maginot ou le retour au bercail. Les Compagnies de travailleurs sont devenues des Groupes. La surveillance s'est accentuée. Juan, qui avait refusé toutes les propositions, fut arrêté, accusé d'inciter ses compagnons à la révolte. Alors qu'on le transférait vers le camp de Septfonds, dans le Tarn-et-Garonne, il réussit à fausser compagnie à ses gardiens. Après quelques mois d'improvisation, de planque, il fut mis en relation avec d'anciens membres du Mouvement libertaire en exil, qui lui permirent de traverser le pays dans l'autre sens, jusqu'à Bordeaux où ils le firent embaucher sous une fausse identité, dans une cordonnerie dirigée par des sympathisants espagnols ayant pignon sur rue, de longue date. Juan vivait presque sans contact avec la population. Son accent pouvait le trahir à tout moment. Pendant plus d'une année, il travailla à l'organisation de la résistance espagnole, en particulier au service des candidats à l'exil pour le Mexique. La situation devenait de plus en plus dangereuse pour lui. Craignant une dénonciation d'un collègue de travail qui briguait son poste et jalousait cette lumière qui émanait de lui, il avait décidé de quitter la ville, hélas trop tard. Arrêté, il fut affecté à la construction de la base sous-marine. Les Allemands ne se montraient pas si violents qu'il s'y attendait. Moins violents même que les Français auxquels il avait eu affaire. Ceci expliquait sans doute cela, les Allemands comptaient certainement sur les rancœurs des Espagnols pour les attirer de leur côté. L'alliance de Hitler avec Franco ne s'oubliait pas si facilement. Juan profita du léger relâchement qui flottait sur la surveillance des travailleurs au mur de l'Atlantique pour prendre la fuite. Ses papiers étaient hélas restés aux mains des Allemands. Il abandonna donc l'identité déjà fausse de Juan Albaicin pour se faire appeler el Cojo, par allusion à la boiterie qu'il avait toujours conservée depuis sa grave blessure à la jambe, quand il avait mordu la poussière aragonaise avec son avion de chasse perclus, pendant la guerre civile.

Il se mit en relation avec des amis sûrs qui lui indiquèrent le moyen de contacter un groupe de résistants au centre des Landes, où ils travaillaient officiellement comme forestiers. Juan traversa le vignoble puis la forêt de pins, à pied. Lors d'une réunion nocturne, il rencontra Sérafin, le républicain qui, comme lui, avait connu des jours de planque à Peyregave, après la *retirada*. Juan manifestait son désir de revenir vers le Béarn, sans invoquer toutes ses raisons personnelles, tandis que Sérafin attendait son heure pour descendre vers Bayonne. Juan prit le train pour Peyregave mais dut en sauter avant Puyoô, ayant entendu parler d'un barrage à la gare qui venait de subir un important sabotage. Ne sachant plus où aller, il prit une décision absurde, comme on est parfois contraint d'en prendre quand le destin veut vous prendre dans sa nasse, vous contraignant à agir sur-le-champ. Ce jour-là, les Pyrénées étaient dégagées. Elles s'étalaient sur l'horizon, vague bleue et violette qu'on aurait cru pouvoir toucher du bout des doigts. Il pensa à l'Espagne, comme cela ne lui était pas arrivé depuis longtemps. Elle était là, si proche. Il respirait le vent du sud et croyait distinguer les parfums de sa terre andalouse. Ce jasmin qui poussait devant la petite école de Fuente Vaqueros, où il avait été instituteur dans ce qui lui semblait désormais une autre vie.

Vivant de rapines, buvant l'eau des ruisseaux, il marcha vers le sud. Il se souvenait de la promesse faite à ses vieux compagnons de combat, quand tout s'était effondré. Chercher à se rassembler, chercher à gagner le sud, s'organiser et attendre l'heure propice pour libérer l'Espagne de celui qui entre-temps était devenu le Caudillo.

Il décida de s'approcher du camp de Gurs, autour duquel il se doutait que des évadés avaient constitué des groupes de résistance. Il entendit parler de l'attentat qui avait tué un gendarme entre la vallée d'Aspe et la vallée d'Ossau. Sans tarder, il se mit en route vers ces parages. Pour rejoindre les clandestins, il fut contraint de prendre le risque de se renseigner. Quand ils le voyaient approcher, vêtu de loques, barbu comme un vagabond, les cheveux longs, les gens se méfiaient. Heureusement, près des montagnes se trouvaient pas mal d'amis de la cause espagnole. Ainsi on lui indiqua une ferme où il pourrait se reposer, dégotter des habits et des vivres, et certainement des renseignements sur les réseaux qui l'intéressaient.

Il resta caché là pendant deux mois, sans que le couple de fermiers lui disent jamais rien d'autre que bonjour et bonsoir. Il vivait à contretemps, sortant la nuit, dormant dans une cave aménagée. Alors qu'il commençait à douter, le fils de la maison, Jantou, lui présenta un homme. Bien qu'un peu efféminé à son goût, Juan sentit qu'il était animé d'un grand courage. Il lui raconta qu'il habitait au pied de la montagne où se cachait le plus important maquis du secteur, avec lequel il pouvait le mettre en relation. Cet homme s'appelait Fernand, c'était un brave.

Fernand revint chercher Juan trois jours plus tard. Ils marchèrent une vingtaine de kilomètres à travers les coteaux. Fernand cacha Juan dans le dortoir de ce qui lui sembla une école désaffectée. C'est là que les guérilleros vinrent pour l'emmener avec eux, les yeux bandés. Après des heures d'interrogatoire, non seulement sur son parcours, ses amis, ses activités, les raisons qui le poussaient à se joindre à eux, mais encore sur l'Espagne, la guerre, les unités avec lesquelles il avait combattu, des détails sur Grenade, le nom des rues, le paysage de Fuente Vaqueros, et bien d'autres précisions qu'il ne pouvait inventer, ils acceptèrent de lui accorder leur confiance. En quelques semaines, Juan était devenu el Cojo, l'un des chefs du maquis Maria Blanca – du nom d'un col dans la montagne qu'ils hantaient comme des spectres de la liberté.

Dans sa lettre, Juan parle aussi de Paco et Antonio, qu'il a été surpris et heureux de revoir, y compris dans de si pénibles circonstances. Eux aussi ont décidé d'entrer dans la lutte et de se mettre au service de la cause. Le comité qui commande le maquis n'a pas voulu les intégrer, parce qu'ils sont français. Juan n'a rien pu faire, il a préféré ne pas insister. Ils ont été déçus mais se sont montrés courageux et intelligents en disant qu'ils retourneraient à Peyregave et se mettraient au service de la Résistance locale. Ils ont compris qu'ils avaient un rôle important à jouer, non en poursuivant un rêve qui leur aurait donné l'illusion de combattre pour leurs racines, mais en se rendant utiles là où ils vivaient. De plus, leur connaissance du franchissement de la ligne pouvait s'avérer profitable, le contrôle des mouvements entre la zone libre et la zone occupée était un atout précieux. Ils ont parlé toute la nuit de Peyregave, du temps de la cabane et des Frères Reclus. Il leur a même raconté qu'il avait rencontré Sérafin dans sa cavale, et puis il a demandé des nouvelles de Jules Artigaud et a reçu la nouvelle de sa disparition comme un coup de poignard. Ils ont bu beaucoup de vin et fumé du tabac. Avant leur départ, Juan à écrit sa lettre pour la confier à Paco.

Pour conclure, Juan revient à des mots plus doux, promettant encore à Manon qu'il ne l'a pas oubliée et qu'au long de cette longue route vers la lumière, il n'a jamais lâché la canne de houx de son grand-père, qu'elle lui avait offerte, tout comme il ne doute pas que brille à son cou la médaille de la *Virgen del mar.*

Le confort sommaire et l'exiguïté du pavillon de la conciergerie du château des Saules n'ont jamais vraiment convenu à Mathilda Greiner ; or, si au début de la guerre elle s'efforçait de ne pas trop ennuyer son époux avec ce genre de tracasserie logistique, c'est qu'elle faisait contre mauvaise fortune bon cœur et pensait que Falkenbach aurait très bien pu les mettre carrément à la rue sans autre forme de procès. Depuis que Greiner a pris la relève du regretté Gaston Pouthet, la donne a changé, Mathilda voudrait retrouver un rang plus digne de son nouveau rôle d'épouse de M. le maire. La donne a changé, psychologiquement s'entend, parce que ni Mathilda ni les Peyregaviens ne sont moins occupés par les Allemands qu'avant. Si Mathilda redouble de zèle au côté de son époux, c'est bien dans le souci de plaire au chef de la Kommandantur. Elle n'a pas lâché l'idée de l'approcher davantage et s'évertue de faire en sorte de produire auprès de lui des états de service impeccables. Falkenbach a bien remarqué son petit manège. Loin de lui plaire, cette attitude de Mathilda l'écœure et s'il ne l'a jamais trouvée très belle, elle lui semble aujourd'hui tout à fait répugnante au plan moral. Il a donc renoncé depuis à les inviter à leur propre table, comme il s'en était rigoureusement fixé l'obligation, et déguste en solitaire ou avec d'autres invités les vins remarquables de leur cave.

Le professeur Greiner, lui, n'est plus que l'ombre de lui-même. Lors de ses rares moments de solitude, entre deux réunions à la mairie, il arpente en larmoyant le parc de son château. S'il voit bien que Mathilda en fait trop, et réprouve ses ardeurs collaborationnistes, il n'a ni le courage ni l'énergie de lui tenir tête.

Pourtant ils ont été heureux, avec Mathilda. La nostalgie de la terre natale et cette guerre qui broie les âmes sont venues à bout de leur félicité. Parfois, il se prend à rêver que Falkenbach la lui ravisse. Bon débarras et que Belzébuth les patafiole !

Le soir, à l'heure où les invités de l'officier arrivent, Mathilda lorgne du coin de son rideau. Cela finit toujours par une dispute.

– Tu vois, nous ne sommes plus invités, tu es un minable, un vieillard plus bon à rien… je dis bien à rien !

Mathilda ne se contrôle plus. De plus, elle boit du mauvais alcool acheté au marché noir, qui lui corrompt l'entendement encore davantage. Greiner se laisse insulter sans chercher à se défendre. Un soir, alors qu'elle faisait allusion à sa virilité en berne, il s'est même dit que si elle continuait sur ce train, il se pourrait bien qu'un jour il finisse par la tuer. Il s'était dit ça aussi simplement, aussi naturellement que s'il s'était agi d'autre chose de plus normal, disons de moins définitif et compromettant. À l'homme qui a baissé les bras, le pire peut sembler une libération.

Ce soir, nous frôlons un degré de hargne et de violence dans l'invective rarement atteint, tout de même. Le motif en est simple : il n'y a qu'une voiture garée au pied du perron du château. Et de cette voiture n'est descendue qu'une seule personne : Francine Lamazou. Seule, sans son croulant d'époux trop occupé à continuer de s'enrichir en gérant sa fortune placée sur des comptes en Amérique. Francine en beauté, le corps décrit au plus près par des tissus fins et serrés. Derrière son rideau, Mathilda est verte. Elle va se placer de profil devant un grand miroir et, rentrant le ventre, se regarde et songe qu'elle ne se trouve pas si mal, à côté de cette parvenue, vulgaire comme une marchande à la criée.

Toute la nuit, Mathilda donne des coups de coude à son époux pour qu'il cesse de ronfler. Elle guette le moindre bruit. À l'aube, la voiture de Lamazou est toujours là.

– Là, mes cocos, vous perdez rien pour attendre..., siffle-t-elle entre ses dents.

– Que dis-tu, Mathilda, tu parles toute seule maintenant ?

Elle sursaute et lâche le rideau. Elle n'avait pas vu Greiner, en robe de chambre derrière elle.

– Non, je ne parle pas toute seule, je me disais simplement des choses qui ne t'intéressent pas.

– Oui, c'est bien ça, parler toute seule, ma chérie.

Mathilda accuse le coup, et puis :

– Et cesse donc de me donner du « ma chérie » à tout bout de phrase, à nos âges c'est parfaitement grotesque, voire inconvenant !

Greiner se raidit. Il fait boucler sa barbe du bout des doigts :

– Soit.

Mathilda n'attendra pas longtemps que sonne l'heure de la vengeance. Le matin suivant, alors qu'elle vient d'entrer dans le bureau de son époux, un jeune émissaire de la Kommandantur est porteur d'un message personnel de Falkenbach. Mathilda toise le sous-fifre et s'adresse à lui en allemand. Elle dit qu'elle peut très bien prendre ce message et le transmettre à son époux, dont elle est le bras droit. L'estafette prend un air ennuyé. Le message est verbal. Mathilda rétorque sans sourciller qu'elle a des oreilles pour entendre et qu'elle transmettra.

Si le maire ne se trouve pas dans son bureau à ce moment-là, c'est qu'il est allé directement dans celui de Lucette, d'où venaient les hauts cris d'un esclandre. La secrétaire était assaillie par Jean Bouhet, le pâtissier trompettiste, qui réclamait d'être promu chef en titre de l'orchestre municipal, le titulaire n'ayant toujours pas donné de nouvelles depuis son départ à la guerre, on n'allait quand même pas lui garder la place chaude pendant trois siècles et en plus il en a fait la demande par écrit trois fois à Léon, de son vivant bien entendu... Greiner a mal dormi, il se tient à l'écart et écoute d'un air distrait, que le musicien juge provocateur, au point qu'il se lance dans des réprobations sans fin, qu'avec cette guerre la musique ne compte plus, que si les gens étaient plus cultivés, on n'en serait pas là, et tout le baratin qu'on peut imaginer.

Pendant ce temps, le messager parle à Mathilda. Il s'agit de Maurice Lamazou. L'industriel est soupçonné de livrer des armes en provenance de l'étranger à la Résistance. La marchandise transite au milieu des containers de céréales. Ses entrepôts sont sous surveillance depuis des semaines. Falkenbach prévient le maire que la Gestapo procédera à son arrestation dans la journée, sans qu'il puisse intervenir. Il s'en montre sincèrement désolé et l'assure de son respect.

Levant les yeux, Mathilda regarde en direction de la fenêtre. Un rictus mauvais anime son visage. Elle croit alors apercevoir les ficelles invisibles d'une mécanique machiavélique, qui brasse d'un seul élan ses amours frustrées, la France et le IIIe Reich, tant qu'elle y est. Dans ses délires paranoïaques, Mathilda ne se refuse rien. Ce n'est pas pour rien qu'elle rencontra son psychiatre d'époux sur un divan. Falkenbach est vraiment un homme de grande classe, elle ne s'est pas trompée. Il prend le risque insensé de prévenir Greiner d'une opération imminente de la Gestapo, escomptant d'une part y gagner un supplément d'âme, et sous manche enjoignant au maire de tenter l'impossible pour sauver les affaires de son riche administré Lamazou. Génial et diabolique…

Mathilda renvoie sans ménagement le messager.

… Ainsi Falkenbach veut protéger les intérêts de son amante, songe-t-elle. Non seulement il la préserve des aléas de la guerre pour lesquels il vaut mieux être riche que ruiné, mais qui sait s'il ne se ménage pas une porte de sortie personnelle plus lointaine et lucrative ? Bien vu ! Le vieux Lamazou finira bien par calancher, alors Francine se retrouvera à la tête de son empire. Falkenbach voit loin, on imaginerait de plus fâcheuses perspectives de reconversion, si l'occupation venait à déboucher sur un apaisement des tensions et un retrait des militaires au profit d'une collaboration économique et sociale qui rassemblerait sous un même giron les industries française et allemande. Pétain est vieux, les nazis ont dû penser à son remplacement, s'il lui arrivait malheur…

Le professeur Greiner entre dans son bureau de maire

et interrompt sans le savoir les élucubrations de son épouse.

– Ça va, Mathilda ? Tu as l'air…

– Bien, Pierre, tout va bien mon chéri…

Greiner la regarde, interloqué.

– Tu es sûre ?

– Oui, sûre, fait-elle en regardant au loin.

– Bon… quoi de neuf, ce matin ?

– Rien, Pierre, absolument rien. Le train-train habituel.

Dans la journée, en effet, la troupe encercle les entrepôts et la maison de Lamazou. Comme par hasard, Francine a été appelée par une amie un quart d'heure avant. Le vieux Lamazou, lui, n'y a pas échappé. Encore un qu'on n'est pas près de revoir.

XI

L'auberge est silencieuse. Petit matin. Juste après la levée du couvre-feu, Marthe a ouvert les volets. Gaston est déjà parti, Dieu sait où. Manfred travaille chez Raymond le palefrenier. Marthe est seule. Lorsqu'elle entend la porte de la rue, elle passe le nez à celle de la cuisine. Dans les lumières encore grises, bleues, douces comme un voile de tulle, Manon se tient debout, sans un mot.

Elle porte un manteau d'homme et un chapeau sur l'œil.

Marthe ne la reconnaît pas d'emblée :

– Bonjour monsieur, qu'est-ce qu'y fallait ?

Lentement, la main de Manon se lève et prend le bord du chapeau. Son visage apparaît. Cheveux courts, presque ras. Visage amaigri, pommettes saillantes. Le sourcil gauche fendu par une cicatrice encore rosée, qui monte à la verticale et traverse le front. Ses yeux un peu à l'asiatique ont vieilli. Elle sourit, d'un très léger sourire presque triste :

– Maman…

Les mains de Marthe s'ouvrent, le torchon tombe au sol :

– Manon… Manon…

Marthe trottine, prend sa fille dans les bras et se met à sangloter. Manon la saisit aux épaules, la serre avec tendresse.

Passé l'émotion et la surprise, Marthe s'agite. Elle aide Manon à ôter son manteau, pour la découvrir vêtue en homme, pantalon, chemise, cravate, tricot, veste sombre. Le goût conventionnel de la mère est un peu bousculé, toutefois elle s'interdit d'en laisser rien paraître, ce n'est pas le moment. Elle propose de la chicorée, si Manfred en a laissé, sinon elle va en refaire. Manon accepte. Toutes deux s'installent à une table. Marthe demande à sa fille comment elle va, ce qui lui est arrivé. Elle la presse de questions. Au bout d'un moment, elle prend conscience de détails qui lui avaient échappé de prime abord. Manon a changé. Sa voix est plus rare, peut-être même un peu plus grave, comme fêlée. Elle ne décrit pas par le menu son périple, se retranchant derrière l'amnésie due à sa blessure à la tête et au mal dont elle a été frappée par la suite. Elle ne se souvient pas de tout. Ses souvenirs reprennent quand elle se trouve à la ferme de Fanchon et Gustave. Peu à peu, sa voix s'anime davantage. Elle parle des gitanes et sourit à l'évocation de la petite Luludja.

– Ça veut dire *fleur*, dit-elle avec une pointe de fierté.

Elle raconte aussi, les yeux ailleurs, combien elle a regretté de ne pas s'en aller avec eux, les gitans. Lorsqu'elle les a vus disparaître dans les bois, ils étaient tellement beaux, on aurait dit qu'ils s'évanouissaient dans l'air et dans la lumière. À la ferme, Fanchon lui a raconté que de véritables rafles avaient lieu pour les parquer dans des camps. De temps en temps, l'un d'eux s'échappait et les nouvelles circulaient, comme si les oiseaux eux-mêmes se chargeaient de les colporter. Manon pense souvent à eux, depuis, espérant qu'ils aient réussi à passer entre les mailles du filet.

Elle raconte ensuite qu'un groupe d'Espagnols est venu à la ferme. L'endroit est discret, retiré, il est facile de poster une vigie dans la palombière de Gustave, qui domine tout le vallon. Ils sont venus avec des jeunes. Des gamins qui n'avaient pas quinze ans au moment de la défaite des républicains, et qui voulaient entrer à leur tour dans la lutte. Ils les formaient au maniement des armes. Ramper, apprendre à se battre, simuler des situations de combat, tracer des lignes au sol, aligner des bouts de bois pour signifier des véhicules ou des soldats ennemis. Les observant, Manon pensait à Juan. Elle imaginait qu'il était comme eux, un guerrier de l'ombre. Ils ont parlé à Manon de la fin de la guerre. Ils y croyaient, eux, à la fin de la guerre. Un jour viendra, disaient-ils, où il faudra affronter les Allemands. Ce jour-là, la liberté aura besoin de bras courageux. Ils lui ont conseillé de rejoindre Paco et Antonio, et d'entrer dans la Résistance avec eux.

Les Espagnols sont partis, en pleine nuit, guidés par Jantou, le fils de la maison. Manon s'est retrouvée de nouveau seule à la ferme. Au fil des jours, elle est devenue amie avec Gustave et Fanchon. Un couple étrange. C'est Fanchon qui a ajusté ces vieux habits d'homme pour elle. Un homme seul se fait moins repérer.

C'est ensuite le tour de Marthe, de raconter tout ce qui s'est passé au quartier pendant ce temps. Manon écoute sans l'interrompre, opinant juste de temps en temps.

En fin d'après-midi, l'auberge retrouve une animation qu'on n'a pas connue depuis longtemps. Marthe s'est fendue de quelques bonnes bouteilles, les dernières. Manon semble gênée par cette agitation. Elle prétexte une grande fatigue pour ne pas rester, préférant monter dans sa chambre au calme. Cela n'empêche personne de fêter son retour. Bistec, Galoche, Manfred, Miguel, Gaston, Fifi… ils sont tous bien torchés et semblent avoir oublié la guerre le temps de quelques verres. Ne manque que l'abbé, souffrant depuis quelque temps. À la demande générale, Marthe se charge du récit et l'aventure de Manon prend des airs d'épopée.

Avant l'heure du couvre-feu, la patronne met tout le monde dehors, sauf Manfred et Gaston. Ça zigzague. Le silence de la ville saisit, tombe sur eux comme du plomb. Comme si la joie n'avait plus sa place dans les rues.

Un peu plus tard, Louis rentre par le portillon de derrière. Dès qu'il apprend la nouvelle, il monte les escaliers quatre à quatre, longe le corridor et entre dans la chambre de sa sœur. Elle est allongée sur le lit, en train de relire pour la troisième fois la lettre de Juan.

Ils s'embrassent longuement. Louis la regarde :

– Que tu as changé ! Ça te va bien.

Ils se serrent encore. Les yeux de Manon sont chargés d'un mélange de larmes et de bonheur. Louis n'insiste pas pour qu'elle lui raconte ce qui s'est passé. Plus tard. Manon lève la lettre :

– C'est Juan. Il est vivant. Pas loin d'ici.

Louis la regarde fixement. Il va dans sa chambre, à côté, et en revient aussitôt. Il tient au bout de ses doigts la chaînette à laquelle est pendue la médaille de la *Virgen del mar*, qu'il passe au cou de sa sœur.

– Le fermoir était cassé, Fifi l'a réparé.

À cette saison, lorsque l'hiver déploie ses plis d'aubes rouges, des petits panaches de brume collent à la surface du Gave et dérivent avec le faible courant. Des brassées de feuilles se détachent des arbres et s'étalent sur l'eau, jouant des formes, épousant les tourbillons, fuyant les risées. La rivière ignore les hommes et va son chemin immémorial.

Fifi est assis sur son panier de pêche, dans un coin dégagé de la berge. Ici, le Gave fait un virage avant d'aborder des hauts-fonds de galets. Il ralentit, s'étale et devient lisse, comme s'il oubliait la pente pour quelques brasses au calme, comme s'il prenait le temps de se prélasser.

Surveillant les trois cannes qui reposent sur des fourches de coudrier, Fifi pétrit consciencieusement une boule d'appât dans le creux de sa main. Quand il le juge bon, il la jette en amont. Elle se disloque en nuage flou et dérive vers l'endroit où sont plongées les lignes.

La bourriche est à demi immergée, retenue par une ficelle au panier de pêche. Une bonne poêlée d'ablettes y frétillent déjà. Fifi n'est plus revenu pêcher là depuis un bon moment, et comme personne d'autre n'apprécie le coin, ça mord !

Alors que le soleil est déjà au-dessus des collines, déchirant et emportant les brumes dans sa course, Fifi mange un morceau de pain sec. D'habitude, c'est-à-dire quand il n'y a pas la guerre, le casse-croûte est plus conséquent. Par les temps qui courent, il se contente de ce qu'il y a. L'essentiel est de conserver le rituel. De la pointe du canif, il découpe des cubes de pain qu'il mâche longuement, les imaginant tartinés de pâté ou bien accompagnés d'un bout de fromage de vache frais, ou encore d'une tranche de lard grillée sur un petit feu. Il en salive et se régale presque comme si c'était vrai.

Quand il est dehors, Fifi a toujours les sens aux aguets. Non qu'il craigne particulièrement la venue du garde champêtre, dont nous savons qu'il a acquis la mansuétude en lui fournissant la composition de son appât, mais il devient sensible au moindre bruit, à la moindre odeur, au moindre mouvement, comme un animal sauvage, à la fois à son affaire et inquiet. Sans doute cette disposition vis-à-vis de la nature fait-elle de lui un chasseur et un pêcheur hors pair.

Soudain, il cesse de mâcher. Il écoute. Là-bas, deux corbeaux se sont envolés et décrivent une courbe au-dessus de l'eau. Des oiseaux minuscules filent au ras de la surface, passent devant lui, donnant un coup d'aile lorsqu'ils l'aperçoivent et reprenant leur fuite, rebondissant sur la brume comme des petites balles de duvet. Fifi se redresse, tend l'oreille. Des voix. Une patrouille ? Son cœur accélère. Il ne fait rien de mal, pourtant. C'est comme ça, Fifi n'est pas très rationnel. Il plie son canif et le remet dans sa poche. À ce moment précis, l'un des trois bouchons commence à frétiller, se penche, file puis plonge. Fifi saisit la canne et ferre. Il oublie la visite. Il mouline et une ablette sort de l'eau, se tortillant désespérément au bout du fil. Fifi lève la canne, la tire un peu en arrière et l'ablette vient vers lui. Selon le geste mille et mille fois rodé, il ouvre la main, saisit le fil au passage, le fait glisser entre ses doigts jusqu'au bas de ligne et immobilise le poisson.

Une voix de femme, derrière lui :

– Alors Fifi, c'est gentil de nous préparer la friture pour midi !

Juliette Martin est accompagnée de deux jeunes Allemands en civil. Fifi les reconnaît, ils se sont moqués de lui, l'autre jour, quand il était avec Louis. L'ancienne collègue de Manon, à l'hôpital, n'a pas perdu son temps. Si elle était abonnée aux amours malheureuses avant la guerre, il semble que son succès se soit nettement amélioré depuis. Ses deux amis ne parlent que quelques mots de français, assez pour avoir compris la phrase de Juliette. Ils s'approchent de Fifi, histoire de lui ficher un peu la pétoche et de rigoler un coup. Fifi sent venir les ennuis. Il pourrait encore se carapater, sur le sentier et à travers bois, il aurait vite fait de semer ces emmerdeurs. Seulement il y a les cannes et surtout les ablettes. C'est pour Manon, alors pas question de les abandonner ici. Fifi veut fêter son retour, il a promis à Marthe une sacrée friture.

L'un des deux hommes saisit la ficelle et sort la bourriche de l'eau. Les poissons s'affolent là-dedans. Au moment où Fifi veut intervenir pour immerger de nouveau les ablettes, l'autre Allemand le saisit aux bras par-derrière. Il est fort, plus fort que Fifi qui ne peut se dégager.

Juliette approche en minaudant, l'index tendu :

– Alors Fifi, on n'a pas l'esprit partageur ? C'est pas bien, ça !

Elle fait un clin d'œil à celui qui tient la bourriche et étouffe son envie de rire. Fifi a les yeux fixés sur les poissons.

– C'est pas pour vous ! dit-il.

– Ah ? fait Juliette. Et pour qui, alors ?

Fifi s'agite pour se libérer.

– Pas pour vous, pour Manon !

Les deux jeunes échangent une œillade, ils n'ont pas compris.

– Pour Manon… reprend Juliette, pour Manon… je suis très amie avec Manon, Fifi…

Fifi baisse la tête :

– C'est moi, l'ami de Manon.

– Oh, tu n'as pas l'exclusivité, mon coco. Je suis sûre que Manon serait ravie d'apprendre que tu nous as offert les poissons pêchés pour elle. Elle est si généreuse, elle préfère donner que recevoir, tu le sais si tu la connais si bien que ça… Alors, tu nous les donnes ?

Fifi se rembrunit encore. D'un signe, Juliette fait comprendre à celui qui tient la bourriche de jeter les poissons à l'eau. Le jeune homme plonge sa main, saisit une ablette et la lance un peu plus loin.

Fifi regarde l'endroit ou l'ablette a disparu d'un coup de nageoire inespéré et presque joyeux.

– Alors ? fait Juliette.

Elle regarde ses amis et manque d'éclater de rire. Non, franchement, Fifi fait une de ces bobines. Pour une malheureuse ablette, on dirait qu'on vient de lui annoncer la fin du monde.

Se prenant au jeu, celui de la bourriche libère une autre ablette, puis une autre. Fifi ne se débat même plus.

Une grande tristesse l'envahit, il se sent abattu. Comme il est résigné, celui qui le tenait si fermement le lâche. Fifi reste là. Il serre les mâchoires et les poings. Des larmes coulent sur son visage. Du coup, Juliette paraît un peu gênée.

Le jeune qui tient la bourriche détache la ficelle et jette toute la pêche au loin. Le panier coule lentement. Les poissons gigotent dans tous les sens, pensant retrouver la liberté.

– Pourquoi t'as fait ça ? lui dit Juliette.

– … ?

– Pourquoi t'as jeté les poissons ?

Le jeune homme lui oppose une mine étonnée.

Fifi regarde ses pieds. Il pense que s'il avait son fusil de chasse, il tuerait ces trois-là. Juliette et les deux Allemands. Il déteste les Allemands, surtout ceux qui jettent les poissons pêchés pour Manon.

– Allez, on s'en va ! fait Juliette, le ton un peu ennuyé.

Tous trois s'éloignent. Fifi les entend discuter et bien vite, ils éclatent de rire. Fifi les regarde s'éloigner. Le grand qui a jeté la bourriche, et l'autre, le costaud, qui passe son bras autour de la taille de Juliette. Il se vengera.

Lucien Despujols « Galoche » nous surprend, on l'aurait imaginé plus pétochard. C'est une chose d'avoir des idées sur tout aux tables des Charmilles, de jurer que ci, jurer que ça, quand il s'agit de passer à l'action, les rangs des héros putatifs s'éclaircissent souvent. Galoche a pris son rôle de résistant très au sérieux. Sa mission était simple, surveiller les abords de l'entrepôt où était caché le Capitaine, lui apporter discrètement de quoi survivre, le sortir de là en cas de contrôle, tenir les autres cheminots à distance et attendre les ordres.

Jojo, son collègue de travail, a tout de même remarqué qu'il n'était plus tout à fait le même homme, et qu'il mettait un zèle inhabituel à la surveillance des entrepôts. Il attribuait cette métamorphose aux charmes de Lucette.

– Allez, raconte, elle t'a fait quoi la secrétaire de mairie ? Tu la revois, là-bas derrière ?

Il accompagnait ses questions de gestes suggestifs, pour faire allusion à telle ou telle pratique amoureuse que Lucette aurait pu exercer sur son chef. Fier comme un coq, doublement puisqu'en apparence il passait pour un séducteur, et que, en secret, il s'était comporté à ses propres yeux comme un héros de roman, Galoche restait évasif, l'air satisfait, vaguement condescendant, ce qui avait le don d'exciter la curiosité salace de Jojo.

Les ordres ne sont pas venus. Même si le cheminot se montrait plus fiable que prévu, le tenir au courant du plan d'évacuation du Capitaine faisait courir le même risque qu'une parution dans une gazette locale. Galoche avait donné le meilleur de lui-même, s'en contenter était une preuve de sagesse. On se demandait déjà comment il allait tenir sans faire le merle, à l'heure de l'apéro. Avec un coup dans le cornet, on ne sait jamais ce qui peut se dire chez Marthe.

Une nuit, Jules Artigaud est venu chercher le Capitaine. Il l'a conduit le long du Gave, passant sous le Nouveau Pont, puis sous le Vieux Pont. Ensuite ils sont sortis de Peyregave et ont traversé les collines jusqu'au chemin de Taranelle. Là, Jeanne attendait. Jules a serré la main du Capitaine et lui a souhaité bonne chance, avant de redescendre vers la ville et gagner le plus discrètement possible la maison où Lucette l'attendait en se rongeant les sangs.

Jeanne a conduit le Capitaine par un itinéraire qu'elle connaissait, à travers bois. Il n'y avait pas assez de soldats pour surveiller chaque mètre de la ligne. Et s'ils se faisaient pincer, ils simuleraient de s'être isolés dans la campagne pour faire l'amour. Jeanne s'étonnait intérieurement de n'être pas effrayée à cette idée. Non qu'elle souhaitât se faire pincer, mais quand même, il y avait un peu de ça.

À la sortie des bois de Saint-Goès, ils ont attendu la venue de Louis, qui devait leur signifier que la voie était libre jusqu'à la forge de Cousinave, la fameuse « salle d'attente » où se trouvaient déjà Paco et Antonio. Les instructions étaient arrivées depuis quelques jours, que Jeanne avaient décryptées. Le Capitaine était un personnage assez important pour justifier qu'on le défende les armes à la main, en cas de problème. Paco avait emprunté le fusil de chasse que son père avait réussi à cacher quand les armes de la population avaient été confisquées.

Roger fit passer tout le monde dans la pièce aveugle où il rangeait ses outils et la ferraille brute. À la lueur d'une lampe, on déplia une carte pour indiquer au Capitaine l'itinéraire qu'il devait suivre jusqu'à Garbagnon, le premier village de la zone libre sur le tracé du train. Ensuite, le Capitaine savait sans doute ce qu'il lui restait à faire. On lui fournit de l'argent et une arme de poing, qu'il refusa de garder, arguant qu'il était déjà armé.

– Tenez, il vous sera sans doute utile un jour, dit-il en le tendant à Antonio.

À cet instant précis, Antonio Rubio croisa le regard du Capitaine. Il fut impressionné par la fermeté qu'il y trouva. Il avait l'impression que cet homme lui tendait la main. Qu'est-ce qui le poussait ? Il l'avait regardé, en train d'apprendre par cœur son itinéraire, les yeux sur la carte, posant des questions précises : connaît-on les fermiers qui habitent là ? Et là, qu'est-ce que c'est ? Peut-on traverser ce ruisseau facilement ? De quoi faut-il se méfier ? Où peuvent être les pièges ? Comment dit-on bonjour, dans le patois du coin ? Et au revoir ? Et merci ? C'était un vrai guerrier, Antonio en était convaincu.

Il sentit son ventre se nouer, et un souffle d'exaltation monter dans sa poitrine. Il prit alors la décision de sa vie :

– Monsieur, je vous accompagne.

Paco leva les yeux, étonné. Les autres se taisaient.

– Je n'ai pas besoin d'un garde du corps, jeune homme. Il est déjà assez difficile de s'en tirer seul.

Le Capitaine avait parlé avec autorité. Antonio ne voulait pas céder. Cet homme accomplirait une grande mission et il voulait se tenir près de lui. Il insista.

– Je connais le pays, monsieur. Ce sera moins risqué si je vous accompagne jusqu'à Garbagnon.

Ce fut au tour du Capitaine d'être étonné de l'aplomb affiché par Antonio. Il plongea son regard dans celui du jeune homme, de longues secondes. Les autres ressentaient la tension qui régnait soudain et se tenaient en retrait. Quelque chose d'important était en train de se tramer entre les deux hommes, qui engageaient peut-être leur destin.

– Soit, dit enfin le Capitaine, va pour Garbagnon. Ensuite je continuerai seul, si vous n'y voyez pas d'inconvénients.

La fierté se lisait sur le visage d'Antonio, à peine éclairé par le reflet de la lampe sur la carte. Il lui restait une nuit de marche pour convaincre le Capitaine de l'emmener avec lui jusqu'à Londres.

Paco Cazals ne s'attendait pas à se retrouver séparé d'Antonio. Ces deux-là étaient collés l'un à l'autre depuis l'enfance. Toutefois il respecta la décision de son ami. S'il voulait suivre le Capitaine, il avait ses raisons. Il faudrait le remplacer, ici.

Le Capitaine serra chaleureusement la main de tout le monde et, le regard droit, leur dit ceci :

– Vous êtes des braves. Gardez le moral. Organisez-vous, soyez disciplinés et préparez-vous à combattre pour redonner à ce pays sa liberté perdue. Nous vaincrons !

Antonio Rubio disparut dans la nuit, du côté de Saint-Goès, avec cet homme mystérieux, qui semblait capable de renverser les montagnes.

Louis et Paco regagnèrent Peyregave par des sentiers dérobés. Chez Lucette Fortas, ils retrouvèrent Jeanne et

Jules Artigaud. Toute la nuit, ils burent du vin et fumèrent, exaltés par le succès de l'opération. Enfin, Jules se leva et prononça l'un de ses discours improvisés qui vous met la chair de poule, comme au temps des Frères Reclus. Il fit prêter serment à ses amis de s'unir de nouveau dans la lutte pour la liberté. Avec ses mots d'adieu simples et directs, le Capitaine venait de porter sur les fonds baptismaux un petit maquis qu'ils décidèrent de nommer à sa mémoire : Capitaine Gourzy.

L'abbé Bancon n'est pas venu prendre la soupe depuis plusieurs jours, alors Marthe a décidé d'aller la lui porter. Il ne tourne pas rond. On a vu plusieurs fois les gendarmes au presbytère. L'abbé n'en a jamais parlé, on se doute qu'il a des ennuis.

Elle entre sans frapper, signalant simplement sa présence d'un « C'est moi ! » qui se suffit. L'abbé est assis dans la cuisine. Il rêvasse en regardant par la fenêtre les branches nues du figuier.

– Ah, Marthe… ça va ?

Marthe pose la soupe au milieu de la table.

– C'est à vous qu'il faut demander ça, l'abbé. On vous voit plus le bout du nez, dites donc ! Vous avez maigri, non ?

L'abbé a perdu de sa bedaine et ses joues sont creuses. Pas seulement cela, il a l'air triste, abattu. Marthe fait un peu son cirque pour le dérider, rien n'y fait.

Elle prend une assiette dans l'armoire, une louche dans le tiroir et le sert. Contrairement à son habitude, il remercie du bout des lèvres et ne se presse pas. Pourtant, aujourd'hui, la soupe sent bon, il y a l'oreille confite du cochon, dedans.

Marthe réfléchit, elle n'aime pas le voir comme ça. Elle se demande comment elle pourrait le pousser à parler, sans le brusquer. Elle va au plus simple, c'est souvent le mieux :

– J'aime pas vous voir comme ça, l'abbé.

Il mange en regardant devant lui.

– Comment, comme ça ?

– Ben comme ça, là, tout tristounet. Quelque chose ne tourne pas rond, n'est-ce pas ?

Il hausse les épaules et continue de manger.

– Bon, si vous avez pas envie de parler, je vais pas vous y forcer, moi... Allez, j'y vais.

L'abbé pose sa cuillère et essuie sa bouche :

– Restez un peu, s'il vous plaît, asseyez-vous.

L'abbé repousse l'assiette de soupe encore presque pleine et roule une cigarette.

Il respire profondément et se met à parler :

– Je ne sais pas comment vous prendrez ce que je vais vous dire, en tout cas promettez-moi une seule chose, c'est que vous n'en parlerez à personne...

D'un signe de tête, Marthe promet.

– Voilà... faut expliquer du début... Pendant la première guerre, vous le savez, j'étais aumônier dans les tranchées. Je ne vais pas vous raconter ce que c'était, vous êtes bien placée pour le savoir, avec votre pauvre Jean. La guerre est une bête étrange. Elle vous dévore et en même temps, elle vous ouvre les yeux et parfois même le cœur. J'irais pas jusqu'à dire qu'elle a des bons côtés, mais quand même, y a de ça. Dans le régiment auquel j'étais rattaché, il y avait un jeune homme au visage très pur, originaire d'ici, enfin, du Piémont, comme moi. Il était ardent au combat et venait souvent me voir pour raconter ses exploits. Peu à peu on s'est mis à parler d'autre chose. Au bout d'un certain temps, je me suis rendu compte que j'attendais ses visites. Je me sentais bien quand il était là, tout comme lui se sentait bien. Fernand... Il s'appelait Fernand, il s'appelle toujours comme ça.

À ce moment, les yeux de Marthe se posent sur les avant-bras tatoués de Bancon. « E.F. », Évariste et Fernand.

« C'est pas possible », songe-t-elle.

– Après la guerre, nous nous sommes revus. C'est lui qui a trouvé les locaux dans lesquels j'ai créé la colonie où je vais chaque été. Il habite chez sa mère, Céleste, juste à côté. Quand cette deuxième guerre a éclaté, Fernand n'a pas pu se tenir tranquille. Il a commencé à trafiquer avec les résistants, surtout les Espagnols, parce que son père était de là-bas. Quand les gendarmes sont venus me voir, la première fois, qu'ils posaient des questions sur la colonie, sur mes *amis*, sans jamais les citer, j'ai tout de suite pensé qu'il se passait quelque chose. Je suis allé le voir plusieurs fois pour lui dire de se tenir tranquille, je le connais, vous savez. Comme il gardait un double des clefs de la colonie, au cas où il y ait des problèmes en mon absence, c'était facile pour lui d'y accueillir n'importe qui. L'endroit est devenu un refuge pour les maquisards. J'y suis allé pour lui reprendre les clefs et lui demander de partir se cacher, j'étais certain que les gendarmes étaient sur le point de le coincer. Nous étions dans la cour, je faisais semblant de réparer une canalisation, tout en discutant avec lui. Nous préférions tenir Céleste à l'écart de tout ça. Fernand s'est mis à trembler. Je ne l'avais jamais vu trembler. Je le sentais complètement perdu, écrasé d'inquiétude. Je l'ai pris dans mes bras, il m'a dit qu'il regrettait de m'avoir mêlé à tout ça. Je le serrais, serrais contre moi. Soudain, j'ai senti qu'on nous épiait. Le malheur ne vous tombe jamais dessus comme vous l'attendez. J'ai couru vers l'entrée de la cour et j'ai juste eu le temps de voir un type qui s'éloignait à vélo en pédalant comme un fou. Le lendemain, une bande du Service d'ordre légionnaire a débarqué chez Céleste. Ils lui ont dit…

L'abbé s'interrompt. Les mots se frayent difficilement un chemin dans sa gorge.

– Ils lui ont dit que son fils était un… était une folle qui roulait des patins à une vieille tantouze. Céleste a tenté de les contenir, espérant que Fernand les entendrait et prendrait la fuite…

L'abbé s'interrompt pour rallumer sa cigarette. Marthe est complètement figée. Elle tente de bredouiller.

– Elle… elle savait ? demande-t-elle un peu gênée.

L'abbé souffle la fumée, et :

– Oui, bien sûr qu'elle savait. Elle l'avait deviné depuis longtemps. Ils ont embarqué Fernand. Avec tous ces bruits qui courent, on ne sait plus qui ni quoi croire.

– Vous connaissiez ce type, çui à vélo ?

– Non, je ne crois pas. Je ne l'ai pas bien vu. Heureusement, j'étais habillé en civil… Je dois m'attendre à tout, maintenant…

– Vous croyez qu'ils viendraient vous chercher ici ?

– Que croire, Marthe ?

Il observe un silence :

– J'ai peur pour Fernand. Et j'ai peur pour moi.

– On vous laissera pas tomber, l'abbé. Personne ne vous laissera tomber, ici.

– L'ennemi est de taille, Marthe.

Marthe se lève :

– On l'attendra de pied ferme, l'ennemi, ne vous inquiétez pas.

La pendule du presbytère sonne.

– Ouh ! pardon, il faut que j'y retourne. Passez me voir, tout à l'heure, ramenez-moi le pot à soupe et… on discutera encore. Ah, au fait…

Elle sort *Autant en emporte le vent* de la poche de son tablier :

– Tenez, je vous l'ai apporté. Manfred a calé.

L'abbé caresse la couverture et repousse le livre :

– C'est gentil, Marthe, je n'ai pas la tête à lire des romans, en ce moment.

– Gardez-le quand même, pour plus tard.

Fifi a ruminé sa vengeance pendant plusieurs jours.

Il va s'attaquer aux Allemands et leur faire payer le coup des ablettes. Comment ? Là est la question qui le tourmente. Ils sont nombreux, quand même. Il en tuera autant que de poissons contenus dans sa bourriche. Un soldat pour une ablette. Pour commencer, il choisit la première victime qui s'offre à lui : Manfred. Ce gros lard qui profite de l'hospitalité de Marthe n'en a plus pour longtemps. Il se croit copain de tout le monde, il n'est pas le copain de Fifi. Aucun Allemand n'est le copain de Fifi. Tout d'abord, il pense à lui faire manger du poisson bourré d'hameçons. Il en crèverait dans des souffrances atroces, en se tenant les tripes, et Fifi serait bien content. L'idée lui paraît ensuite risquée. S'il sentait les bouts de métal, il risquait de tout recracher et de ne pas mourir, et ça ne serait pas difficile de remonter la piste jusqu'à Fifi. Il cherche une autre idée. Elle vient. La saison des cèpes est passée, c'est donc le temps où poussent les amanites. L'oronge, magnifique et délicieuse, et la phalloïde, fatale. Manfred bâfre, se jette sur tout ce qui atterrit dans son assiette, il n'y verra que du feu. Pour tromper Marthe, c'est plus difficile. Fifi doute. Lui qui n'a aucune mémoire, voici qu'un éclair lui ramène un mot compliqué à l'esprit. Un de ces mots qu'il ne retient jamais. Il file dans la remise de sa défunte mère et fouille dans les produits de jardinage. Elle adorait son potager, et comme tous les gens qui adorent leur potager, elle haïssait les taupes. Voilà, le flacon est là : strychnine.

Les champignons cuisent dans la cocotte, parfumant l'auberge des Charmilles d'une irrésistible odeur de sous-bois. Manfred passe la porte. L'air abattu, la silhouette lourde. Lorsqu'il renifle l'air, fidèle à son habitude en entrant, il oublie un instant la mauvaise nouvelle qu'on lui a annoncée le matin même, il oublie l'odeur de crottin et d'ammoniaque dans laquelle il travaille, aux écuries, pour se laisser pénétrer jusqu'au fond du corps par celle des champignons. Il pense que Marthe est un sacré bout de bonne femme. En pleine guerre, quand tout le monde crève la dalle, elle trouve le moyen de vous faire rêver avec ses fourneaux et les moyens du bord. Il y pense d'autant plus que son temps à Peyregave est compté. Dans huit jours il réintégrera son régiment. On l'envoie sur le front de l'Est. Les autorités allemandes ont annoncé l'invasion de tout le territoire français. La ligne de démarcation reste en place, davantage comme moyen de contrôle de la circulation des biens que des individus. Les indésirables sont désormais susceptibles d'être pourchassés partout. L'angoisse qui le dévore, Manfred ne veut pas la partager avec ses hôtes. Il fait comme si.

Il salue Fifi, assis dans un coin de la pièce avec son air mauvais. Lui, il savoure déjà sa première victoire. Il faut pas lui faire des coups tordus, a Fifi, sinon il voit rouge. Dans un instant, Manfred se roulera par terre en s'accrochant à ses tripes et il en crèvera et ce sera bien fait.

Tenant la cocotte fumante à bout de bras, Marthe entre dans la pièce.

– Allez Manfred, c'est pas la forme, dites donc. Vous en faites une trombine… Vous allez me goûter ça. Amanite des Césars… m'en direz des nouvelles.

Dans la foulée, Marthe installe quatre assiettes sur la table centrale. Elle propose à Fifi de prendre place, c'est normal, non seulement il s'est donné du mal pour cueillir les champignons, il les a même coupés en morceaux pour avancer le travail. La quatrième assiette est pour Manon.

Marthe repasse à la cuisine, sort dans la cour et appelle sa fille :

– Tu descends, Manon, c'est servi !

Une voix vient de la chambre, là-haut :

– J'ai pas faim, maman, ça va.

– Allez, viens, ça sert à rien de te laisser dépérir comme ça. Fifi a ramené des champignons.

Nouant la serviette autour de son cou, Fifi mesure les carences de son plan. Aveuglé par l'idée d'empoisonner Manfred, il n'avait pas pensé aux autres. Il aurait fallu imaginer un moyen de servir les champignons empoisonnés à Manfred seulement. Trop tard.

Marthe s'installe, souhaite un bon appétit et sert les quatre convives. Fifi se met à trembler. Manfred approche l'assiette de son nez, ferme les yeux, oublie un instant ses soucis en se régalant par avance. Marthe hume à son tour :

– C'est vrai que ça sent…

Elle s'est interrompue. Tout net. Fifi ne sait plus où regarder.

À cet instant, Manon arrive. Elle prend place, se sert un verre d'eau et repousse son assiette.

– Tu manges pas ? demande Marthe.

– Je goûterai tout à l'heure.

Manon ne veut pas vexer Fifi.

De nouveau, Marthe hume son assiette :

– Vous trouvez pas que ça sent...

Manfred, qui allait engloutir la première fourchetée sans attendre davantage, interrompt son geste brusquement, tout comme s'il avait lu un signal d'alarme sur le visage de Marthe, qui demande son avis à Fifi :

– Toi qui t'y connais, tu trouves pas que ça sent un peu... drôle ? On sent l'oronge, c'est sûr, mais à côté il y a comme une odeur plus... comment dire, plus... moins...

Manfred attend, il laisse faire les spécialistes, en espérant qu'ils ne donneront pas le feu vert dans deux plombes.

Lorsqu'il voit Manon, intriguée, prendre sa fourchette, Fifi craque. Il ne sait pas jouer la comédie.

– Faut pas manger ! Faut pas manger ! Je m'ai peut-être trompé de champignon !

– Trompé, toi ? ricane Marthe. Allons donc, comme si tu pouvais te tromper en reconnaissant des champignons. Non, c'est pas ça, il devait y en avoir une amère au milieu, plus vieille, passée...

Marthe ouvre la bouche et s'apprête à manger la première bouchée. Fifi bondit :

– Non, pas manger, Marthe, j'ai mis de la... de la...

Il panique, ses yeux virevoltent, il ne se souvient plus du nom du poison.

Manfred repose sa fourchette, n'y comprend plus rien. Manon s'adresse à Fifi, elle le connaît bien :

– T'as fait une bêtise, Fifi ?

Il baisse la tête et à ce moment-là, il ne voit pas d'autre solution pour écourter son malaise que de passer aux aveux :

– Les Allemands, c'est pas mes copains.

Un blanc.

Marthe.

– Quoi ? Tu veux bien répéter, s'il te plaît ?

– Y a du poison dans les oronges.

Soudain un orage explose dans sa tête. Il se lève, sa chaise valdingue. Il court et sort dans la rue et court encore. À cet instant, une patrouille de soldats passe l'angle de la rue des Charmilles. Fifi fonce, comme une bête furieuse. Parmi les Allemands il reconnaît les deux jeunes, les copains de Juliette. Il voit rouge, se jette sur eux. Il cogne, arrache, griffe, à coups de tête, de poing, de pied, si bien que les soldats sont surpris et désorganisés. Ils ne peuvent maîtriser Fifi, dont les forces sont décuplées. Le sang coule sur les visages. Fifi échappe à leur emprise et court dans l'autre sens. Il pense au Gave, aux sentiers, aux arbres, aux oiseaux. Il va rejoindre les oiseaux et les poissons parce que les oiseaux et les poissons sont ses seuls vrais copains, alors il court, sans relâche il court. Les passants s'écartent, n'osent pas intervenir. Les quatre soldats ont repris leurs esprits et se sont lancés à sa poursuite, en le menaçant de tirer. Fifi ne les écoute pas. Il traverse la route et emprunte le chemin qui longe la voie ferrée en direction des jardins ouvriers.

Il court. Les branches fouettent son visage. Les ronces s'accrochent à sa peau. Au-delà des jardins, il emprunte le sentier de pêcheur et saute de roche en roche. Les soldats sont toujours à ses basques. De temps en temps, un coup de feu. Le sifflement d'une balle près de lui. Il va traverser avec la barque des passeurs, il sait où elle est, il doit courir plus vite pour avoir le temps de la mettre à l'eau.

La barque n'est pas à sa place habituelle. Hors de

souffle, Fifi chancelle. Il entend les soldats qui vocifèrent, tout près.

Le Gave est calme, aujourd'hui. Les arbres de la rive se reflètent parfaitement, comme s'ils poussaient à la fois vers le ciel et vers les profondeurs de l'eau. Fifi marche sur les rochers. Il observe la surface. Il n'est jamais venu pêcher dans ce coin, pourtant c'est joli. Sûr que les ablettes doivent s'y plaire.

Les soldats sont maintenant derrière lui. Il entend leur souffle. Le bruit des culasses. Il se retourne. Il y a le costaud, qui saigne du nez, bien fait. Et le grand, celui qui a jeté la bourriche. Celui-là, Fifi croit bien qu'il lui a arraché un bout d'oreille avec les dents. Il a encore le goût du sang dans la bouche. Les deux autres, il ne les connaît pas mais il les a quand même bien amochés. Finalement, l'incident de la bourriche d'ablette est clos, Fifi considère qu'il est vengé, il n'en veut plus aux Allemands. C'est pas ses copains, mais il ne leur en veut plus. Il cesse de les regarder méchamment.

Ils approchent.

– Ah, monsieur le pêcheur…

Fifi recule, il est au bord du rocher. À cet endroit, l'eau est noire et profonde. Il n'a plus envie de se défendre, puisqu'il n'est plus en colère. Même si ces types le regardent avec un air mauvais, il ne leur fera rien. Tant qu'ils ne recommenceront pas. Si un jour il recommencent à jeter ses poissons à l'eau, Fifi se vengera.

– Il sait nager, monsieur le pêcheur ?

Fifi ne répond pas. Il a compris ce qu'ils veulent. Ils veulent lui faire peur. Simplement lui faire peur. Mais il n'a pas peur, non, il leur a fichu une sacrée dérouillée pour se venger.

Sur le chemin, derrière les soldats, il vient d'apercevoir

Manon qui arrive en courant. Il sourit. Manon va le tirer de là, alors il sourit, et les quatre types, quand ils voient son visage s'éclairer comme ça, sont effrayés. Comment peut-on trouver matière à sourire dans de telles circonstances. Il se moque d'eux ? Il les nargue, les provoque ?

Manon leur crie d'arrêter. Les soldats sont surpris, on ne sait pas ce qui se passe dans leurs têtes à ce moment-là, peut-être qu'ils se croient attaqués par-derrière.

Un coup de feu claque, roule et se perpétue dans les branchages.

Fifi voit le paysage basculer, le reflet des arbres monter vers le ciel et les arbres eux-mêmes plonger dans le Gave. Les oiseaux volent au fond de l'eau. Crevant la surface, brisant le miroir de la rivière, il pense qu'il verra peut-être des ablettes, avant de mourir.

DU MÊME AUTEUR

Chez Albin Michel

LA NEIGE ÉTERNELLE, roman, 2005, Prix Chronos de littérature.

L'AUBERGE DES CHARMILLES, roman, 2008.

Chez d'autres éditeurs

Romans, récits, nouvelles

LA GRANDE MER, roman, Atelier In8, 2007.

LE VIN D'AL-ANDALUS, nouvelles, Atelier In8, 2007.

LES YEUX NOIRS, nouvelles, Verdier, 2006, Prix de l'Académie d'Occitane.

UNE NUIT À MADRID, nouvelles, Atelier In8, 2005.

TOREO DE SALON, nouvelles, Le Diable Vauvert, 2005, Prix Hemingway.

TORÉER QUAND MÊME, récit, Éditions Cairn, 2004.

L'HOMME SANS RIRE, récit, Éditions Idlivre, 2003.

LES CHOPINES, roman, Éditions du Rocher, 2002.

CANCANS, roman, Éditions du Rocher, 2001.

EMPORTÉS PAR LE SIÈCLE, nouvelles, Éditions Séguier, 2000, Prix Virgile.

Poésie

RÉSONANCES, poème, peintures de Solange Toutenuit, l'Atelier des Brisants, 2006.

FRONTIÈRES, Maurice Aumage, 2005.

LE CHEMIN DU SILENCE, Éditions Cairn, 2003.

DISCOURS DE LA TAVERNE, Séguier, 2000.

Carnets illustrés, livres de photographies...

LANDES, MILLE PAYS UNE ÂME, photographies de Jean-Bernard Laffitte, Éditions Cairn, 2004.

CARNET ILLUSTRÉ, peintures de Jean-Marc Lanusse, Éditions Quai Rouge, 2003.

QUEL TEMPS FAIT-IL AU CAPLAN ?, photographies de Pierre Le Gall, Éditions Caplan & Co, 2000.

Conte

L'OURS ET LE POMMIER DE JEANNE, conte, Éditions Atlantica, 1999.

Discographie

ORX, 2003.

6 IMPROMPTUS 6, sur des poèmes de Bernard Manciet, Coup de cœur de l'Académie Charles Cros, 2006.

Site Internet : www.olivier-deck.fr

Composition IGS-CP
Impression Firmin-Didot, avril 2009
Éditions Albin Michel
22, rue Huyghens, 75014 Paris
www.albin-michel.fr

ISBN : 978-2-226-19228-8
N° d'édition : 25830 – N° d'impression : 94949
Dépôt légal : mai 2009
Imprimé en France